Keshira - Die Ausgestoßene

Daniela Mattes

Keshira – Die Ausgestoßene

*Bibliografische Information der Deutschen Nationalbibliothek:
Die Deutsche Nationalbibliothek verzeichnet diese Publikation in der Deutschen Nationalbibliografie; detaillierte bibliografische Daten sind im Internet über http://dnb.dnb.de abrufbar.*

*TWENTYSIX – Der Self-Publishing-Verlag
Eine Kooperation zwischen der Verlagsgruppe Random House und BoD – Books on Demand*

© 2020 Daniela Mattes

*Herstellung und Verlag:
BoD – Books on Demand, Norderstedt*

ISBN: 978-3-740-76991-8

*Fotos: Bernd Becker, FotoFee Flora (Julia Mehr)
Zeichnungen: Martina Nowak
Coverfoto: Werner Betz*

Das Land der Sieben Monde - Landkarte

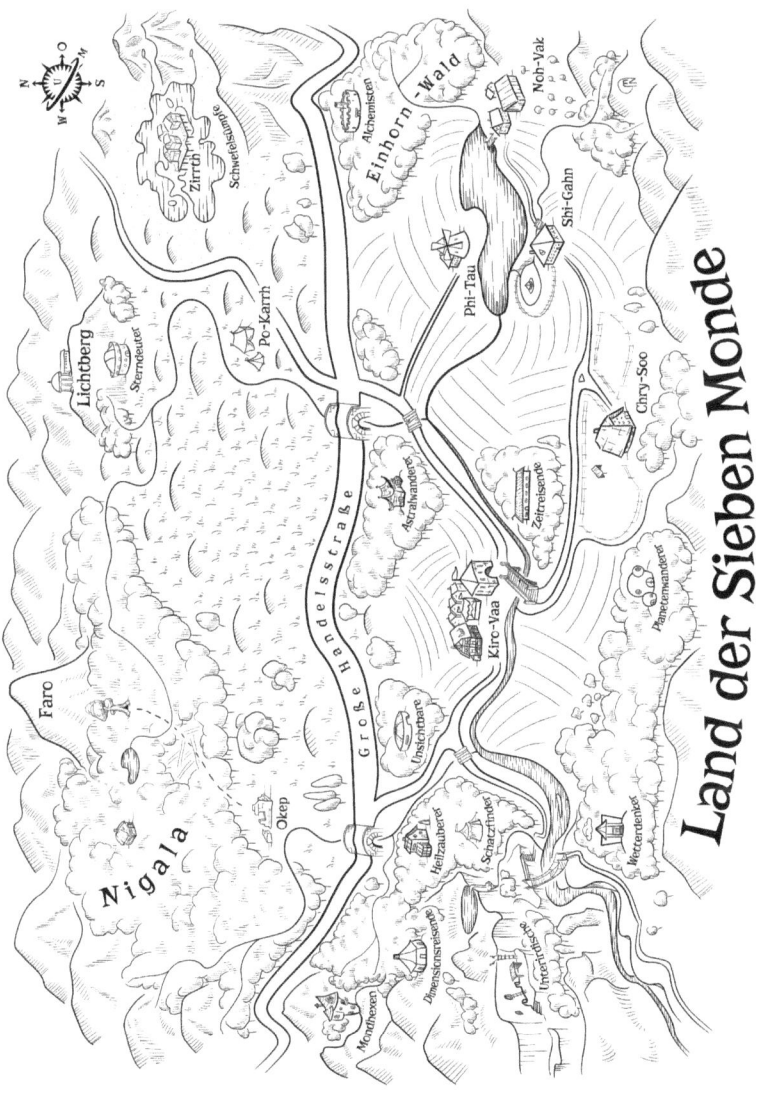

© Martina Nowak

DAMALS ...
DIE MISSION

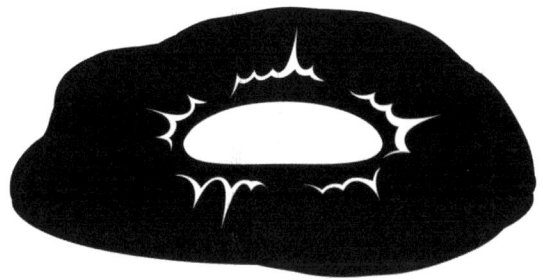

Der Mondstein, den jede Mondhexe bei sich trägt, um Zauber zu wirken. (© Martina Nowak)

Keshira rannte keuchend durch den dunklen Wald und ihr Atem bildete in der Kälte kleine Dampfwölkchen vor ihrem Mund. Sie hörte die stampfenden Schritte und die wütenden Schreie der Dorfbewohner immer näher kommen.

Bestimmt würde sie das Tempo nicht mehr lange durchhalten. Mit letzter Kraft warf sie sich ins dichte Gebüsch und zerrte mit klammen Fingern an ihrem Lederbeutel.

Rasch holte sie das kleine Stück Mondstein hervor, das sie neben der Eulenfeder stets bei sich trug. Ihre linke Hand schloss sich eng um den Stein, der in ihrer Hand zu glühen begann, und sie murmelte rasch die notwendigen Zauberworte. Sekunden später war sie für ihre Verfolger unsichtbar.

Die Dorfbewohner stampften mit Laternen und Fackeln an ihrem Versteck vorbei, ohne sie zu entdecken. Erst als es um sie herum still geworden war, packte sie den Mondstein wieder in den Beutel und zwängte sich durch das Gebüsch auf den schmalen Waldweg zurück.

Sie taxierte die Umgebung. Auf dem Weg konnte sie nicht stehen bleiben, das wäre Selbstmord. Trotz der Kälte riss sie sich zusammen und kletterte behände auf die nächste hohe Eiche.

Kraft für eine Verwandlung hatte sie nach dem Unsichtbarkeitszauber nicht mehr. Also konnte sie nur hoffen, dass sie hoch genug im Geäst saß, um den Menschen nicht weiter aufzufallen. Sie setzte sich mit dem Rücken gegen den Stamm und schlug den gefütterten Mantel enger um sich. Ihr Blick suchte den Mond.

Trotz der 12jährigen Ausbildung, die sie und ihr Bruder seit frühester Kindheit genossen hatten, war ihre Mission, die Nachfolgerin der altehrwürdigen Mutter zum Rat der Zwölf zu geleiten, gescheitert.

Dabei waren die Eltern der beiden Mondhexen so stolz darauf gewesen, dass gleich beide Kinder dazu auserwählt worden waren, und hatten sie bei der Ausbildung in Kampfkunst, Verwandlung, Heilung und allgemeiner Zauberei stets unterstützt.

Die Geschwister waren dadurch stärker zusammengewachsen, denn nur wenn sie ein eingespieltes Team waren, konnten sie allen Gefahren trotzen und später einmal ihre Aufgabe erfolgreich erfüllen.

Während sie aufmerksam auf die Geräusche im Wald unter sich lauschte, schweiften ihre Gedanken ab, und sie erinnerte sich daran, wie alles begonnen hatte und wie stolz sie darauf gewesen war, auserwählt worden zu sein.

Die Kehrseite der Medaille hatte sie immer erfolgreich verdrängt. Oberstes Gebot war es nämlich, die Mission auf jeden Fall erfolgreich durchzuführen, auch wenn dabei der Partner auf der Strecke blieb.

Nie hätte sie damit gerechnet, dass es tatsächlich einmal so weit kommen würde. Und jetzt? Ihr Partner war immerhin nicht nur ihr Partner bei einer Mission, sondern ihr Bruder, ihr Vertrauter aus Kindertagen und ihr bester Freund. Eine tiefere Liebe zwischen zwei Geschwistern hatte es wohl noch nie zuvor gegeben. Sie hätte alles für ihren Bruder getan und er für sie.

Und jetzt? Ihr Bruder war gefangen, die Nachfolgerin verschwunden und sie saß, unfähig, sich zu verwandeln, auf einem Baum fest. Sie hätte vor Wut weinen und schreien können. Doch sie nahm sich zusammen und blieb ruhig. Sie würde einen Weg finden, alles wieder in Ordnung zu bringen. Sie musste nur erst ihre Gedanken ordnen.

Keshira schlang den Mantel enger um sich und versuchte, keine Bewegung und kein Geräusch zu machen, in der Hoffnung, dass die Dorfbewohner sie übersehen würden. Noch ging ihr Atem zu schnell, daher konzentrierte sie sich darauf, ihn tiefer und ruhiger werden zu lassen.

Sie senkte den Kopf und versuchte, nach unten, in den Kragen ihres Mantels, auszuatmen, um die kleinen Wölkchen zu verstecken, die sich beim Ausatmen bildeten. Sie zog die Beine nahe an den Körper, versuchte, das Gleichgewicht zu halten und legte dann die Stirn auf die Knie. Sie schlang den Mantel erneut um sich, sodass sie aussah wie eine große Kugel, und umklammerte mit den Armen ihre Beine.

So blieb sie unbeweglich sitzen, bis sie von einem leisen Geräusch aufgeschreckt wurde. Sie lauschte angespannt genauer in die Dunkelheit hinein.

„Schuhu", hörte sie es von Weitem und ihr Herz machte einen freudigen Satz. Sie antwortete in der Eulen-Sprache und gab dadurch ihre Richtung bekannt. Das Flügelschlagen kam näher und dann spürte sie das Gewicht der Mond-Eule auf ihrer rechten Schulter. Durch

die Berührung war es ihr möglich, sich mit ihr auf telepathische Weise zu verständigen.

Keshira war froh, dass die Gebieterin, wie der Titel der noch nicht ins Amt eingesetzten Altehrwürdigen Mutter lautete, wieder aufgetaucht war. So hatte sie schon einmal ein Problem weniger zu lösen.

„Erzähl mir, was geschehen ist!", forderte die Mondhexe sie auf. Mit großen Augen starrte die zukünftige Herrscherin über das Volk der Mondhexen sie an.

„Mischka und ich konnten euch zunächst nicht finden, nachdem wir uns vor dem Angriff der Nachtschwärmer versteckt hatten, Gebieterin, und wir mussten versuchen, in unserer menschlichen Gestalt bei den Bewohnern des kleinen Dorfes Unterschlupf zu finden, bis wir Eure Spur aufnehmen konnten."

Die Mondhexen-Eule plusterte sich kurz auf, um das Gefieder zu ordnen.

„Es war sehr leichtsinnig, bei den Dorfbewohnern Unterschlupf zu finden und nicht im Wald", sagte sie kopfschüttelnd. *„Als Mondhexen kennt ihr das Geheimnis, wie ihr euch in eine Eule verwandeln könnt. Ihr wärt im Wald viel sicherer gewesen!"*

Die Gebieterin musste sich sehr wundern, dass die Kinder sich nicht richtig versteckt hatten, so wie sie selbst, und anscheinend vor Angst ihre gute Ausbildung völlig ausgeblendet hatten. Ja, sie waren noch jung, jünger als die Begleiter normalerweise waren, aber dennoch hätte das nicht passieren dürfen.

Und vor allem nicht, sich so ungünstig zu verstecken, dass man sich gleich noch mit Mensch und Tier anlegte. Denn die Gebieterin hatte sehr wohl vor ihrem geistigen Auge gesehen, was geschehen war. Sie wollte es aber von Keshira persönlich erfahren.

Der Vorwurf in der Stimme der Gebieterin war unüberhörbar. Keshira ließ den Kopf sinken.

„Ich weiß", flüsterte sie leise. *„Aber Mischka hat beim Kampf mit einem wilden Eber seine Feder verloren und konnte sich nicht mehr verwandeln. Also haben wir uns als Waisenkinder auf dem Weg zu Verwandten ausgegeben und konnten für kurze Zeit beim Bürgermeister unterkommen.*

Als wir vorhin euer Zeichen erhalten haben, und euch treffen wollten, habe ich versucht, uns beide nur mit meiner Feder zu verwandeln, doch es ist schiefgelaufen. Mischka hatte einen Eulenkopf und ansonsten seine menschliche Gestalt behalten. Ausgerechnet in dem Moment ist die Tochter des Bürgermeisters dazu gekommen und hat das ganze Dorf zusammengeschrien …"

Keshiras Augen füllten sich mit Tränen der Wut und Verzweiflung beim Gedanken an die Szene, die sich kurz zuvor im Dorf abgespielt hatte. Sie war zwar während der Ausbildung auf alles vorbereitet worden und wusste, dass die Mission über allem stand, aber sie vermisste ihren Bruder und es war ihr nicht leicht gefallen, ihn zurückzulassen. Lieber wäre sie bei ihm geblieben und hätte ihn in Sicherheit gebracht. Doch sie musste auch an ihr Volk denken!

Unter dem neugierigen Blick der Mondhexe erzählte sie stockend, wie es weitergegangen war.

„*Als die Tochter des Bürgermeisters hysterisch losgeschrien hat, ist ihr Bruder ihr zu Hilfe gekommen und hat den halb verwandelten Mischka im Kampf aus dem Fenster gestoßen. Ich hatte mich bereits vollständig in eine Eule verwandelt und bin hinter ihm her in den Hof geflogen, wo ich wieder menschliche Gestalt angenommen habe, um Mischka helfen zu können. Doch es ist alles viel zu schnell gegangen.*"

Keshira wischte sich mit dem Ärmel des Mantels die Tränen aus dem Gesicht, bevor sie weiter erzählte.

„Hexen!", *hat der Sohn des Bürgermeisters geschrien.* „Mondhexen!" *Doch ich war bereits zu schwach, um mich erneut verwandeln zu können. Also konnte ich nur wegrennen und hoffen, dass ihr mir folgen würdet, Gebieterin. Dabei musste ich Mischka schutzlos zurücklassen ... Und jetzt sitzen wir beide hier auf dem Baum ..."*

Sie schluchzte kurz auf, konzentrierte sich jedoch sofort wieder darauf, ruhig zu sein. Sie wollte die Verfolger nicht auf ihre Spur locken. Sie würde damit leben müssen, dass sie ihren Bruder zurückgelassen hatte.

Obwohl sie doch ganz genau wusste, was ihm blühte. Denn einige Bewohner des Landes der sieben Monde waren immer erpicht darauf, eine Mondhexe zur Strecke zu bringen, um ihr ihre Zauberkräfte abzunehmen.

Falls möglich unter Gewaltandrohung oder Folter. Wenn nötig, wurde die Hexe einfach getötet und ihr Blut getrunken, um zumindest einen Teil der Kräfte für kurze Zeit zu erhalten.

Denn nur die freiwillige Übertragung der Kräfte gewährte dem neuen Besitzer dauerhafte und vollständige Hexenkräfte. Das Blut, als Träger der Lebenskraft und Hexenkraft, verlor seine Wirkung rasch wieder. Meist reichte es gerade mal für einen einzigen Zauber.

Keshira verdrängte den Gedanken an dieses grausige Ritual. Und noch bevor sie der Gebieterin mehr erzählen konnte, wurde es im Wald unter ihr wieder lauter. Die Meute der Bürger kam zurück und anstatt sich mit der Gebieterin weiter zu unterhalten, beobachtete Keshira aufmerksam die bewaffneten Männer und Jungen, die sich langsam wieder in Richtung des Dorfes bewegten. Ihre Augen brannten. Sie konnte einfach nicht ohne ihren Bruder zurückkehren.

„Ich gehe nicht ohne Mischka!", teilte sie der Gebieterin telepathisch mit.

„Dafür haben wir keine Zeit!", drängte die Gebieterin und flatterte mit den Flügeln. *„Wir müssen sofort los! Die Zeit drängt und wir müssen den Rat der Zwölf erreichen, bevor die Altehrwürdige Mutter stirbt!"*

Keshira wusste, dass sie keine Wahl hatte, dennoch blieb sie auf ihrem Platz sitzen. Die Dorfbewohner hatten jetzt den Baum passiert und verschwanden bereits wieder in der Dunkelheit. Keshira nahm all ihre Willenskraft zusammen und leitete die Verwandlung ein. Es dauerte länger als gewöhnlich und war auch anstrengender als sonst, doch es gelang ihr.

Gemeinsam hoben die beiden Eulen dann ab und flogen durch den dunklen Wald davon. In der Höhe des Dorfes von Okep, hoch über den Köpfen der Bewohner, überquerten sie die Waldgrenze. Sie mussten leise schweben, doch die Gefahr, im Dunkeln entdeckt zu werden, war gering. Für einen Unsichtbarkeitszauber hatte Keshira keine Kraftreserven mehr. Doch gleich würden sie in Sicherheit sein und außer Reichweite der Bewohner.

Da empfing Keshira plötzlich telepathisch einen schrillen Hilfeschrei. Mischka! Sie zögerte, flatterte unsicher im Kreis.

„*Was ist los?*", fragte die Gebieterin.

„*Mein Bruder, er lebt! Ich muss ihm helfen!*"

„*Das geht nicht!*", beschwor die Gebieterin Keshira. „*Wir müssen sofort zum Rat der Ältesten. Sonst werden wir den Rat niemals rechtzeitig erreichen!*"

Keshira stieß einen spitzen Schrei aus, der den Bewohnern des Dorfes durch Mark und Bein fuhr. In ihrem Kopf hörte sie Mischka schreien.

„*Dort oben!*", rief der Sohn des Bürgermeisters und deutete in den Himmel. „*Dort sind zwei Mondhexen! Holt die Schützen!*"

Die Verbindung zu Mischka brach abrupt ab. Die Schützen rannten herbei und nahmen ihre Schießpositionen ein. Die Gebieterin hackte mit dem Schnabel nach Keshira.

„*Wir müssen auf der Stelle los!*", mahnte sie und ihre Augen funkelten. Keshira wusste, dass sie gehorchen musste.

„*Ich komme zurück, Mischka!*", rief sie ihrem Bruder telepathisch zu und flog dann so schnell sie konnte mit Tränen in den Augen davon. Die Gebieterin folgte ihr erleichtert.

Die Schüsse der Schützen gingen ins Leere.

„*Verdammt!*", rief der Sohn des Bürgermeisters.

„*Keine Sorge, mein Junge!*", beschwichtigte ihn sein Vater und legte ihm die schwere Hand auf die Schulter. „*Die kleine Hexe wird zurückkommen, um ihren Bruder zu retten und dann können wir sie fangen.*"

Der Sohn überlegte. „*Also lassen wir den Hexer am Leben? Als Köder?*"

Der Bürgermeister lachte. „*Natürlich nicht. Das wäre doch überflüssig. Wir müssen uns seine Kräfte aneignen, bevor die Hexe zurückkommt, damit wir uns gegen sie wehren können. Wir werden stark sein, wenn sie kommt und noch stärker, wenn wir sie ebenfalls getötet haben.*"

Dann gingen sie gemeinsam in den Stall zurück, wo Mischka angebunden war. Der Eulenkopf war inzwischen verschwunden und er hatte wieder seine menschliche Gestalt angenommen. Der Bürgermeister zückte sein Schwert und trat auf Mischka zu.

„*Er tötet mich!*", schrie Mischka in Gedanken seiner Schwester zu. „*Er wird mich töten! Rette die Gebieterin!*"

Und kurz darauf fügte er hinzu: *„Bring dich in Sicherheit, Schwester. Ich liebe dich."*

Der Bürgermeister lachte beim Anblick des hilflosen Jungen. Verschnürt, wie er war, nutzten ihm die antrainierten Kampftechniken im Moment nichts und ohne seinen Stein konnte er keinen bedeutenden Angriffs-Zauber wirken. Er saß in der Falle.

„Du wirst mir deine Kräfte übertragen, dann töte ich dich schneller und gnädiger!"

Er trat näher und schwang das Schwert probeweise in Mischkas Richtung.

„Du willst nicht? Das macht nichts. Wir können auch dein Blut trinken ..."

Keshiras Gedanken und Gefühle wirbelten qualvoll in ihrem Inneren durcheinander, als sie die Nachricht ihres Bruders erhielt.

„Ich liebe dich auch und ich lasse dich nicht im Stich!", antwortete sie.

Sie wollte ihn unbedingt retten, aber sie wusste nicht, wie. Schließlich war sie dazu ausgebildet worden, die Gebieterin und neue Herrscherin rechtzeitig vor dem Tod der Altehrwürdigen Mutter vor den Rat der Zwölf zu bringen. Koste es, was es wolle. Auch wenn das Leben des Partners auf dem Spiel stand ...

Was sollte sie nur tun? Sie flatterte panisch hin und her und sah, dass die Gebieterin ebenfalls nervös wurde.

„Wir müssen sofort los, Keshira. Vergiss Deinen Bruder!"

Einen Moment lang sah es so aus, als würde Keshira dem Befehl gehorchen, doch dann entschied sie sich in letzter Sekunde anders.

Als sie sich für ihren Bruder entschieden hatte, war ihr wohler und sie wurde innerlich ruhiger. Die Signale ihres Bruders waren verzerrt. Er hatte Schmerzen und auch Angst. Sie schienen ihn zu quälen. Das konnte sie keinesfalls zulassen! Sie konzentrierte sich auf all ihre Kräfte und ihre Wut und Trauer und ihre Verzweiflung und dann geschahen gleich mehrere Dinge auf einmal.

„*Eiszauber. Sofort!*", schrie Keshira telepathisch und ohne zu überlegen verwandelte sich Mischka in einen großen Eisblock. Er ahnte zwar nicht, was seine Schwester damit bezweckte, doch er vertraute ihr. Wobei er sich nicht vorstellen konnte, wozu gerade diese Form ihm oder ihr nützen sollte.

Sie würde den Bauern nicht davon abhalten, ihn notfalls in kleine Stücke zu hacken und dadurch zu töten. Doch er hatte keine Zeit, lange darüber nachzudenken. Stattdessen hoffte er einfach, dass er die Verwandlung lange genug aufrechterhalten konnte, bis Keshira ihren Plan, wie auch immer er lautete, durchführen konnte.

Keshira sprach den mächtigsten Zauber, den sie kannte, und bereits Sekunden später traf ein riesiger Feuerball, der einfach aus dem Nichts entstanden war, die Scheune und tötete den Bürgermeister und seinen Sohn. Wie eine Furie raste Keshira in Eulengestalt auf das Dorf zu und bündelte das Mondlicht zu einem weißem Feuer, das das komplette Dorf auslöschte.

Es ging so schnell, dass die Menschen keine Chance hatten, irgendwie zu reagieren. Sie konnten nicht einmal mehr schreien. Das weiße Mondfeuer erwischte sie und brannte schnell und kalt das Dorf nieder mit allem, was sich an Mensch und Tier darin befunden hatte.

Die Anstrengung für diesen Zauber hatte Keshira ihre gesamte Kraft gekostet. Keuchend fiel sie in ihrer menschlichen Gestalt zu Füßen des Eisblocks, der einst ihr Bruder gewesen war. Als er ihre Anwesenheit spürte, hob er aus eigener Kraft den Zauber auf und verwandelte sich ebenfalls zurück. Es ging langsam, denn er war genauso schwach wie seine Schwester und ihm war kalt.

Als er Keshira anschaute, machte er sich Sorgen. Sie war sehr blass und ihr Herzschlag raste, das konnte er dank ihrer Verbindung spüren. Ihr Atem ging flach und hastig. Die Gebieterin war nirgendwo zu sehen. Mit einer letzten Anstrengung fielen sich die Geschwister in die Arme. Doch sie wussten, dass die Freude nur kurz währen würde. Sie hatten versagt.

Da erschien den beiden Kindern plötzlich die Astralgestalt der Altehrwürdigen Mutter. Doch sie hatte nicht den gewohnt gütigen Ausdruck im Gesicht. Stattdessen wirkte sie versteinert und wütend, obwohl sie versuchte, es zu unterdrücken.

Ohne Begrüßung sprach sie sofort ihr Urteil und ihren Befehl:

„Keshira, du hast die Mission gefährdet und schutzlose Menschen einfach niedergemetzelt. Du bist nicht würdig, in das Volk der Mondhexen zurückzukehren. Mischka, geleite die Gebieterin sofort zum Rat der Zwölf. Und verab-

schiede dich von deiner Schwester. Du wirst sie nie wiedersehen!"

Dann löste sich ihre Gestalt sofort wieder auf. Es musste sie eine unglaubliche Anstrengung gekostet haben, sich im Sterben noch einmal zu einer solchen Astralwanderung aufzuraffen.

Aber sie hatte es gewagt, um den Kindern nochmals klarzumachen, dass es von absoluter Wichtigkeit war, die Nachfolgerin umgehend vor den Rat der Zwölf zu bringen, wo sie ihre Kräfte erhalten würde und man sie endgültig in ihr neues Amt einsetzte.

Mischka und Keshira schauten sich entsetzt an.

„Das kann sie nicht tun!", rief Mischka verzweifelt.

„Es macht nichts", keuchte Keshira, die noch immer außer Atem war, und umarmte ihren Bruder nur noch fester.

„Hauptsache, du bist am Leben!"

Beruhigend strich sie ihm über den Rücken. Sie war schockiert, doch sie wollte sich nicht anmerken lassen, wie sehr sie von der Entscheidung der Altehrwürdigen Mutter getroffen war. Obwohl sie genau gewusst hatte, was sie aufs Spiel setzte, war es hart für sie. Ihrem Bruder zuliebe versuchte sie, aufmunternd zu lächeln.

„Bring die Gebieterin zum Rat der Zwölf und rette unser Volk."

Mischka schluckte.

„Das kann ich nicht. Was wird aus dir werden?"

Keshira zuckte die Schultern.

"Ich habe keine Ahnung. Aber das Wichtigste ist, dass du lebst! Und jetzt geh und erfüll unsere Mission. Wie würde das denn aussehen, wenn wir beide versagen?"

Mischka zögerte. Doch er wusste, dass es für sein Volk überlebenswichtig war, die Nachfolgerin zum Rat der Zwölf zu bringen. Dennoch konnte er doch nicht so einfach ohne seine Schwester aufbrechen!

"Nun geh schon Mischka, das Volk braucht eine neue Anführerin. Du darfst jetzt nicht an mich denken. Du musst die Mission zu Ende bringen!", drängte ihn Keshira, klopfte ihm noch einmal auf den Rücken, drückte ihm einen Kuss auf die Wange und stand dann auf.

Als er sich nicht bewegte, reichte sie ihm ihre rechte Hand und zog ihn ebenfalls hoch, als er die Hand endlich ergriff. Mischka schaute zum Himmel auf, wo die Gebieterin unruhig ihre Kreise zog. Sie hatte sich aus dem Geschehen herausgehalten und hätte ohnehin nicht allzu viel ausrichten können, da ihre Kräfte noch nicht aktiviert waren. Sie hoffte nur, dass sie es noch rechtzeitig schaffen würden, denn es war schon zu viel Zeit verstrichen.

Sie stieß einen spitzen Eulenschrei aus und Mischka nickte. Er würde den Auftrag zu Ende bringen.

"Ich komme wieder! Ich suche dich und komme wieder!" versprach er seiner Schwester und umarmte sie ein letztes Mal, bevor er ihr die Feder wegnahm.

Nur so konnte er sich verwandeln und die Gebieterin zum Rat der Zwölf geleiten. Ihm war nicht wohl dabei, seine Schwester ohne die Feder alleine zu lassen. Aber ohne seine Eulengestalt hatte er gar keine Chance mehr auf einen erfolgreichen Abschluss der Mission und auf eine Rückkehr zu seinem Volk.

„Ich komme wieder", rief er ihr in Gedanken einige Male zu, als er mit der Gebieterin am fernen Nachthimmel verschwand. Keshira blieb alleine in den rauchenden Ruinen des Dorfes zurück und starrte den beiden Eulen nach, bis nichts mehr zu sehen war.

Sie war jetzt eine Ausgestoßene! Ein Schicksal, das sie niemandem sonst gewünscht hätte. Denn das bedeutete, auf sich alleine gestellt zu sein. Ohne Freunde und Vertraute. Alleine jeder Gefahr zu trotzen und niemandem vertrauen zu können.

Eine völlig ungewohnte Situation für sie, die, seit sie als vier Jahre alte Hexe ausgewählt worden war, stets nur die Zusammenarbeit mit dem Rat der Zwölf und ihrem Bruder gewohnt war. Sie hatte sich noch nie im Leben so verlassen und einsam gefühlt. Doch trotzdem: sie würde immer wieder ganz genau so handeln! Trotzig schlang sie den Mantel enger um sich, bevor sie erneut im Wald Schutz suchte.

Keshira streifte ziellos durch den Wald und war gleichermaßen wütend, verzweifelt und fassungslos. Wie konnte die Altehrwürdige Mutter sie nur so hart bestrafen und sie aus dem Dorf ausstoßen? Natürlich war ihr klar, dass sie falsch gehandelt hatte – falsch nach Maßstäben des Rates der Zwölf, aber nicht falsch, wenn es um ihre Familie ging.

Wie hätte sie ihren Eltern in die Augen blicken können und ihnen erzählen, dass sie es zugelassen hatte, dass ihr Bruder von einem Bauern aus Okep seiner Zauberkräfte beraubt und getötet worden war?

Wie hätte sie ihnen erklären können, dass sie einfach seelenruhig die Mission zu Ende gebracht hatte, während ihr Bruder von einem Bauern zerstückelt wurde?

Doch ihre ganze Wut nützte ihr nichts, sie konnte nichts daran ändern, dass sie jetzt eine Ausgestoßene war. Sie musste damit leben, ob sie wollte oder nicht. Dank ihres Trainings war sie in vielen Dingen geschult, die ihr das Überleben erleichtern würden. Doch ihr fehlten noch die Weisheit und Gelassenheit des Alters.

Sie war erst 16 Jahre alt, denn es war ungewöhnlich, dass die Altehrwürdige Mutter so rasch nach Abschluss der Ausbildung der Auserwählten starb. Normalerweise waren diese Anführerinnen mit einem hohen Alter gesegnet. Freilich, die Dame war bereits bei ihrer Wahl schon nicht mehr die Jüngste gewesen ...

Sie murmelte einen unauffälligen kleinen Zauber, der einen Schwarm Glühwürmchen anlockte, um ihr den Weg zu weisen und ein wenig Licht in den dunklen Wald zu bringen. Als Erstes würde sie sich ein Versteck suchen müssen. Zunächst nur für kurze Zeit, bis sie sich einen Plan zurechtgelegt hatte.

Möglicherweise würde es aber auch ein Versteck sein müssen, in dem sie bis zum Ende ihres Lebens ausharren musste. Natürlich hatte Mischka ihr versprochen, zurückzukommen. Sie war sicher, dass er das auch tun würde. Aber was sollte das nützen?

Nach dem Ratschluss der Altehrwürdigen Mutter durfte sie sich nie wieder im Dorf sehen lassen. Und sie wollte auf keinen Fall, dass ihr geliebter Bruder ihretwegen ebenfalls zum Ausgestoßenen wurde und sich freiwillig von allen absonderte, um ein Leben mit ihr in einem Versteck im Wald zu verbringen.

Nein, um seinetwillen musste sie verhindern, dass er sie jemals finden würde, auch wenn ihr selbst diese Entscheidung das Herz brach. Doch sie hatte sein Leben schließlich nicht gerettet, um es hinterher wieder zu zerstören.

Als sie an einen Stapel Bäume kam, die vom Wind oder Sturm übereinander geweht worden waren, als wären es nur Grashalme, blieb sie stehen. Die umgestürzten Bäume waren bleich und sahen im einfallenden Mondlicht aus wie Gerippe.

Ein idealer Platz für ein Versteck, denn der schauerliche Anblick würde sicher jeden zufällig vorbeikommenden Wanderer abschrecken. Sie lächelte und kletterte behände wie eine Katze über die Bäume.

Keshira hatte noch keinen Plan, aber sie war nicht ängstlich. Sie war stark und würde überleben. Und, wer weiß, vielleicht würde es das Schicksal so einrichten, dass sie ihren Bruder doch noch einmal wiedersehen würde ...

Im gesamten Land der sieben Monde (in der Sprache der Mondhexen „Magosch" genannt") lebten zwölf alteingesessene Stämme von magischen Wesen, die sich weitgehend von den ebenfalls dort lebenden Menschen und anderen Arten von Lebewesen fernhielten.

Neben den Mondhexen gab es auch Sterndeuter, Schatzfinder, Heilzauberer, Dimensionsreisende, Astralwanderer, Unterirdische, Alchemisten, Unsichtbare, Zeitreisende, Planetenwanderer und Wetterdenker.

Jedes Volk wählte sein weisestes und magischstes Mitglied aus, das dieses Volk im Rat der Zwölf vertreten würde. Diese Ratsmitglieder wohnen für gewöhnlich auf dem Lichtberg, der sich vom tiefen Wald umgeben weit hinter der Grenze der bewohnbaren Zone befand.

Nur mit einem magischen Passwort war es möglich, den richtigen Weg zum Aufstieg zu finden. Wer von den Wesen fliegen konnte, wie die Mondhexen, konnte auch durch die Luft dorthin gelangen. Aber auch dann mussten sie den magischen Schutz überwinden, um die Bergspitze und den Wohnsitz des Rates überhaupt betreten zu können.

Sobald eines des Ratsmitglieder spürte, dass seine Zeit gekommen war, sendete es eine Nachricht an sein Volk, um die nächste Altehrwürdige Mutter zu rufen. Die für den Posten bestimmten Frauen wohnten in ihren Hütten am Rand des Dorfes und leiteten das Volk in allen spirituellen Angelegenheiten. Sie trugen den Titel „Gebieterin", bis sie als „Altehrwürdige Mutter" in den Rat aufgenommen wurden.

Jedes Volk musste auch von Kindesbeinen an zwei Kinder wählen, die die Gebieterin, wenn es an der Zeit war, zum Lichtberg begleiten sollten. Denn solange die Altehrwürdige Mutter noch nicht im Amt war, verfügte sie noch nicht über all ihre Kräfte. Und es gab viele böse Wesen, die versuchten, die weisen Frauen auf dem Weg zum Berg abzufangen, um ihnen ihre bis dahin schon recht umfangreichen Zauberkräfte zu stehlen.

Meist lebten die Altehrwürdigen Mütter sehr lange, doch in diesem Fall war die Ablösung schneller nötig geworden und die Gebieterin des Dorfes der Mondhexen hatte nur zwei noch junge Begleiter zur Seite. Im Idealfall wären die beiden wohl erst sehr viel später, in ihren 30ern oder 40ern auf diese Mission gesendet worden.

Wenn die Nachfolgerin auf dem Berg eintraf, mussten die Begleiter sofort umkehren. Die anderen 11 Mitglieder übertrugen dann alle Kräfte der sterbenden Altehrwürdigen Mutter auf die Nachfolgerin und gaben ihr zusätzliche Kräfte, jeder von seinen eigenen Fähigkeiten, hinzu.

Doch die jetzige Ablösung stand unter einem ungünstigen Stern. Denn bereits der plötzliche und ungeplante Tod, die beinahe gescheiterte Mission und die Verbannung einer so gut ausgebildeten Hexe wie Keshira waren noch niemals vorgekommen.

Zum Glück konnte Mischka die Gebieterin noch rechtzeitig abliefern und dann zum Dorf zurückkehren, um dem Volk von der Mission – und dem Schicksal seiner Schwester zu berichten.

Er und das gesamte Volk staunten nicht schlecht, als die Gebieterin als Altehrwürdige Mutter plötzlich wieder ins Dorf zurückkehrte und in ihre alte Hütte einzog. Alles, was sie erfuhren, war, dass schlimme Zeiten bevorstanden und der Rat der Zwölf sich zum Schutz ihrer Völker getrennt hatte, um ihre Dörfer zu beschützen. Ein schlechtes Omen!

Doch das Volk hinterfragte nicht, was der Rat oder die Altehrwürdige Mutter beschlossen hatten. Sie wussten, dass die 12 hochrangigen Frauen auch getrennt stets in telepathischem Kontakt standen und alles tun würden, um die magische Bevölkerung und das Land zu retten. Vor was auch immer sie gesehen hatten …

Und falls der Leser sich fragt, warum die mächtigsten Zauberwesen des Landes nicht gemeinsam das Unglück verhindern oder alles Böse auslöschen konnten oder wollten, so sei gesagt, dass ein großes Gemetzel nicht immer die Lösung ist.

Die weisen Frauen wussten, dass sie die Geschicke ihrer Völker und die Ereignisse der Zukunft besser und nachhaltiger zum Guten lenken konnten, wenn sie vor Ort den Menschen Trost und Hilfe spendeten.

Und dass sie, durch die Weitergabe ihres Wissens und mit liebevollen Hinweisen sowie einem bestimmten Auftreten viel besser dafür sorgen konnten, dass alles so kommen würde, wie es für das Land und die Beteiligten am besten war. Auch wenn das nicht ganz ohne Opfer gelingen konnte. Aber das konnte es in solchen Fällen ja nie …

*

Keshira streifte ziellos durch den Wald und war gleichermaßen wütend, verzweifelt und fassungslos. Wie konnte die Altehrwürdige Mutter sie nur so hart bestrafen und sie aus dem Dorf ausstoßen? Natürlich war ihr klar, dass sie falsch gehandelt hatte – falsch nach Maßstäben des Rates der Zwölf, aber nicht falsch wenn es um ihre Familie ging.

Wie hätte sie ihren Eltern in die Augen blicken können und ihnen erzählen, dass sie es zugelassen hatte, dass ihr Bruder von einem Bauern aus Okep getötet und seiner Zauberkräfte beraubt worden war?

Wie hätte sie ihnen erklären können, dass sie einfach seelenruhig die Mission zu Ende gebracht hatte und die Gebieterin zum Lichtberg geleitet hatte, während ihr Bruder von einem Bauern zerstückelt wurde?

Doch ihre ganze Wut nützte ihr nichts, sie konnte nichts daran ändern, dass sie jetzt eine Ausgestoßene war. Sie musste damit leben, ob sie wollte oder nicht. Dank ihres Trainings war sie in vielen Dingen geschult, die ihr das Überleben erleichtern würden. Doch ihr fehlte noch die Weisheit und Gelassenheit des Alters.

Sie war erst 16 Jahre alt, denn es war ungewöhnlich, dass die Altehrwürdige Mutter so rasch nach Abschluss der Ausbildung der Auserwählten starb. Normalerweise waren diese Anführerinnen mit einem hohen Alter gesegnet. Freilich, die Dame war bereits bei ihrer Wahl schon nicht mehr die Jüngste gewesen ...

Sie murmelte einen unauffälligen kleinen Zauber, der einen Schwarm Glühwürmchen anlockte, um ihr den Weg zu weisen und ein wenig Licht in den dunklen Wald zu bringen. Als erstes würde sie sich ein Versteck suchen müssen. Zunächst nur für kurze Zeit, bis sie sich einen Plan zurechtgelegt hatte.

Möglicherweise würde es aber auch ein Versteck sein müssen, in dem sie bis zum Ende ihres Lebens ausharren musste. Natürlich hatte Mischka ihr versprochen, zurückzukommen. Sie war sicher, dass er das auch tun würde. Aber was sollte das nützen?

Nach dem Ratschluss der Altehrwürdigen Mutter durfte sie sich nie wieder im Dorf sehen lassen. Und sie wollte auf keinen Fall, dass ihr geliebter Bruder ihretwegen ebenfalls zum Ausgestoßenen wurde und sich freiwillig von allen absonderte, um ein Leben mit ihr in einem Versteck im Wald zu verbringen.

Sie wünschte ihrem starken, strahlenden Bruder stattdessen eine liebe Frau und viele Kinder und alles Glück der Welt. Nein, um seinetwillen musste sie verhindern, dass er sie jemals finden würde, auch wenn ihr selbst diese Entscheidung das Herz brach. Doch sie hatte sein Leben schließlich nicht gerettet, um es hinterher wieder zu zerstören.

Und sobald sie einen sicheren Unterschlupf gefunden hätte, würde sie sich auf die Suche nach einer Eulenfeder machen. Nur damit konnte sie sicherstellen, dass sie nach Belieben ihre Gestalt jederzeit ändern konnte. Aber ihre anderen magischen Kräfte waren ihr zum Glück geblieben, sodass sie eine der Eulen des Waldes zur Hilfe herbeirufen könnte … Doch zuerst kümmerte sie sich um einen sicheren Platz für die nächsten Tage – oder Wochen, Monate, Jahre?

Als sie an einen riesigen, schier unüberwindbaren Windbruch im Wald gelangte, blieb sie stehen. Die umgestürzten Bäume waren bleich und sahen im einfallenden Mondlicht aus wie Gerippe. Und der Stapel war eigentlich zu hoch, um auf natürliche Weisen entstanden zu sein. Aber vielleicht hatte auch jemand die Stämme beiseite geräumt und dort absichtlich gestapelt?

Nun, der Grund spielte eigentlich keine Rolle, entschied sie. Dies war ein idealer Platz für ein Versteck, denn der schauerliche Anblick würde sicher jeden zufällig vorbeikommenden Wanderer abschrecken. Sie lächelte und kletterte behände wie eine Katze über die Bäume.

HEUTE, 10 Jahre später ...

*Eine Eulenfeder trägt jede Mondhexe bei sich.
Damit kann sie sich in eine Eule (und zurück) verwandeln.*
(© Martina Nowak)

IM DORF DER MONDHEXEN

„*Mischka? Mischka? Was ist mit dir?*"

Mischkas Frau schüttelte ihren Mann wach, der im Schlaf um sich geschlagen und sie an dabei am Kinn getroffen hatte. Sie war es bereits gewohnt, dass er oft von Albträumen heimgesucht wurde und wünschte, sie könnte ihm helfen. Doch er wollte ihr nicht einmal sagen, worum es in diesen Träumen ging.

Verschwitzt und verwirrt schlug Mischka die Augen auf. Es dauerte einige Minuten, bis er wieder ganz in der Realität verankert war. Rasch setzte er sich im Bett auf und schlug beide Hände vors Gesicht. Immer diese Träume! Wenn er sie nur loswerden könnte. Aber Nacht für Nacht verfolgten ihn sein schlechtes Gewissen und seine Verzweiflung.

Er hatte doch alles versucht. Wirklich alles! Nacht für Nacht hatte er sich heimlich davongeschlichen, um seine Schwester zu suchen, der er sein Leben verdankte und die er im Gegenzug allein und schutzlos in den Ruinen des Dorfes von Okep zurückgelassen hatte.

Seine Frau rutschte näher an ihn heran und nahm ihn vorsichtig in ihre Arme. Sie spürte, wie sein Schweiß ihr Nachthemd durchfeuchtete. Sein qualvoller Blick ging ihr durch und durch.

„Mischka", flüsterte sie. „*Mischka, du musst mir von deinen Träumen erzählen. Sonst kann ich dir nicht helfen!*"

„*Niemand kann mir helfen!*", herrschte er sie an, entschuldigte sich jedoch sofort wieder dafür, als er die Angst und das Erstaunen in ihren Augen sah.

„*Es tut mir leid, mein Schatz, ich bin einfach verzweifelt. Ich erzähle dir ein andermal davon. Jetzt lass uns weiterschlafen. Und bitte entschuldige, dass ich dich geweckt habe.*"

Vorsichtig löste er sich aus ihrer Umarmung und bewegte sie mit sanftem Druck dazu, sich auf ihrer Seite des Bettes wieder hinzulegen. Er deckte sie zu wie ein kleines Kind und gab ihr einen Kuss auf die Stirn. Der Versuch eines Lächelns scheiterte jedoch. Schnell zog er sich im Dunkeln auf sein Kissen zurück und verschränkte die Arme hinter dem Kopf.

Einschlafen konnte er nicht mehr. Er starrte an die Decke bis der Morgen graute und die ersten Lichtstrahlen durch das kleine Fenster in die Hütte eindrangen. Die tiefen, regelmäßigen Atemzüge neben ihm, zeigten ihm an, dass seine Ehefrau noch im Land der Träume weilte. Seit einem Jahr waren sie nun verheiratet und er würde bald zum ersten Mal Vater werden.

Seine Frau stammte nicht aus dem Volk der Mondhexen, sondern aus dem Volk der Sterndeuter, wohin ihn sein Weg auf der Suche nach Keshira hingeführt hatte. Er hatte niemandem erzählt, was er suchte, weil er nicht riskieren konnte, jemandem zu verraten, dass eine schutzlose Mondhexe irgendwo in den Wäldern lebte. Auf diese Weise hätte er lediglich ihr Leben in Gefahr gebracht.

Stattdessen hatte er sich als Junggeselle ausgegeben auf der Suche nach der großen Liebe. Ein Ansinnen, das von vielen belächelt worden war, denn eine Heirat aus Liebe war nur in den seltensten Fällen möglich. Es gab so viele andere Dinge zu bedenken, die wichtiger für das Überleben waren als die Liebe. Mischka hatte stets darüber hinweggesehen, wenn die Leute über ihn die Köpfe geschüttelt oder hinter seinem Rücken gespottet hatten.

Was wussten sie schon von der Liebe? Nur durch die Liebe war er noch am Leben, denn seine Schwester hatte ihn mehr geliebt als ihr eigenes Leben ... Als er Belina getroffen hatte, war ihm sofort klar geworden, dass sie die einzige Frau für ihn war und hatte kurzerhand um ihre Hand angehalten.

Obwohl sie seither im Dorf der Mondhexen lebte, hatte niemand aus seinem Volk ihr jemals von Keshira erzählt. Sie war von der Altehrwürdigen Mutter ausgestoßen worden und es war bei Todesstrafe verboten, sie jemals wieder zu erwähnen. Mischka seufzte leise. Wie konnte er seiner Frau bis ans Ende seines Lebens verschweigen, warum ihn Albträume quälten?

Sicher würden die Träume aufhören, wenn er Keshira nur endlich finden würde. Aber er hatte keine Ahnung, wo er sie nach dieser Zeit noch suchen sollte. Wie war es überhaupt möglich gewesen, sie NICHT zu finden? Er hatte sich doch schon einen Tag nach der Rückkehr mit der neuen Gebieterin heimlich wieder auf den Weg in den Wald gemacht, wo sie sich immer noch hätte aufhalten müssen.

Täglich war er in Eulengestalt dorthin zurückgekehrt, doch er hatte niemals auch nur die kleinste Spur von ihr gefunden. Und sie musste in ihrer Menschengestalt zu finden sein, denn ohne die Feder konnte sie sich nicht verwandeln. Sie könnte sich höchstens unsichtbar machen, doch das hätte auf ihn keine Wirkung. Die Mondhexen konnten sich mit dem Mondstein nämlich nur vor Feinden aber nicht voreinander verbergen.

Vorsichtig drehte er den Kopf zu seiner Frau und betrachtete ihre ebenmäßigen Gesichtszüge und die blonden Haare, die sich wie kleine Schlangen um ihr Gesicht und ihren Hals wanden, dabei aber so leuchteten, dass man geblendet wurde. Seine Augen wanderten über ihre Gestalt, die halb von der Decke verborgen war, die sich jedoch über der Körpermitte wölbte.

Sein Sohn, so hoffte er, würde bald geboren werden. Beim Gedanken daran lächelte er. Er würde ihm so vieles beibringen und er wüsste ihm so viele Geschichten zu erzählen. Auch über seine tapfere Tante. Sein Gesicht verdüsterte sich augenblicklich.

Nein, er würde ihm nie erzählen können, wie Keshira ihm das Leben gerettet hatte, da er zum Schweigen verdammt war. Wie konnte er seinem Sohn stolz erzählen, dass Keshira ihn gerettet hatte und ihm dann erklären, dass er nicht dasselbe für Keshira getan hatte?

Falls sie überhaupt noch lebte, würde sie sicherlich ein einsames und trauriges Leben führen. Und das nur, weil er dabei versagt hatte, sie zu retten. Es wäre seine Pflicht gewesen, etwas für sie zu tun. Wütend mahlte er mit den Zähnen. Nein, es kam ja überhaupt nicht in Frage, seinem Sohn von seinem Versagen zu berichten. Stattdessen würde er Keshira endlich finden und sie zurückbringen.

Und falls das Volk sie nicht zurückhaben wollte, würde er mit seiner Familie von hier weggehen und mit seiner Schwester zusammen irgendwo leben. Er würde dafür sorgen, dass sie in Sicherheit war und nicht alleine sein musste. Nachdem er diesen Entschluss gefasst hatte, war ihm klar, was er tun musste. Vorsichtig, um Belina nicht zu wecken, kletterte er aus dem Bett und zog sich an.

Er packte noch so viele Nahrungsmittel wie er finden konnte in einen Sack, dann griff er seinen geflickten Mantel und verließ leise die Hütte. Dieses Mal musste er sie einfach finden!!!

*

Kaum hatte Mischka die Hütte verlassen, schlug Belina die Augen auf. Sie hatte schon lange nicht mehr geschlafen und stattdessen genau auf die Geräusche geachtet, die ihr Mann beim Aufstehen und Packen gemacht hatte. Ihr war klar, dass er nicht vorhatte, sie zu verlassen, sondern dass seine seltsamen Träume damit zu tun haben mussten. Aber wie konnte sie ihm nur helfen?

Das Baby in ihrem Bauch strampelte. Beruhigend legte sie ihre Hand auf die Wölbung und sprach mit dem Mädchen. Sie wusste, dass es ein Mädchen werden würde und hoffte, dass Mischka nicht allzu enttäuscht wäre, denn er wünschte sich so sehr einen Sohn, dass er das

Kind seit er von der Schwangerschaft erfahren hatte, stets als Jungen betrachtet und angesprochen hatte.

Vorsichtig schob Belina ihren geschwollenen Leib aus dem Bett und kleidete sich an. Sie versuchte, Ruhe zu bewahren. Doch nach dem Erledigen der notwendigsten Hausarbeit würde sie der Altehrwürdigen Mutter einen Besuch abstatten. Vielleicht würde diese ihr verraten, was es mit Mischkas seltsamem Verhalten auf sich hatte.

*

Mischka hatte Mühe, sich im Morgengrauen unauffällig von seiner Hütte wegzubewegen. Die ersten Hexen waren schon unterwegs, um Kräuter zu sammeln, die noch vom Morgentau benetzt waren. Fallensteller hatten sich schon vor Anbruch der Dämmerung auf den Weg gemacht und auch sonst konnte er hier und da bereits einigen Bekannten begegnen, denen er unliebsame Fragen zu beantworten haben würde.

Als er außer Sichtweite der letzten Hütten war, setzte er sich hinter ein Gebüsch und verwandelte sein Gepäck in ein Reiskorn und sich selbst in eine Eule. Dann pickte er das Korn auf und flog so schnell davon, wie er nur konnte, immer in Richtung des Waldes, in dem er Keshira zum letzten Mal gesehen hatte. Vielleicht wären ihm die Götter heute gewogen und würden ihm erlauben, einen Hinweis auf den Aufenthaltsort seiner Schwester zu finden?

*

„*Es ist also an der Zeit*", seufzte die Altehrwürdige Mutter, als sie in ihrem morgendlichen Tee rührte und die Teeblätter deutete.

Die Zeichen hatten sich schon seit einer Weile gehäuft und waren nun nicht mehr zu übersehen. Etwas Großes stand nun bevor, etwas noch nie Dagewesenes, das sie nicht verhindern konnte. Und dieses Ereignis setze sich aus mehreren Geschehnissen zusammen, die sie zunächst nur schemenhaft in ihren Visionen erblickt hatte. Doch jetzt, nach der Deutung der Teeblätter, war alles klar. Es war soweit. Sie sollte sich am besten rasch anziehen, bevor ihr Besuch eintraf.

Sie hatte kaum ihre Alltagskleidung angelegt, als es vorsichtig an der Tür klopfte.

„*Altehrwürdige Mutter, seid ihr da?*", rief eine Frauenstimme.

„*Tritt ein, Belina, ich bin zu Hause*", antwortete die Altehrwürdige Mutter und nur Sekunden später öffnete sich die Tür und die hochschwangere Frau trat ein. Ihr langes blondes Haar strahlte, von der Morgensonne beschienen, und gab ihr ein fast überirdisches Aussehen.

„*Ich habe dich bereits erwartet*", sprach die Altehrwürdige Mutter und bot Belina einen Platz an ihrem Holztisch an.

„*Es tut mir leid, wenn ich dich schon so früh am Tag störe*", begann Belina, „*doch ich habe dringende Fragen an dich.*"

Sie schwieg, weil sie nicht wusste, wie sie ihr Anliegen am besten formulieren sollte. Doch die alte Frau schien bereits Bescheid zu wissen, denn sie nickte nur und griff über den Tisch hinweg, um mit einer Geste nach Belinas Hand zu verlangen.

Was das wohl zu bedeuten hatte? Belina rückte ihren Stuhl zurecht und reichte der Altehrwürdigen Mutter beide Hände, die diese auch sofort ergriff. Dann blickten sich die beiden Frauen einige Sekunden tief in die Augen.

„Ich weiß, warum du gekommen bist, die Zeichen haben es mir bereits verraten", erklärte die Altehrwürdige Mutter traurig lächelnd.

„Du willst erfahren, warum dein Mann so leidet, welches Geheimnis er schon so lange mit sich trägt und was ihn so sehr belastet. Dein Wunsch ist verständlich, doch noch vor kurzer Zeit hätte ich mich geweigert, dir das Geheimnis zu offenbaren. Denn es handelt sich dabei um ein Geheimnis unsere Volkes, über das niemand sprechen darf.

Damals, vor 10 Jahren, hat sich eine Tragödie ereignet, wie sie in der Geschichte unserer Ahnen noch nie vorgekommen ist. Das Stillschweigen, das darüber verhängt wurde, musste unter allen Umständen eingehalten werden. Daher hättest du unter normalen Umständen nie etwas darüber erfahren dürfen.

Doch die Zeichen haben mir ungewöhnliche Dinge vorhergesagt, denen ich mich fügen muss. Viele Dinge, die ich mit niemandem besprechen darf. Trotzdem muss ich es nun tun, denn die Zeichen haben ein neues Zeitalter angekündigt. Und um alles Nötige zu veranlassen und alles richtig zu machen, musst du eingeweiht sein, damit nichts schiefgeht. Nicht schon wieder schiefgeht."

Belina blickte die Altehrwürdige Mutter mit großen Augen an. Sie hatte noch nie so viel mit der alten Dame gesprochen, denn sie unterhielt sich normalerweise nur im Notfall mit jemandem aus dem Volk. Wenn wichtige Termine anstanden oder Rituale und Feste zu planen waren. Aber dies hier kam einem Familientreffen gleich, bei dem vergleichsweise banale Dinge wie die Alpträume ihres Mannes besprochen werden sollten. Daher war es höchst seltsam, dass die Altehrwürdige Mutter so offen und ausführlich mit ihr sprach.

„Ich verstehe nicht, worüber du sprichst, Altehrwürdige Mutter, aber ich fühle mich geehrt, dass du mir dein Vertrauen schenkst und mich an deinem Wissen teilhaben lässt. Ich werde dich nicht enttäuschen. Sag mir, was es zu wissen gibt und was ich tun kann, bitte."

Belina blickte die alte Frau flehend an und die Altehrwürdige Mutter nickte.

„So soll es sein, mein Kind. Du wirst alles erfahren, was zum jetzigen Zeitpunkt notwendig ist und gesagt werden muss. Ich habe dir bereits einen Trank vorbereitet, der dir dabei helfen wird, alles zu verstehen. Aber ich muss dich auch warnen.

Der Trank ist sehr stark und du wirst in einer Vision alles sehen, was damals geschehen ist, als wärst du persönlich dabei gewesen. Nach der Vision wird allerdings sofort dein Kind geboren werden, etwas vor seiner Zeit. Daher müssen wir Vorkehrungen treffen. Ich habe bereits ein Lager aus Stroh mit duftenden Kräutern vorbereitet, auf das du dich sofort legen kannst."

Belina erschrak, folgte jedoch dem Blick der alten Frau in die Ecke der Hütte, wo tatsächlich ein Lager aus frischem Stroh und Kräutern bereitet worden war. Ein Kessel hing über dem Feuer, in dem heißes Wasser bereitet wurde und in der Ecke lagen frische Leintücher, um das Neugeborene zu wickeln.

„*So schnell, aber warum?*", flüsterte Belina.

Sie war erst im achten Monat und in ihrem Volk galt es als Unglück, wenn Kinder vor der errechneten Zeit geboren wurden. Denn dadurch gingen auch die Vorhersagen und der Schutz der Sterne, der für den geplanten Geburtszeitpunkt galt, verloren. Ein schreckliches Unglück!

„*Ich verstehe deine Sorge, denn ich kann deine Gedanken sehen*", lächelte die Altehrwürdige Mutter. „*Doch du musst nicht besorgt sein. Deiner Tochter war ein Leben als Sterndeuterin vorherbestimmt, doch durch die neuen Zeichen hat sich das geändert. Du wirst jetzt in ein dunkles Geheimnis unseres Volkes eingeweiht werden und das hat auch Auswirkungen auf deine Nachkommen.*

Doch ich habe die Zeichen gedeutet und die Planeten befragt. Heute ist der richtige Zeitpunkt, um eine Kriegerin und Anführerin zur Welt zu bringen, die die Mächte und Kenntnisse aus zwei großen Völkern besitzt und die von einer starken Frau alles gelehrt werden wird, was sie wissen muss."

Belina blickte der Altehrwürdigen Mutter verwirrt in die Augen.

„*Wie meinst du das, eine Kriegerin? Das Volk der Sterndeuter versteht sich auf die Magie der Planeten und des Universums, wir deuten die Zeichen und lenken Geschicke, wir beherrschen heilende Magie und können die Talente der Menschen beeinflussen. Aber wir sind weder Anführer noch Krieger und ich bin auch keine starke Frau. Ich kann meiner Tochter keine Kriegskünste lehren ...*"

Die Altehrwürdige Mutter lächelte.

„*Keine Sorge, du warst auch nicht damit gemeint. Deine Tochter wird alles, was sie braucht, von ihrer Tante lernen.*"

„*Welche Tante? Willst du die Patin unserer Tochter werden? Es wäre mir eine große Freude und Ehre.*"

„*Nein, nein, ich wäre zwar sehr gerne die Patentante deiner Tochter, doch das ist mir nicht bestimmt. Mischkas Schwester wird diese Rolle übernehmen. Und nun folge mir bitte zu dem Lager aus Stroh, das ich für dich vorbereitet habe.*"

Widerstandslos ließ sich Belina von der Altehrwürdigen Mutter zu dem Strohlager begleiten, das mit duftenden Kräutern und allerlei magischen Mitteln bestückt worden war.

„*Mischkas Schwester?*", fragte Belina verständnislos, als sie sich auf das Stroh bettete.

„*Aber er hat doch gar keine Schwester?*"

„*Doch, die hat er. Und er hat sich heute Morgen auf den Weg gemacht, um sie endlich nach Hause zu bringen.*"

„*Nach Hause? ...*"

„Du wirst es gleich verstehen. Trink bitte dieses Gebräu und ergreif dann meine Hände, ich werde dir alles zeigen, was sich damals ereignet hat."

Belina griff ohne zu zögern nach dem Trank, der sehr bitter schmeckte, stellte den Holzbecher dann neben dem Strohlager ab und ergriff die Hände der Altehrwürdigen Mutter, die sich neben sie auf den Boden gesetzt hatte. Sekunden später erlebte sie Keshiras und Mischkas Mission, als wäre sie dabei gewesen.

UNTERWEGS

Die Gegend hatte sich in den letzten 10 Jahren stark verändert, stellte Mischka fest, als er unter einem Baum landete und seine menschliche Gestalt wieder annahm. Auch sein Gepäck verwandelte er zurück. Es war zwar unhandlich, aber man konnte ein Reiskorn viel zu leicht zu verlieren, das erschien ihm zu gefährlich.

Vorsichtig blickte er sich im Morgenlicht an der Stelle um, an der er seine Schwester zuletzt gesehen hatte. Wie oft hatte er schon hier gestanden und in unterschiedliche Richtungen gesucht? Immer wieder erfolglos – leider. Doch dieses Mal würde er nicht ohne sie zurückkehren. Er hatte sich fest vorgenommen, sie zu finden. Dafür hatte er sich mit einem speziellen Zauber vorbereitet, von dem er sich große Hilfe erhoffte.

Es war ein Zauber, den man normalerweise einsetzte, um auf der Jagd verwundete Tiere zu finden, die nicht richtig getroffen worden waren und dem Jäger entkommen konnten. Der Trank wies dem Jäger die Spur, indem er, mit einem Blutstropfen des verletzten Tieres versehen, dessen Gefühle übertrug und den Jäger die Fluchtrichtung spüren ließen, da sie über das Blut mit dem Tier verbunden waren.

Leider konnte Mischka nicht auf einen Blutstropfen seiner Schwester zurückgreifen, doch er war vom selben Blut wie seine Schwester und müsste sich einfach gut in sie hineinversetzen. Die Chance, dass dies funktionierte, war minimal, das wusste er selbst. Doch er hatte keine bessere Idee und es konnte außerdem nichts schiefgehen, außer vielleicht, dass es einfach nicht funktionierte.

Vorsichtshalber hatte er eine Faser ihrer alten Kleidung mitgenommen. Diese würde er selbstverständlich nicht schlucken, er wollte sie aber in das Getränk eintauchen, um so hoffentlich ein wenig Lebensessenz seiner Schwester mit in den Kräutertrank zu übertragen.

Er suchte sich eine geeignete Stelle hinter einem Busch, wo ihn zufällig vorübergehende Passanten hoffentlich nicht so leicht entdecken würden. Wobei zufällige Passanten in der Gegend eher selten waren. Denn nach dem großen Brand, bei dem Keshira das Dorf Okep zerstört hatte, hatte niemand das Gebiet beansprucht und keiner war gekommen, um das Dorf wieder aufzubauen.

Stattdessen hielten sich höchstens böse Gestalten in den Ruinen auf, und selbst die beeilten sich, schnell wieder von dort zu entkommen. Nur selten trauten sich Schatzsucher in die Ruinen von Okep, um in Schutt und Asche nach den zerstörten Zugängen zu den unterirdischen Hallen zu suchen, die die Bewohner einst für ihre

Vorräte und ihren wertvollsten Besitz aber auch als Fluchttunnel genutzt hatten.

Bei der Zerstörung des Dorfes war alles verschüttet worden und niemand außer den toten Bewohnern wusste, an welcher Stelle sich der Zugang zur Unterwelt befand. Oder wo sich der Ausgang der Fluchttunnel befand, durch die man ebenfalls in die Höhlen unter den Ruinen hätte gelangen können.

Mischka hätte die Zugänge auf magische Weise finden können, doch er hatte kein Interesse daran, alten Wein oder eingelegtes Gemüse zu suchen. Geschweige denn, irgendwelchen alten Familienschmuck der Bewohner zu stehlen. Der einzige Schatz, den er finden wollte, war seine Schwester.

Sorgfältig und rasch bereitete er alle Zutaten auf einer zusammengerollten Tierhaut vor sich aus. Frischgepflückte Venuskräuter, getrocknetes Weissagekraut und ein paar andere wichtige Essenzen aus seinem Vorrat bildeten die Grundlage.

Er mörserte schnell alles in dem mitgebrachten Steinmörser und goss die Kräuter mit etwas Wasser aus seiner Trinkflasche auf. Es ging nicht darum, große Mengen davon zu trinken, sondern nur ein oder zwei Schluck. Falls der Zauber wirkte, würde die Menge völlig genügen.

Als er alles gut gemischt und gerührt hatte, hängte er den Leinenfaden aus dem Gewand seiner Schwester in die grüne Flüssigkeit und sprach rasch einen Zauber, der die Lebensenergie aus dem Faden in den Trank übertragen sollte.

Dann legte er den Faden zur Seite und griff nach seinem Messer, um sich in den kleinen Finger zu ritzen. Ein Tropfen seines Blutes fiel in die grüne Flüssigkeit, ohne ihre Farbe zu verändern.

Rasch rührte er mit dem Mörser noch einmal alles durch, konzentrierte sich und trank die Flüssigkeit schnell in zwei hastigen Schlucken. Es schmeckte grauenhaft, doch das war unwichtig. Während er darauf wartete, dass die Wirkung einsetzte, räumte er vorsichtig alle Gegenstände wieder in seine Umhängetasche.

Er horchte aufmerksam nach innen, um jede Veränderung zu bemerken, denn er hatte keine Ahnung, wie sich der Trank äußern und was geschehen würde.

Als er alle Utensilien wieder verstaut hatte, war er enttäuscht. Er konnte keinen Unterschied feststellen. Anscheinend klappte der Zauber doch nur bei verletztem Wild und nicht einer seit 10 Jahren vermissten Verwandten. Was nun?

IM VERWUNSCHENEN WALD

Etwas stimmte nicht, sie konnte es deutlich spüren, aber leider nicht näher bestimmen. Unruhig trat Keshira vor ihre Holzhütte und blickte sich sorgfältig um. Sie warf sogar einen Blick an den Himmel, um den Lauf der Wolken und das Verhalten der Vögel zu deuten. Die Zeichen deuteten nicht auf eine Bedrohung hin. Aber trotzdem würde etwas Ungewöhnliches geschehen, das spürte sie.

Sie beschloss, das Wasserorakel zu befragen und ging zum Brunnen, wo sie sich einen Eimer Wasser holte und zur Hütte zurücktrug. Dort setzte sie sich auf ihren kleinen Hocker und blickte in den Eimer.

Normalerweise holte sie das Wasser für solche wichtigen Weissagungen aus ihrer Quelle im Wald, da es von den Wassergeistern gesegnet war. Doch dafür reichte die Zeit nicht. Daher musste sie sich mit dem Wasser aus dem kleinen Brunnen neben dem Schuppen begnügen.

Zunächst war die Oberfläche des Wassers unruhig und warf Wellen, doch mit der Zeit wurde es ruhiger und glatter und zeigte ihr ein Abbild ihres Gesichtes. Ernst, ruhig, aber auch besorgt. Sie atmete tief ein und schloss die Augen. Dann konzentrierte sie sich auf ihr Vorhaben. Sie bat um die Unterstützung der Ahnen und der Eulengeister sowie des Mondes.

Als sie völlig auf ihr Vorhaben fokussiert war, öffnete sie die Augen und blickte in den Eimer, auf die Wasseroberfläche und durch ihre Spiegelbild hindurch.

„Was kommt auf mich zu?", fragte sie in den Eimer hinein.

„Zeigt mir, was mich erwartet und lasst es mich im Wasser sehen", bat sie die angerufenen Mächte.

Im Eimer wurde es dunkel und dann tauchte langsam ein verschwommenes Bild darin auf. Ein Mann, ein junger Mann, der im Wald stand. In der Nähe des großen Stapels Totholz, über den sie vor 10 Jahren geklettert war, um hierher in die Einöde, tief in den Wäldern von Nigala zu flüchten und sich zu verstecken.

Niemand lebte hier, denn der Wald war verwunschen – oder verflucht, je nachdem, wie abergläubisch oder schwarzseherisch man sein wollte. Zusätzlich hatte sie sich mit einem Schutzzauber verborgen, sodass nicht einmal größere Tiere ihren Teil des Waldes betreten wollten.

„*Zeigt mir den Mann*", befahl sie den Mächten und das Bild klarte auf.

Der Mann kam ihr bekannt vor und je deutlicher das Bild wurde, umso unruhiger wurde sie. Konnte das sein? Durfte das sein? Das war doch Mischka, ihr Bruder? Was tat her hier? Suchte er sie? Nach dieser langen Zeit? Sie hatte es geahnt, hatte gefühlt, dass er sie vermisste und sie nicht aufgegeben hatte. Mit der Gewissheit, die nur magische Geschwister verbindet, hatte sie all die Jahre gespürt, dass er trauerte, dass er genau so litt wie sie.

Doch er durfte sie nicht finden! Sie hatte es sich selbst geschworen, dass er sie nicht finden durfte. Denn sie war eine Ausgestoßene und durfte nie nach Hause zurückkehren. Um den Schmerz und auch die Gefahr für das Volk der Mondhexen nicht noch größer zu machen, musste sie ein Wiedersehen mit aller Macht verhindern.

Das Bild veränderte sich plötzlich und das Gesicht der Altehrwürdigen Mutter erschien darin. Was hatte das zu bedeuten? War ihr etwas zugestoßen? Keshira hielt den Atem an. Die Altehrwürdige Mutter lächelte und breitete die Arme aus, als wollte sie sie willkommen heißen.

Keshira runzelte die Stirn. Was wollten ihr die Mächte damit sagen? Dass ihr vergeben wurde? Während sie grübelte, sah sie, wie die Altehrwürdige Mutter zur Seite trat und auf ein Strohlager zeigte, auf dem eine junge blonde Frau schlief, die ein Kind in den Armen hielt. Ein frisch geborenes Baby, wie sie aus den blutigen Tüchern, die neben dem Bett lagen, schließen durfte.

Dann wurde das Bild im Eimer dunkel und verschwand.

"Nein! Zeigt mir mehr, zeigt mir etwas, das ich verstehe. Ich weiß nicht, was ihr mir mit dieser Vision sagen wollt. Was geschieht mit meinem Bruder? Wer ist die blonde Frau? Wer ist das Kind? Und was will die Altehrwürdige Mutter von mir?"

Doch so sehr sie auch flehte, die Bilder kehrten nicht zurück. Keshira seufzte. Sie würde den Versuch später wiederholen. Es musste etwas Wichtiges sein, was hier vor sich ging. Etwas Großes, etwas Besonderes ...

Ob es mit ihrer Vergangenheit zu tun hatte? Mit dem Teil, den sie so tief in ihrem Unterbewusstsein versteckt hatte, dass sie sich selbst kaum daran erinnern konnte? Mit dem Artefakt, das sie mitgenommen und mit vielen Zaubern geschützt im Wald verborgen hatte?

Ob ihr ihre bösen Verfolger einen Streich gespielt und ihr die Visionen vorgegaukelt hatten? Sie würde es herausfinden. Später. Zunächst wollte sie alle Grenzen ihres kleinen Reiches abgehen und alle Schutzzauber prüfen und erneuern. Diese Angelegenheit duldete keinen Aufschub!

*

Plötzlich spürte Mischka etwas Seltsames. Beim Anblick des großen Stapels toter Bäume, die seit Jahren hier verrotteten und bereits von Moos überwuchert waren, fühlte er ein Ziehen in seinem Innersten. Er hatte so ein Gefühl noch nie zuvor gehabt und war sich nicht sicher, was es zu bedeuten hatte. Dabei verspürte er jetzt den unwiderstehlichen Drang, zu den Bäumen zu gehen und darüber hinweg zu klettern.

Verwundert starrte er auf die Bäume und konzentrierte sich auf sein Gefühl. Tatsächlich, es schien, als wollte jemand, dass er unbedingt über diese Bäume kletterte. Ob das nun die Wirkung des Trankes war?

Da er ohnehin keine anderen Pläne hatte oder eine Ahnung, in welche Richtung er losziehen sollte, vertraute er seinem Gefühl, schulterte sein Gepäck und machte sich auf den Weg über das Totholz.

Er keuchte und schimpfte, als er über die Bäume hinwegstieg. Sie waren nass und brüchig und spitze Äste zerkratzten ihm Arme und Beine. Schließlich sprach er einen kleinen Zauber, der die Bäume unmittelbar vor ihm ein wenig zur Seite schob. Ächzend und bebend neigten sich die modrigen Bäume nach links und rechts weg und öffneten für Mischka auf diese Weise einen kleinen Durchgang, durch den er sich ein wenig schneller und sicherer bewegen konnte. Anstrengend blieb es dennoch.

Äußerst erleichtert sprang er auf der anderen Seite der Bäume zu Boden, wo er wieder einen sicheren Stand hatte. Er vergaß nicht, sich bei den Bäumen für ihre Hilfe zu bedanken und hob mit einer Handbewegung den Zauber wieder auf, sodass sich die Lücke hinter ihm wieder schließen konnte.

Dann stand er unschlüssig da und drehte sich langsam in alle Richtungen. Wohin jetzt? Er versuchte, auf seine Gefühle zu hören. In welche Richtung war Keshira jetzt wohl gegangen? Er schloss die Augen und konzentrierte sich. Er spürte Wut, Verzweiflung, Entschlossenheit und tiefe Trauer. Das musste die Spur sein. Das waren Keshiras Gefühle gewesen, als sie hier an dieser Stelle über den Stapel toter Bäume geklettert war.

Mischka litt unter dem Ansturm der fremden Gefühle, aber war erleichtert, eine Spur zu haben.

„Habt Dank, ihr Götter", murmelte er.

„*Doch wohin ist sie jetzt gegangen? Zeigt es mir, bitte.*"

Er öffnete die Augen wieder und ließ sie ganz langsam über die Umgebung schweifen. Da! Er hatte das starke Gefühl, dass sie nach links gegangen war. Rechts öffnete sich der Wald und präsentierte weiter hinten, am Horizont zu erahnen, eine weite Graslandschaft und eine staubige Straße. Nicht, dass er alles mit seinen eigenen Augen sehen konnte, aber seine magischen Sinne und der Zaubertrank halfen ihm dabei, die Gegend klar zu erfassen.

Hinter dem verdorrten Gras gab es eine verkommene Stadt, in der sich viele Bösewichte tummelten und gleich danach eine lebensfeindliche Sumpflandschaft. Erst dahinter gab es wieder freundlichere Landstriche, die er in seiner Eulengestalt bereits überflogen hatte.

Natürlich hatte Keshira auf ihrer Flucht diese Straße gemieden, überlegte Mischka. Aber warum zog es ihn mitten in den dichten dunklen Wald auf der linken Seite und nicht ins Gebirge, wo nur wenige Leute wohnten und sie schnell in Sicherheit gewesen wäre?

Nun, das war eigentlich unwichtig. Sie schien den Wald gewählt zu haben und er schlug ebenfalls diese Richtung ein, stets bemüht, die gefühlsmäßige Verbindung zu seiner Schwester und ihren damaligen Gefühlen nicht zu verlieren.

Als er sich rasch dem Wald näherte, fühlte er etwas wie ein Gefühl von Sicherheit oder Geborgenheit. Vermutlich hatte sich seine Schwester in einem dichten Wald einfach sicherer gefühlt als auf dem Berg. Obwohl sie von dort ihre Verfolger hätte besser und vor allem früher sehen können als mitten im Wald.

Dann passierte er die ersten Bäume und kämpfte sich durch die eng stehenden Tannen und schwarzblättrigen Dunkelbäume. Etwas britzelte. Verwundert blieb er stehen. Es hatte sich angefühlt, als hätte er einen leichten Schlag bekommen, als hätte er einen Zitteraal aus den Tiefen des Meeres angefasst.

Er schloss die Augen und konzentrierte sich, sprach einen kurzen Enthüllungszauber und öffnete die Augen wieder. Ein leichtes silbernes Netz, vor den Augen Unbefugter verborgen, war zwischen den Bäumen gespannt und an einigen Stellen auch über die Bäume geworfen.

Ein alter Unsichtbarkeitszauber des Mondhexenvolkes, der die Mondhexen vor ihren Feinden verbergen oder magische Orte beschützen sollte. Mischka schmunzelte. Es schien, als wäre er auf der richtigen Fährte. Endlich, nach 10 Jahren!

Er konnte und wollte den Zauber natürlich nicht aufheben, denn dieser würde nun auch ihn schützen, so hoffte er. Zumindest falls Keshira ihn nicht so abgewandelt hatte, dass sie auch für Angehörige des eigenen Clans verborgen bleiben sollte.

Erneut blieb er stehen und schloss die Augen. Wo in diesem Wald befand sich seine Schwester? War sie überhaupt noch hier? Langsam kamen die fremden Gefühle wieder in ihm hoch, die ihm den Weg wiesen und er beeilte sich, ihnen zu folgen, bevor die Wirkung des Trankes nachlassen würde.

Wenige Schritte später stoppte er. Etwas verunsicherte ihn. Er hatte verschiedene Empfindungen, die sich widersprachen. Zum einen führte ihn der Instinkt, der ihn bis hierher geleitet hatte, plötzlich wieder langsam hinaus aus dem Wald, gleichzeitig spürte er aber auch den Drang, schneller und tiefer in den Wald zu rennen. Als würde er vor Verfolgern flüchten. Oder auch schnell nach Hause zu eilen. Aber sie hatte hier doch kein Zuhause? Etwas mit seinen Gefühlen war wohl nicht ganz in Ordnung.

Mischka versuchte, mit geschlossenen Augen seine Atmung zu beruhigen. Dann konzentrierte er sich auf Keshira.

„Was ist dir damals widerfahren, Schwester?", murmelte er und versuchte, die verschiedenen Empfindungen zu sortieren.

Doch die Wirkung des Trankes wurde bereits schwächer und er war sich nicht sicher, ob er die Abläufe, die er spürte, auch richtig zuordnen konnte.

Keshira war nach dem Ereignis hierher in den Wald geflohen, um sich schnell vor Verfolgern zu verstecken. Vor allem vor den Bewohnern von Okep, falls einer das Desaster überlebt haben sollte. Sie war wütend und hastig in den Wald gerannt, um sich in Sicherheit zu bringen. Aber seine Gefühle sagten ihm, dass sie nicht in Panik gewesen war.

Dann jedoch spürte er diesen zweiten Drang, diese Empfindung, die ihn aus dem Wald hinausführte. Doch damit war irgendetwas falsch. Keshira war nicht einfach aus dem Wald hinausgerannt, auch nicht geflohen. Sie war widerwillig aus der sicheren Zone hinausgegangen. Aber wozu? Vielleicht hatte man sie gezwungen? War sie gefunden und entführt worden?

Mischka versuchte, sich noch stärker zu konzentrieren, doch der Trank wurde schwächer und er hatte Angst, dass er bald gar keine Spur mehr würde aufnehmen können. Aber er musste die Gefühle korrekt sortieren, um dem richtigen Weg zu folgen.

Die Spur aus dem Wald heraus war ihm unklar, sie war auch schwächer als der Impuls, schnell in den Wald zu rennen. Eilig, besorgt, aber nicht in Panik, sondern sehr fokussiert. Aber auch zielsicherer als er das bei der ersten Spur empfunden hatte.

Vielleicht musste sie den Wald aus einem bestimmten Grund schnell verlassen und sich außerhalb ihrer Komfortzone bewegen. Vielleicht, um etwas zu holen, Kräuter für einen Trank zu besorgen?

Und danach war sie schnell und zielsicher wieder in den Wald gerannt, erleichtert, wieder nach Hause zu kommen. Denn zu diesem Zeitpunkt hatte sie sich schon irgendwo im Wald ein Versteck gesucht gehabt und daher hatte er das Gefühl, dass sie viel fokussierter gewesen war. Kein Grund also für blinde Panik. Sie musste nur zu einem festen Bezugspunkt zurück und zwar möglichst schnell.

Er öffnete die Augen. Genauer konnte er seine Gefühle nicht sortieren. Aber auch wenn sie den Wald zwischendurch hatte verlassen müssen, sie war auf jeden Fall hierher zurückgekehrt und diese Spur würde er so schnell wie möglich verfolgen, bevor sie vollends erkaltete.

Eigentlich hatte er vorgehabt, sich in menschlicher Gestalt zu nähern, um ihr als jemand gegenüberzutreten, den sie kannte. Doch als Eule wäre er schneller. Daher legte er sein Gepäck ab, verwandelte es in ein Reiskorn, sich selbst in eine Eule, nahm das Korn in den Schnabel und flog so schnell er konnte in die Richtung, die sein Gefühl im zeigte. Immer tiefer in den Wald hinein.

Während des Fluges stellte er fest, dass seine Entscheidung goldrichtig gewesen war. Denn als Mensch hätte er Probleme damit gehabt, sich durch die eng stehenden Bäume zu drängen. Als Vogel war es wesentlich einfacher, wobei er als Eule eine große Flügelspannweite hatte und trotzdem sehr gut darauf achten musste, nirgends anzustoßen.

Allerdings musste er umso genauer hinschauen, damit er auf dem Waldboden zwischen den hohen Bäumen ein Zeichen sehen konnte, das auf seine Schwester hindeutete. Vielleicht Rauch? Oder eine Hütte?

Mischka flog also in seiner Eulengestalt relativ niedrig und langsam über den Wald und achtete konzentriert auf jedes Detail, auch auf jedes Gefühl. Und so kam er seiner Schwester immer näher ...

IM DORF DER MONDHEXEN

„Sie hat mich gesehen", freute sich die Altehrwürdige Mutter, die zufrieden an ihrem Holztisch vor einer Schüssel voll Wasser saß.

Es hatte funktioniert und Keshira hatte die gewünschte Vision in der Wasseroberfläche gesehen. Allerdings hatte die Altehrwürdige Mutter auch erkannt, dass Keshira die Vision nicht genau hatte deuten können. Sie war zu verwirrt gewesen von den Eindrücken und die Erinnerungen an die Vergangenheit hatten sie eingeholt und mussten bewältigt werden.

Die Altehrwürdige Mutter würde ihr etwas Zeit geben und sich dann in einer neuen Vision nochmals offenbaren. Vielleicht sogar mit einem anderen Zeichen, doch dafür musste sie erst wieder Kräfte tanken. Sie hatte sich ziemlich dabei verausgabt, Keshiras Tochter auf die Welt zu bringen.

Sie hatte magische Sprüche rezitiert, um der Kleinen bereits die erste Macht mitzugeben. Sie hatte Schutzzauber gesprochen, um die Mutter und das Kind vor möglichen Angreifern zu verstecken und sie hatte verschiedene weitere Vorbereitungen treffen müssen, für all das, was ihr und ihrem Volk bevorstand.

Belina schlief jetzt. Für sie war es ebenfalls anstrengend gewesen, nicht so sehr die Geburt, die die Altehrwürdige Mutter durch Sprüche und Tränke beinahe schmerzlos hatte werden lassen, sondern vielmehr das Miterleben der gescheiterten Mission, die vor 10 Jahren Mischka von seiner Schwester getrennt hatte und die ihm heute noch Albträume bereitete.

Sie hatte Belina nicht alles verraten können, aber zumindest hatte diese nun selbst sehen dürfen, was damals geschehen war. Ihr war einiges klar geworden, aber es hatte sie auch ziemlich erschüttert. Die Brutalität und der Zorn, mit der Keshira für ihren Bruder ein ganzes Dorf ausgelöscht hatte, machten es für Belina schwer, sich vorzustellen, warum ihre kleine süße Tochter, die noch namenlos war, von dieser Frau unterstützt oder aufgezogen werden sollte.

Doch die Altehrwürdige Mutter wusste genau, wie es Keshira in den letzten zehn Jahren ergangen war und wie und warum sie ihre Kräfte, ihre mentale Stärke sowie ihren Kampfgeist geschult und gestärkt hatte.

Es war nicht wirklich ein Zufall gewesen, dass Keshira bei ihrer Flucht über das Totholz im Wald auf einige der bösesten und verkommensten dunklen Wesen getroffen war, die das Land zu bieten hatte. Diese Ereignisse hatten sie härter gemacht. Härter, schneller und stärker.

Und daher war sie auch im Besitz des wertvollsten Gegenstandes, den die Guten brauchten, um die Bösen bei der großen Schlacht, die noch bevorstand, zu besiegen:

Das Herz des Tscherp! Das versteinerte Herz des finstersten und ältesten aller Magier, die das Land je hervorgebracht hatte!

Selbstverständlich hatte die Altehrwürdige Mutter diese Informationen nicht an Belina weitergegeben. Sie waren für den Fortgang der Geschichte zunächst nicht notwendig. Belina hatte genug gesehen in ihrer Vision.

DAMALS

Keshiras Erlebnisse auf der Flucht

Vollmond über dem dunklen Wald Nigala (© FotoFee Flora)

Die Nekromanten

... Dies war ein idealer Platz für ein Versteck, denn der schauerliche Anblick würde sicher jeden zufällig vorbeikommenden Wanderer abschrecken. Sie lächelte und kletterte behände wie eine Katze über die Bäume ...

Das Totholz war zwar eine gute Barriere für normale Menschen, die sicher keine Lust hätten, ohne wichtigen Grund darüber zu klettern. Aber Bösewichte würden sich davon nicht abhalten lassen. Allerdings müssten diese dazu erst einmal von ihrer Existenz wissen und ihrer habhaft werden wollen. Zwei Dinge, die sie momentan ausschließen konnte.

Keshira schaute sich um und prüfte die Landschaft, die hier hauptsächlich aus Wald bestand. Wo wäre der beste Platz für eine Hütte? Sie konzentrierte sich und ließ ihren Astralkörper emporsteigen, um einen Blick über die Baumwipfel zu wagen und einen Eindruck der Gegend zu erhalten.

Direkt hinter dem Holzstapel wuchs lediglich Gras, doch danach gab es weit und breit nur Bäume. Linkerhand standen hauptsächlich die schwarzblättrigen Dunkelbäume und dazwischen einige Tannen.

Direkt vor ihr, aber weit entfernt, erhob sich der große Berg „Faro", der bis in eine große Höhe ebenfalls bewaldet war. Nur ganz oben auf dem Gipfel war er frei von Bäumen und bot ein karges Grasangebot für einige wilde Tiere, die in diesen Gefilden unbehelligt ihr Dasein fristeten.

Rechterhand entdeckte sie einen dünnen Baumbestand, der sich so weit lichtete, dass er in eine Grasebene überging, die weit entfernt auch von einer staubigen Straße durchzogen wurde.

Diese Straße war wohl der normale Reiseweg durch diese Gegend, die sich irgendwo dort draußen verzweigte und in die Richtung von Okep führte – wo Reisende jetzt nichts mehr vorfinden würden. Stattdessen würden sie schnell weiterreisen bis zum nächsten Dorf.

Dort draußen, das wusste Keshira, gab es aber auch Sümpfe, die sie von hier aus nicht sehen konnte, da sie etwas tiefer lagen als die Graslandschaft. Dort, wo die Landschaft düster und die Vegetation karger wurde, trieben sich häufig Bösewichte in der unterirdischen Stadt vor den großen Schwefelsümpfe von Zirrth herum.

Tatsächlich gab es Sumpfwesen, die sich dort sehr wohl fühlten und mitten in den Sümpfen eine Stadt errichtet hatten. „Normale Reisende" konnten diese Stadt nur sicher erreichen, wenn sie über den Luftweg kamen oder wenn sie den befestigten Weg dorthin kannten. Denn jeder Schritt im Sumpf war trügerisch und konnte der letzte sein, den man in seinem Leben machte.

Als sie genug gesehen hatte, schlüpfte ihr Astralkörper zurück in ihren fleischlichen Körper und sie schlug die Augen auf.

Wohin sie sich wandte, war eine strategische Frage, denn sie konnte sich schließlich überall unsichtbar machen, auch wenn sie eine Hütte mitten in der Graslandschaft bauen würde. Allerdings wäre die Hütte unsichtbar, aber nicht „weggezaubert". Jemand könnte trotzdem gegen die Hütte rennen und sich wundern, welcher unsichtbare Widerstand sich ihm da in den Weg stellte.

So weit wollte sie also nicht gehen. Möglicherweise wäre diese Richtung dennoch ideal, weil sie durch die weiter voneinander entfernt stehenden Bäume auch mögliche Passanten oder nahende Feinde sehen konnte. Und sie hätte mehr Licht, sodass sie sich nicht durch ein Feuer verraten musste, das außerdem zwischen den dichteren Bäumen auch gefährlicher war.

Aber auch der dunkle Wald, der sogenannte „verwunschene Wald", den die meisten Wesen mieden, weil dort allerhand magische Dinge geschahen und niemand genau wissen konnte, was einen dort erwartete, hatte einige Vorteile zu bieten. Da sich niemand hinein traute, hätte sie dort wohl mehr Ruhe und die Wahrscheinlichkeit einer zufälligen Entdeckung wäre ebenfalls viel geringer.

Während sie versuchte, die Vor- und Nachteile gegeneinander abzuwägen, hörte sie plötzlich ein Stimmengewirr, das direkt aus dem Wald zu kommen schien. Da sie nichts sehen konnte, beschloss sie, vorsichtig nachzuschauen, ob wohl bereits jemand sich in diesem Waldstück niedergelassen hatte. Dann wäre es für sie als Versteck gänzlich sinnlos. Außer vielleicht, es wären Gleichgesinnte, positive magische Wesen?

Vorsichtig schlich sie sich näher an die Baumgrenze und versuchte, jedem Zweig auszuweichen, um sich nicht durch ein Knacken zu verraten. Sie musste ein Stück weit in den Wald eindringen, bis sie überhaupt etwas sehen konnte. Ein kleiner Fleck, an dem zwei Bäume gefällt worden waren, bildete eine winzige Lichtung, die kaum diesen Namen verdient hatte.

Dort hockten auf den umgehauenen Bäumen und auf dem Waldboden ein paar seltsame Gestalten, die Keshira jedoch sofort als bösartig „erfühlen" konnte. Jetzt konnte sie auch besser verstehen, was dort gesprochen wurde. Dabei musste sie sich allerdings schwer konzentrieren.

Auch wenn sie die Worte hörte, machten sie zunächst keinen Sinn. Es war keine lebendige Sprache, die zu einem der hier ansässigen Völker gehörte. Eher ein alter, schwer verständlicher Dialekt. Ein uralter sogar, denn sie konnte nur wenige Worte, die auch heute in ähnlicher Form gebräuchlich waren, verstehen.

Vorsichtig versuchte sie, noch näher an die Gestalten heranzukommen. Sie hatten ein magisches Feuer entfacht, das kalt und grün leuchtete und auf dem inmitten eines Steinkreises ein Kupferkessel hing. Dieser war mittels zweier in die Erde gerammter Astgabeln und eines quer darauf liegenden Astes, durch den der Henkel des Kessels geführt worden war, befestigt worden.

Die Gestalten, sofern Keshira das beurteilen konnte, waren allerdings keine fremden Völker, sondern sie gehörten zum gefährlichen Volk der Nekromanten. Dieses Volk besaß die Gabe, die Seelen Verstorbener aus dem Reich der Toten zurückzurufen. Sie konnten sogar in einigen Fällen die sterbliche Hülle der erst kürzlich Verblichenen zum Leben erwecken. Zu seelenlosem Leben. Natürlich taten sie das aus reiner Berechnung und zum eigenen Vorteil. Und in diesem Fall, wie Keshira jetzt erkannte, war sie mitten in eine solches Ritual geraten.

Und die alte Sprache war nichts anderes als ein uralter Zauberspruch, den die Nekromanten seit Jahrhunderten zu diesem Zweck benutzten. Allerdings gelang es nur den Hochrangigsten unter ihnen, die mit den stärksten Kräften ausgestattet waren, dieses Wunder zu vollbringen. Und auch nicht einfach so, denn normalerweise mussten sie dazu auch den Körper des Toten vor sich haben.

Aber bisher hatte Keshira diese Informationen nur vom Hörensagen erfahren und wusste nicht, inwiefern sie korrekt waren. Magische Wesen reichten immer gerne altes Wissen weiter, doch sie verschlossen sich nie dem Fortschritt und konnten daher stets neue Rituale und Zauber erlernen und anwenden. Daher war sie nicht sicher, wie es aktuell um das Können dieser Nekromanten bestellt war. Gefährlich waren sie aber allemal.

In dem kleinen Kessel konnte sich allerdings kein zu erweckender Körper befinden. Was also planten die Bösewichte da? Wen wollten sie zurückholen? Oder kochten sie nur ein Süppchen? Vorsichtig ging sie einen weiteren Schritt voran und rückte hinter den nächstgelegenen Baum, von dem aus sie einen noch besseren Blick auf den Kessel hatte.

Einer der Nekromanten griff jetzt mit bloßen Händen in das kalte grüne Feuer, aus dem sich nun ein grauer Rauch erhob. Er stieg steil nach oben und verlor sich zwischen den dunklen Wipfeln der Bäume. Als der Rauch verschwand, konnte Keshira erkennen, was der Nekromant in Händen hielt: an einer stählernen Kette hing eingefasst in magischen Stahl das Herz des Tscherp. Das versteinerte Herz dieses uralten, finsteren und bösen Magiers, der schon sehr lange nicht mehr lebte.

Doch warum sollten diese Nekromanten diesen fürchterlichen, bösartigen Tscherp wieder beleben wollen? Und wie sollte das gehen, ohne seine sterbliche Hülle?

Sie machte einen kleinen Schritt nach links, um einen besseren Blick auf das Herz des Magiers zu erhaschen, dabei trat sie jedoch auf einen kleinen Ast, der laut knackend zerbrach ...

Ruckartig verstummten die Zaubersprüche und die Nekromanten blickten wuterfüllt in ihre Richtung. Keshira wusste, dass diese Nekromanten ohnehin schon keine friedlichen Gesellen waren. Um wie viel wütender würden sie sein, wenn sie ein so wichtiges dunkles Ritual unterbrochen hatte?

Fieberhaft überlegte sie, mit welchem Zauberspruch sie am besten fliehen konnte, doch nur Sekundenbruchteile später war sie im magischen Netz eines Wiedergängers gefangen.

Wiedergänger waren willenlose Geschöpfe, die die Nekromanten als Sklaven hielten. Beliebige Menschen, Zauberwesen oder Tiere, die sie aus dem Reich des Todes zurückholten und für ihre finsteren Zwecke einspannten.

Und ein solcher Wiedergänger, vermutlich ein harmloser Mensch, der Kleidung nach ein Bauer, hatte sie mit dem magischen Netz der Nekromanten von hinten überrascht. Es gab keine Chance, das Netz zu zerschneiden oder zu öffnen.

Panische Angst überkam sie, doch sie hatte keine Chance, zu fliehen. Also musste sie abwarten, was die Nekromanten von ihr wollten (vermutlich sie töten?) und dann überlegen, wie sie die Situation zu ihren Gunsten zum Besseren wenden konnte.

„Na, wen haben wir denn da?", lachte der Nekromant, der vermutlich der Anführer war, meckernd, als der Wiedergänger Keshira samt des Netzes auf den Waldboden fallen ließ. Der wütenden Meute direkt vor die Füße.

„Wann das mal nicht eine kleine Mondhexe ist", grinste der Nekromant und sah dabei aus wie ein Krokodil, das sich gleich auf seine Beute stürzt.

„Es tut mir leid, wenn ich euch gestört habe, ich bin auch schon fast wieder weg ...", versuchte Keshira mit einer möglichst normal klingenden Stimme ihre Anwesenheit zu erklären. Doch sie hörte sich jung an, und zu ihrem eigenen Ärger auch etwas weinerlich.

„Und wohin willst du in dieser entzückenden Gegend?", fragte der Nekromant bedrohlich.

„Ich bin auf der Flucht", erklärte Keshira, jetzt mit einer festeren Stimme.

Die Nekromanten lachten.

„Auf der Flucht? Wovor solltest du wohl fliehen, du Hexenkind?"

Der Nekromant fixiertes sie neugierig und kam mit dem Gesicht näher an ihres heran, nur durch das Netz getrennt. Keshira schlug eine Welle des Gestankes entgegen, der sie fast dazu brachte, sich zu übergeben. Doch sie hielt die Luft an und hoffte, dass sich der nach Verwesung stinkende Bastard schnell wieder zurückziehen würde.

„Du stinkst!", stellte der Nekromant angewidert fest.

Keshira lachte los und atmete danach schnell wieder frische Luft ein, die nur noch leicht nach Verwesung roch, nachdem der Nekromant sich zurückgezogen hatte.

„Wieso lachst du?", herrschte er sie an.

„Nur so", erklärte Keshira. Gerne hätte sie ihm gesagt, dass sie gerade dasselbe hatte sagen wollen. Doch sie war nicht in der geeigneten Position für solche Sprüche. Es hätte leicht ihren schnellen Tod bedeuten können, sich über den Nekromanten lustig zu machen.

„Ich musste lachen, weil mir das noch niemand gesagt hat. Mondhexen sind normalerweise beliebt", versuchte sie, ihren Heiterkeitsausbruch zu erklären.

Der Nekromant blieb skeptisch, doch ging nicht näher darauf ein.

„Und wer verfolgt dich?", fragte er stattdessen.

„Die überlebenden Bewohner des Dorfes Okep, das ich in Schutt und Asche gelegt habe, um meinen Bruder zu rächen", erklärte sie beinahe wahrheitsgemäß. Denn ihres Wissens gab es keine überlebenden Bewohner. Der Nekromant ging zum Glück auch darauf nicht weiter ein.

„Ach, du warst das? Normalerweise rauben wir die Bewohner immer aus, wenn wir in dieser Gegend sind und holen uns Vorräte und neue Sklaven. Du hast uns dieses Mal

um beides betrogen. Ich muss noch überlegen, wie ich dich dafür bestrafen soll."

Der Nekromant schwieg und musterte sie eingehend.

„Viel schlimmer ist allerdings, dass du unser wichtiges Ritual unterbrochen hast, bevor es abgeschlossen war. Weißt du überhaupt, was das bedeutet? Weißt du das?"

Der Nekromant schrie die Worte wütend heraus und kam wieder näher an sie heran. Eine neue Woge des Gestanks sowie eine Menge Spucke kamen über Keshira. Nur mit äußerster Konzentration schaffte sie es, sich ihren Ekel nicht anmerken zu lassen und sich nicht zu übergeben. Verstohlen wischte sie mit ihrem Mantel die Spucketröpfchen des Nekromanten aus ihrem Gesicht.

„Es tut mir leid", log sie. *„Aber ich habe euer Ritual schließlich nicht absichtlich unterbrochen. Ich bin auf der Flucht vor den Überlebenden aus Okep und wollte sicher sein, dass ihr nicht dazu gehört ..."*

„Du hast schon zu viel gesehen, daher müssten wir dich eigentlich sofort töten. Aber diese Strafe wäre zu gering für dein Vergehen. Ich denke, wir werden dich mitnehmen, wenn wir jetzt aufbrechen. Das Ritual können wir nicht nochmals wiederholen, wir müssen den nächsten geeigneten Zeitpunkt abwarten. Dann leiste uns doch ein wenig Gesellschaft auf unserer Reise nach Po-Karrh."

Keshiras Herz setzte einen Schlag aus. Po-Karrh? Die finstere Stadt im Niemandsland vor den Schwefelsümpfen?

„Ich befürchte, dass das nicht ganz meine Richtung ist", versuchte Keshira den Nekromanten in ein Gespräch zu verwickeln, um Zeit zu gewinnen.

„Und ich befürchte, dass mir das völlig egal ist", gab der Nekromant wütend zurück.

„Fesselt das Ding und nehmt sie mit. Vielleicht bekommen wir ein nettes Sümmchen für sie auf dem Sklavenmarkt. Wir müssen nur einen Herrn für sie suchen, der sie ordentlich quält und sie ausreichend dafür leiden lässt, dass sie Okep zerstört und unser Ritual unterbrochen hat."

„Aber ihr könnt doch einfach das Ritual jetzt fortsetzen, es ist nicht viel Zeit vergangen. Vielleicht kann ich euch sogar helfen, ich besitze schließlich ebenfalls magische Kräfte. Und zum Dank für meine Hilfe könntet ihr mich dann gehen lassen, oder? Ihr müsstet mir nur verraten, was ihr mit dem Ritual bezwecken wolltet, dann kann ich euch einen geeigneten Zauber vorschlagen, um euch zu helfen. Wollet ihr den Stein da in Gold verwandeln?", plapperte sie drauf los, um Zeit zu gewinnen.

Keshira versuchte, sich ahnungslos zu stellen und deutete auf das Herz des Tscherp, auch wenn sie genau wusste, welche Bewandtnis es mit diesem magischen Amulett hatte und was es darstellte.

„Du willst uns helfen?", fragte der Nekromant gefährlich leise. *„Du willst den Stein in Gold verwandeln? Was sollen Nekromanten mit Gold anfangen? Und wie kommst du darauf, dass das hier"*, er hob das Amulett hoch, *„ein Stein ist? Das ist das Herz des Magiers Tscherp. Der berühmteste, böseste und mächtigste Beherrscher der dunklen Magie, die je in diesem Land gelebt hat. Und in seinem*

Herz sitzt die geballte Kraft des Bösen. Wir wollen ihn beschwören, seine Magie in einen von uns zu transferieren, um wieder aufzuerstehen. Denn dieses Herz ist mächtig, mächtiger als du es dir vorstellen kannst, Mondvogel!"

„Ich bin kein Mondv..."

„Schweig still, Hexe, wenn ich mit dir rede! Du hast unser Ritual unterbrochen, das genau nach dem Stand des Planeten Sakapla, dem dunklen Zerstörer am Firmament, ausgerichtet wurde und nur an dieser Stelle zum jetzigen Zeitpunkt stattfinden konnte. Nun müssen wir den nächsten Zeitpunkt für das Ritual erst wieder neu berechnen. Doch wenn wir erst einmal seine Kräfte besitzen oder er wiedergeboren wird, dann werden wir DEIN Dorf als Erstes zerstören, das verspreche ich dir. Und jetzt will ich kein Wort mehr von dir hören, bis ich es dir ausdrücklich erlaube!"

Keshira war viel zu schockiert, um weiterhin zu versuchen, den Nekromanten in ein Gespräch zu verwickeln. Schnell wägte sie ihre Chancen ab. Immerhin war sie noch am Leben, das war gut. Denn solange sie lebte, bestand noch Hoffnung. Sie musste eine geeignete Gelegenheit abpassen, bei der sie problemlos fliehen konnte.

Die Sache hatte allerdings einen Haken, wie sie schnell bemerkte. Die Nekromanten brauchten nämlich keinen Schlaf, sie hingegen schon. Während sie von dem Wiedergänger im magischen Netz huckepack geschleppt wurde, fiel sie irgendwann in einen erschöpften Schlaf, während die Böswichte unbeirrt ihren Weg zum Sklavenmarkt von Po-Karrh forstsetzten.

Der Pechflüsterer

Keshira erwachte erst wieder, als sie unsanft auf dem Boden aufschlug, weil der Wiedergänger das Netz fallen ließ. Sie brauchte einige Sekunden, um sich zu orientieren. Sie befand sich in einer dreckigen, stinkenden Umgebung voller Marktstände, auf denen die seltsamsten Dinge angeboten wurden. Und auf dem auch Sklaven feilgeboten wurden. Dazu gehörte ab jetzt auch sie.

Ohne Zeit zu verlieren, schnappte der erstaunlich starke Nekromant Keshira in der Taille und stellte sie hart und ruppig auf ein kleines Podest.

„Wenn du versuchst zu fliehen, töte ich dich!", zischte er ihr zu und hielt ihr ein langes, scharfes Messer an den Hals, das übersät war mit Rost- oder Blutflecken.

Keshira nickte kurz, sie hatte keine andere Wahl. Dann beobachtete sie, wie der Nekromant laut schreiend seine Ware – also sie – feilbot. Doch niemand schien eine unscheinbare Mondhexe haben zu wollen. Keshira war erleichtert, der Nekromant wurde von Sekunde zu Sekunde wütender. Schließlich blieb doch ein Interessent stehen und beäugte sie aus zusammengekniffenen Augen.

Der Nekromant setzte sein freundlichstes Gesicht auf, das kaum von seinem unfreundlichen zu unterscheiden war.

„Ich habe hier eine mächtige Mondhexe, die mit einem Blinzeln das Dorf von Okep in Schutt und Asche gelegt hat!", pries er Keshira stolz an.

Doch der potenzielle Kunde, ein Pechflüsterer, der sie kritisch beäugte, schien nicht überzeugt zu sein.

„Was soll sie denn kosten?", erkundigte er sich mit heiserer Stimme.

„Oh, Ihr werdet nicht enttäuscht sein, werter Herr", säuselte der Nekromant. *„Für nur 3 Zauberkräfte gehört sie euch!"*

Der Pechflüsterer zögerte noch. Er brauchte keine Sklavin, aber er überlegte, ob es sich lohnen würde, eine Mondhexe zu opfern, wenn er einige Zaubersprüche aus dem ein paar Stände weiter erworbenen dunklen Grimoire testen würde. Denn auf diese Weise konnte er sich die Suche nach einem Opfer sparen und hätte Buch und Opfer bereits nach einem einzigen Einkaufsgang zur Hand. Eine große Zeitersparnis und ungemein praktisch.

Unbemerkt vom Nekromanten, der ins Feilschen vertieft war, nutzte Keshira die Gelegenheit, diesem das Amulett mit dem Herz des Tscherp aus der Tasche zu ziehen und mit einem Unsichtbarkeitszauber zu belegen. Unauffällig konnte sie so das unsichtbare Herz in eine der Taschen ihres Umhangs gleiten lassen. Sogar wenn jemand zu ihr herübergesehen hätte, so hätte er nur bemerkt, dass sie mit ihrer linken (leeren!) Hand eine Falte am Umhang in der Nähe ihrer Tasche glattstrich ...

Nach einigem Hin und Her wurden sich die beiden Bösewichte handelseinig und drei in Keshiras Augen bescheidene Zauberkräfte (ein Schwarzfeuerzauber, ein Körpertausch-Zauber und ein 1-Stunde-in-die-Vergangenheit-reisen-Zauber) wechselten den Besitzer.

Zufrieden holte der Nekromant die hilflose Keshira wie eine Spielzeugpuppe von ihrem Sockel und übergab sie an ihren neuen Herrn und Meister. Der alte Pechflüsterer nickte nur kurz und band Keshira auf seinem achtbeinigen Giftmaulwurf fest. Dann machte er sich schnurstracks auf den Weg in die Schwefelsümpfe nach Zirrth. Dort wollte er an einem alten Ritualplatz der Schwarzmagier einen ersten finsteren Spruch ausprobieren.

Keshira hatte noch keine Ahnung von ihrem Glück, doch sie war klug und zurückhaltend. Wenn sie fliehen wollte, durfte sie sich keinen Fehler erlauben. Es würde leichter sein, einen Pechflüsterer zu überlisten als eine Horde Nekromanten und ihren Sklaven, den Wiedergänger.

Die Sümpfe waren groß und dort gab es für den Giftmaulwurf weder Wasser noch Futter. Daher musste der Pechflüsterer gezwungenermaßen am Rande des Sumpfes anhalten, um sein Last- und Reittier zu füttern und ausreichend zu tränken. Hierfür bot sich eine kleine, erstaunlich saubere Quelle an. Dass sie so sauber wag, lag daran, dass sogar die Bösewichte lieber frisches als brackiges Wasser tranken und daher brav den Eimer immer wieder ordentlich eintauchten um ihre Reittiere zu tränken.

Der Pechflüsterer konnte für Keshira bedrohlich sein, da er Leute verfluchen oder verwünschen konnte. Doch da er sie als Opfer darbringen wollte, hatte er kein Interesse daran, sie mit einem unreinen Fluch zu belegen, der später ihren Wert als Ritualopfer mindern könnte.

Nur bedingt vorsichtig befreite der Pechflüsterer Keshira vom Rücken des Giftmaulwurfs. Nicht, weil er ihr nicht wehtun wollte, sondern unter Berücksichtigung des besonderen Zweckes, für den sie möglichst frisch bleiben musste. Er überlegte sogar, ob er ihr etwas zu trinken geben sollte. Schließlich entschied er sich dagegen. Sie würde bis zum Ritualbeginn nicht verdursten und danach würde sie kein Wasser mehr benötigen.

Er nahm auch den großen Packen mit den verschiedenen Säckchen vom Rücken des Tieres, um ihm ein paar Momente der Ruhe zu gönnen. Dann band er Keshira an einen dürren Baum und führte das Lasttier zur Quelle.

Jetzt sah Keshira ihre Chance! Rasch rief sie einen Erstarrungszauber, der im Bruchteil einer Sekunde den Pechflüsterer und den Maulwurf zu Stein erstarren ließ. Sie wollte schon fliehen, doch dann folgte sie einer inneren Eingebung und durchsuchte rasch die Packtaschen des Pechflüsterers. Möglicherweise befand sich darin etwas, was ihr auf der Flucht helfen würde?

Sie wühlte ein wenig in der Tasche herum und entdecke viele magische Gegenstände. Die meisten konnte sie nicht eindeutig zuordnen, da Mondhexen sie nicht für ihren Zauber verwendeten. Doch kurzentschlossen packte sie den kleinen Lederbeutel, der Steine, Kräuter und Federn enthielt.

Darunter sogar eine Eulenfeder. Wie praktisch! Da sie ihre eigene ihrem Bruder gegeben hatte, war es ihr nicht mehr möglich gewesen, sich in eine Eule zu verwandeln. Dazu benötigte sie eine Eulenfeder. Eigentlich hatte sie vorgehabt, sich nach der Suche nach einem Versteck der

Suche einer Feder zu widmen. Aber dank dieses Fundes konnte sie sich den Aufwand sparen und sich ab sofort wieder in Eule verwandeln. Glücklich packte sie die Feder separat in ihren Umhang, den Lederbeutel band sie an ihrem Gürtel fest.

Doch es gab noch mehr spannende Gegenstände im Gepäck des Pechflüsterers. Begeistert blickte sie auf das schwarze Grimoire, das ihr entgegenfiel. Es war sehr alt und fühlte sich merkwürdig an. Keshira war sich sicher, dass es in die Haut irgendeines Wesens gebunden war. Sie wollte lieber nicht wissen, welches das war.

Auf den ersten Blick konnte sie nicht sofort erkennen, welche Art von Zauber das Buch enthielt. Aber mit Sicherheit waren es böse und dunkle Zaubersprüche. Solche, die sie besser nie zu sehen bekommen sollte. Und noch besser: nie ausprobieren durfte.

Doch ihr war klar, dass sie möglicherweise dazu gezwungen sein würde. Immerhin war sie eine Ausgestoßene und ganz auf sich allein gestellt. Niemand würde ihr zur Hilfe eilen, wenn es Probleme gab. Und diese dunklen uralten Zaubersprüche der langen Ahnenreihe des Pechflüsterers (oder eines anderen, falls er das Buch auch nur auf dem Markt gekauft hatte), würde dann möglicherweise ihre einzige Rettung darstellen.

Gefährlich hin oder her - das Buch könnte ihr noch von Nutzen sein. Daher steckte sie es rasch ein. Dann konzentrierte sie sich und machte sich zunächst unsichtbar, bis sie sich für einen endgültigen Fluchtplan entschieden hatte.

Wohin sollte sie? Und wie würde es weitergehen? Immerhin konnte sie sich dank der Feder wieder in eine Eule verwandeln und davonfliegen. Das würde sie aber erst tun, wenn sie wusste, wohin sie überhaupt wollte.

Unsichtbar und unschlüssig betrachtete sie die Gegend. Es war alles ruhig und nichts zu sehen. Das hatte allerdings nichts zu bedeuten. Denn es gab auch sehr kleine, unsichtbare oder unterirdische Wesen, die sehr dicht und unbemerkt bei ihr stehen könnten.

Der Pechflüsterer war noch erstarrt und auch der Giftmaulwurf stand mit herausgestreckter Zunge über dem vollen Wassereimer.

Am besten wäre es wohl, wenn sie in den dunklen Wald zurückkehren und sich dort hinter einem Zauber verbarrikadieren würde. Der Zauber musste gut und sehr stark sein. Denn wenn der Pechflüsterer – und auch die Nekromanten - erst einmal bemerkten, dass sie sie bestohlen hatte, würden sie außer sich sein und Himmel und Hölle in Bewegung setzen, um Keshira zu finden.

Ob man sie im Wald suchen würde, war schwer zu sagen. Immerhin hatte sie den Nekromanten erklärt, dass sie auf der Flucht vor möglichen Überlebenden aus Okep war. Würde sie sich dann in unmittelbarer Nähe zum Dorf im Wald verstecken? Wohl kaum. Aber wer konnte schon mit Bestimmtheit sagen, was im Kopf eines Nekromanten vor sich ging? Und wo der Pechflüsterer sie suchen würde, konnte sie nicht einschätzen ...

Ihre Gedankengänge wurden unterbrochen, als sie sah, dass der Kopf des Giftmaulwurfs sich bewegte und er sich auf das frische Wasser stürzte. Die Starre ließ nach und es wurde Zeit für sie, zu verschwinden. Sie konzentrierte sich und verwandelte ihre Habseligkeiten schnell in Reiskörner, die sie leicht im Schnabel tragen könnte, wenn sie als Eule unterwegs war.

Dann verwandelte sie sich selbst in ihre zweite Gestalt und pickte rasch die Körner auf. Anschließend hob die unsichtbare Eule ab und flog so schnell sie konnte zum verwunschenen Wald Nigala zurück.

Zurück im verwunschenen Wald

Keshira musste eine Pause einlegen und sich in einem Baumwipfel ausruhen. Schnell wob sie einen Schutzzauber, der sie vor Verfolgern schützen sollte, dann fiel sie in einen erschöpften Schlaf. Als sie wieder erwachte, war es hell, vermutlich später Vormittag. Doch sie hatte jegliches Zeitgefühl verloren und wusste nicht, ob sie nur einen oder zwei Tage geschlafen hatte.

Allerdings vergeudete sie keine Zeit damit, sich länger als nötig mit dieser Frage zu beschäftigen. Sie musste schnellstens in den Wald zurückkehren, um sich dort wirksam zu verbarrikadieren. Was hatte sie sich nur dabei gedacht, das Herz des Tscherp zu stehlen? Sicher, so konnten die Nekromanten kein Unheil damit anrichten. Aber sie würden ihr das Herz auch nicht einfach so überlassen.

Rasch vergewisserte sie sich, dass sie noch alle wichtigen Gegenstände bei sich trug, dann erhob sie sich zwischen den Baumwipfeln in den Himmel und flog mehrere Stunden lang weiter, bis sie aus der Luft den Windbruch und das Totholz sehen konnte, über das sie (gestern, vorgestern, vor zwei Tagen?) erst geklettert war.

Nach dem anstrengenden Flug taten ihr die Flügel beziehungsweise die Arme weh. Daher nahm sie rasch ihre menschliche Gestalt an, um zu Fuß weitergehen zu können. So schnell sie konnte, eilte sie in den dunklen Wald und wo die Bäume zu eng standen, bat sie diese auf magische Weise, ihr ein wenig Platz zu machen, damit sie schneller vorangehen konnte.

Die Bäume beugten sich ihrem Wunsch und neigten sich zur Seite, sodass ein Weg oder auch eine Schneise entstand, die sie immer tiefer und tiefer in den Wald hinein führte. Hinter ihr schlossen sich die Lücken wieder, indem die Bäume langsam knarzend ihre ursprüngliche Position wieder einnahmen, als wäre nichts geschehen.

Endlich stand sie an einem Platz, der ideal schien, um sich niederzulassen. Keshira blieb stehen und sah sich konzentriert um. Die Bäume waren alle sehr breit und stark, hoch und gesund. Es gab keine Schwärme lästiger Insekten und sie konnte auch keine anderen Tiere entdecken.

Sie würde Nahrung und Wasser benötigen, überlegte sie. Also musste sie zumindest eine kleine Fläche bewirtschaften, um Gemüse anzubauen. Und sie musste eine Quelle finden. Sie wusste, dass verschiedene kleine Ströme, beinahe nur Rinnsale und meist unterirdisch, vom Berg Faro in den Wald und in die Ebenen sowie Richtung Sumpf flossen. Also schloss sie die Augen, konzentrierte sich auf das Wasser und versuchte zu spüren, wo es floss.

Tatsächlich zeigte ihr das Gefühl, dass es nicht allzu weit entfernt von ihrer jetzigen Position vorüber floss. Zwar unterirdisch, aber das machte nichts. Sie ging 50 Meter weiter in den Wald hinein und prüfte, wo sie hier eine Quelle oder einen Brunnen entstehen lassen könnte.

Die Bäume waren überall sehr dicht und boten wenig Möglichkeiten. Also musste sie auf magische Weise nachhelfen. Sie verband sich mit den Bäumen und erklärte ihnen ihre Situation. Dann bat sie die Bäume um Hilfe. Zuerst geschah nichts, dann rumpelte es in der Erde und der Boden zitterte unter ihren Füßen.

Langsam, ganz langsam, rückten die Bäume von Keshira weg, zogen ihre Wurzeln nach und bildeten eine Lücke, die groß genug war, um dort eine Quelle entspringen zu lassen. Keshira dankte den Bäumen und bat dann das Wasser, an dieser Stelle an die Oberfläche zu treten.

Da die Bäume ihre Wurzeln zurückgezogen hatten, war auch der Boden etwas abgesunken, sodass sich das emporströmende Wasser nun langsam in dieser Vertiefung sammelte. Sie bat die Erde, sich zu festigen, um das Wasser zu halten und die Elemente kamen ihrem Wunsch nach.

Keshira musste nur noch wenig magisch nachhelfen, um einen stabilen, steinernen Ausgang in Form eines großen, natürlichen Steines zu errichten, durch den das saubere Wasser in die Quelle sprudelte, wo es langsam versickerte und dem unterirdischen Flusslauf weiter folgte.

Sie bedankte und verneigte sich vor den Bäumen, dem Wasser und der Erde und dankte auch dem Stein für seine Hilfe. Dann ging sie an den Platz zurück, den sie als Wohnort auserkoren hatte.

Hier bat sie das Totholz zu Hilfe, das sich auf den Weg machte und sich vor ihren Augen, dank eines kräftigen magischen Spruches, zu einer Hütte nach Art der Mondhexen selbst zusammenbaute. Ganz ohne Werkzeug entstand vor ihren Augen eine Hütte mit zwei Räumen, einem Aufenthaltsraum mit Küche und einem Schlafraum.

Sie musste noch viele weitere Zaubersprüche anwenden, um die kleine Hütte mit den notwendigsten Dingen einzurichten. Das erforderte ein Höchstmaß an Konzentration und Willenskraft. Als sie schließlich mit dem Ergebnis zufrieden war, sank sie erschöpft auf den Holzstuhl in ihrer neuen Wohnstatt.

Auch wenn diese Aktion bereits sehr anstrengend gewesen war, stand ihr die schwierigste Sache noch bevor: Sie musste den gesamten Wald, die Quelle und ihre Hütte gegen zufällige und absichtliche Eindringlinge schützen.

Sie wob den bekannten Unsichtbarkeits- und Schutzzauber der Mondhexen, die Fremde davon abhalten würde, sie oder ihre Hütte zu sehen. Aber die bösartigen Nekromanten würden sich wohl nicht lange davon aufhalten lassen. Wenn sie mit Gewalt und voller Kraft dagegen angingen, könnten sie den Zauber vermutlich schwächen. Also brauchte sie etwas Stärkeres.

Sie betrachtete das alte Grimoire des Pechflüsterers, das sie vor sich auf den neuen Tisch aus Totholz gelegt hatte. Darin würde sie wohl einen Schutz finden, den die dunklen Magier anwendeten, um ihre Feinde von sich fernzuhalten.

Da es sich um das Grimoire eines Pechflüsterers handelte, fand sie wenig praktische Dinge wie Zaubertränke oder anderen Hilfszauber. Stattdessen waren die Pechflüsterer sehr bewandert, was das Verfluchen von Personen oder Orten anging. Keshira schüttelte sich, als sie die Sprüche mit teils grauenhafter Auswirkung vor sich sah.

Doch da sie nicht vorhatte, die Sprüche gegen „die Guten" einzusetzen und weil sie gar keine andere Wahl hatte, entzündete sie ein heiliges Feuer in ihrer Feuerstelle und zitierte dann die schwarzmagischen, düsteren Flüche, die sie Schicht um Schicht um die Hütte, die Bäume, ihre Quelle, das Totholz und zuletzt den gesamten Wald legte.

Die Verwünschungen würden einem zufälligen Wanderer, der sich hierher verirrte (was sehr unwahrscheinlich war) oder einem der elf verbündeten Völker der Mondhexen nichts anhaben können. Diese würden den Mondhexenzauber spüren und wissen, wer das Gebiet geschützt hatte.

Die Bösen jedoch, würden von den Flüchen der Pechflüsterer mit erbarmungsloser Härte getroffen werden. Sie würden implodieren und explodieren, sich auflösen oder als Rauchwolke in den Himmel entschwinden.

Nun fühlte sie sich etwas besser, doch sie hatte noch lange nicht alles erledigt, was notwendig war. Und ihr

Magen meldete mit lauten Geräuschen ein lange unterdrücktes Hungergefühl.

Da die Auswahl heute nicht besonders groß war, ging Keshira erneut nach draußen und suchte nach dem Lavendelmoos, das ihr vorhin auf dem Weg zur Quelle aufgefallen war. Lavendelmoos war ein wildes Gewächs, das es hier in beinahe jedem Wald gab. Es war nahrhaft und sättigte sehr gut. Man konnte kleine Mengen als Tee zu sich nehmen und aus großen Mengen sogar einen Eintopf oder eine dicke Suppe machen.

Dazu sammelte sie wilde Waldbeeren, die ebenfalls an vielen Sträuchern wuchsen und hier im verwunschenen Wald auch noch nie von irgendwelchen Wanderern geerntet worden waren. Ein paar weiße Doppelknoller, große weiße Pilze mit zwei Köpfen, rundeten den heutigen Speiseplan ab.

Wenig später kam Keshira erstmals ein wenig zur Ruhe, als sie sich an den Tisch setzte und die kräftige Moossuppe mit der Pilzeinlage genoss. Ihr Magen nahm dankbar die warme Speise an. Und sie holte sich sogar noch einen Nachschlag aus dem Topf, bevor sie zufrieden den Holzteller von sich schob.

Während sie weiter in dem Grimoire blätterte, naschte sie ein paar der Beeren, doch sie wollte einige für das Frühstück am nächsten Tag aufbewahren. Daher steckte sie die überwiegende Menge in einen Tontopf und schob diesen in die Mitte des Tisches.

Dann fiel ihr Blick auf den Lederbeutel des Pechflüsterers. Zu seinen magischen Gegenständen hatte sie auch das Amulett mit dem Herzen des Tscherp gelegt und dieses in das kleine Otterfell gewickelt, das sich ebenfalls im Lederbeutel des Bösewichts befunden hatte. Was sollte sie mit diesem unheilvollen Amulett machen?

Sie spürte den unbändigen Drang, das Amulett sofort in der Quelle zu versenken oder im Wald zu vergraben, weil sie seine Bösartigkeit spürte. Doch ihr war klar, dass eine solch unüberlegte panikartige Handlung überstürzt und ineffektiv wäre.

Vielleicht würde ihr morgen etwas einfallen, wenn sie sich ausgeruht hatte. Wenn sie Glück hatte, würde der Mondgott ihr heute Nacht im Traum eine Eingebung zukommen lassen, die ihr helfen würde, das Problem zu lösen.

Nachdem sie dies beschlossen hatte, sprach sie einen zusätzlichen Zauber über die Hütte und verriegelte das kleine Fenster der Hütte mit Fensterläden sowie die Tür mit einem Balken, den sie innen an der Tür quer in die Halterung legte.

Dann zündete sie ein kaltes, weißes Licht in einer kleinen Schale an, das ihr als Nachtlicht dienen würde. So müsste sie nicht in völliger Dunkelheit schlafen. Auch wenn sie theoretisch sehr sicher war in ihrer Hütte sowie im gesamten Wald, musste sie dennoch jederzeit mit Angriffen rechnen.

So verbrachte sie die erste Nacht in ihrer neuen Hütte auf dem Bett aus Stroh und Holz und den Wolldecken, die sie herbeigezaubert hatte. Im Moment wusste sie es nicht besser, daher ging sie davon aus, dass sie hier wohl den Rest ihres Lebens verbringen würde ...

Das Herz von Tscherp

Das Vogelgezwitscher, das sie aus ihrem Dorf gewohnt war, hörte sich im Wald völlig anders an. Auch hier gab es Vögel, aber andere, seltene Arten, die einen ganz anderen Gesang anstimmten und andere Geschichten zu erzählen wussten. Keshira konnte die Stimme der Vögel verstehen, wenn sie sich darauf konzentrierte, doch sie war noch zu müde, um sich völlig auf die Sagen und Legenden der Waldvögel einlassen zu können.

Außerdem gab es heute viel zu tun. Sie hatte um Rat und Anleitung der geistigen Welt gebeten, und im Traum tatsächlich eine Vision empfangen, wie sie sich auf den Winter vorbereiten sollte und was mit dem Herz von Tscherp zu tun war.

Ohne Magie würde sie nicht viel ausrichten können, daher musste sie erneut die Elemente zu Hilfe rufen. Sie rief das Totholz und hieß es, einen Schuppen neben der Hütte zu bauen, der als Vorratskammer dienen sollte. Dazu benötigte sie einen schrägen Anbau auf der anderen Seite, unter dem sie das notwendige Feuerholz lagern konnte.

Danach ging sie in den Wald, vorbei an ihrer neuen Quelle, in der das Wasser munter sprudelte. Sogar die ersten Wassergeister tummelten sich bereits freudig im klaren Nass und winkten Keshira übermütig zu. Sie lächelte und winkte zurück, ging dann aber weiter, bis sie den riesigen alten Baum fand, der ihr in der nächtlichen Vision gezeigt worden war.

In dem großen Mammutbaum befand sich eine Aushöhlung, in die sie sich bequem hineinstellen konnte. Doch hier verbarg sich außerdem der magische Zugang zur geheimen Welt unter dem Wald, die von allerlei Erdwesen bewohnt gewesen und lange verlassen war.

Sie hatten hier gelebt, als der Wald noch hell und freundlich und lichtdurchflutet war, bevor böse Magier sich immer öfter hierher verirrt hatten. Der Prozess hatte sich über viele Jahrhunderte hingezogen und Keshira wusste nicht, was sie dort unten erwarten würde. Jedenfalls nur gute Magie, aber vielleicht waren noch einzelne Wesen übrig, die sie gleich zu Gesicht bekommen würde?

Sie konzentrierte sich auf den Zugang und beschwor die Kräfte des Mondes, ihr den Weg zur Unterwelt zu öffnen. Schließlich zeigte sich eine Öffnung im Boden des hohlen Baumes und eine stabile Holztreppe wurde sichtbar. Rasch beleuchtete Keshira den Weg durch eine kleine Kugel kalten Mondfeuers, das sie herbeigerufen hatte. Mit der Kugel in der Hand stieg sie die zehn Stufen nach unten.

Es roch nach Walderde und Feuchtigkeit, aber es war nicht unangenehm. Aus den Wänden der Gänge, die sich vor ihr erstreckten, sah man hin und wieder die Wurzeln der Bäume oder Pflanzen herausragen. Auch einige Käfer eilten an den Wänden entlang, ohne Keshire zu beachten.

Da der Gang von diesem Punkt aus nur nach rechts führte, in Richtung der Quelle und ganz grob auch in Richtung Okep, folgte sie ihm und achtete bei jeder kleinen Abzweigung darauf, ob sich eine Gefahr dahinter verbarg. Doch meist führten die Abzweigungen lediglich in kleine Räume, die den alten Erdwesen als Wohnungen, Vorratskammern oder Aufenthaltsräume gedient hatten. Und sie alle waren leer.

Je weiter sie ging, desto faszinierter war sie von der Welt, die sich ihr hier unten offenbarte. Sie sah sogar hin und wieder einige Edelsteine in den verlassenen Kammern liegen. Sie wusste, dass die Menschen diese Steine als wertvoll erachteten und gegen Gold eintauschten, um sich materielle Wünsche zu erfüllen. Doch für magische Wesen besaßen die Edelsteine einen völlig anderen Wert. Denn sie waren ebenfalls von der Magie der Kristallwesen erfüllt, die darin wohnten. Sie waren voller Energie und konnten dabei helfen, den ein oder anderen Zauber zu wirken.

Schließlich beschloss Keshira, einige der Steine aufzusammeln und mitzunehmen. Etwas Energie konnte nicht schaden. Sie fragte jedoch jeden Stein zuvor um Erlaubnis und nahm nur diejenigen mit, die damit einverstanden waren, sie zu begleiten.

Plötzlich änderte sich die Umgebung und aus der Erde wurde Stein, dann Fels. Keshira blieb stehen und überlegte. Der gesamte Wald und auch das Gebiet um Okep erstreckte sich auf einer Ebene, die zu den Ausläufern des riesigen Berges gehörte. Daher war es nicht ungewöhnlich, dass an manchen Stellen anstatt der Erde harter Fels lag, von oben nicht sichtbar, da alles von Wald bewachsen war.

In den Felshöhlen befanden sich verschiedene labyrinthartige Gänge, denn sie waren nicht von den magischen Wesen erschaffen worden, sondern durch die Naturgewalten des ehemaligen Vulkans, der vor Tausenden von Jahren zuletzt ausgebrochen war und dessen heiße Magmaströme die Erde unterirdisch ausgehöhlt und oberirdisch verbrannt hatten.

Sie stutzte. In einem der Gänge befanden sich Halterungen für Fackeln an den Wänden. Magische Wesen würden normalerweise keine Fackeln benutzen, da sie die Magie der Lumineszenz beherrschen. Also mussten hier einst Menschen gewesen sein? Sie ging langsamer voran, stets auf der Hut und bedacht darauf, keine unnötigen Geräusche zu machen. Vorsichtig ging sie immer den Fackeln nach und landete schließlich in einer künstlich ausgebauten Höhle, die voller Lebensmittel, Werkzeuge und Goldklumpen, sowie auch Schmuck und anderen Dingen war.

Ihr Gefühl sagte ihr, dass dies eine der Vorratskammern von Okep sein musste. Über ihr müsste in diesem Fall die Ruine des Hauses des Bürgermeisters von Okep liegen. Denn für gewöhnlich befanden sich die wichtigen Zugänge, Schatzkammern und Fluchtwege unter der Aufsicht des obersten Herrschers – oder bei den Menschen des Befehlshabers in Form des Bürgermeisters.

Ganz wie die nächtliche Vision ihr gezeigt hatte, würde sie hier genügend Vorräte und Werkzeuge finden, um über den Winter zu kommen, da ihr eigenes Obst und Gemüse, das sie noch anpflanzen musste, vielleicht nicht oder nicht rechtzeitig wachsen würde. Und sie wollte sich nicht ihr Leben lang von Moos, Pilzen und Beeren ernähren.

Rasch suchte sie die wichtigsten Gegenstände zusammen und verwandelte sie in Reiskörner, die gängige Methode, um auch in Eulengestalt schwere Dinge einfach transportieren zu können.

Sie steckte am Ende einige Handvoll Reiskörner in einen stabilen Lederbeutel, in dem sich alter Schmuck befunden hatte. Den Schmuck legte sie auf eine morsche Werkzeugkiste und ließ ihn zurück. Der Beutel war ihr viel nützlicher. Sie band ihn sich mit ihrem Gürtel aus geflochtenem Seil fest um die Hüfte und machte sich zufrieden auf den Rückweg.

Als sie wieder vor der Leiter stand, um nach oben zu gehen, bemerkte sie an der Wand unter dem Baum eine kleine, hellere Stelle in der Erde, auf der das Symbol einer Feder zu sehen war. Das Symbol ihres Volkes! Aber wie kam es hierher?

Sie hatte diese Stelle vorhin nicht bemerkt, da sie sich ausschließlich auf den langen Gang konzentriert hatte. Doch nun bückte sie sich und leuchtete das Symbol mit ihrer Kugel aus Mondfeuer an.

Sie sprach einen Zauber und legte ihre linke Hand genau auf das Symbol. Zunächst tat sich nichts, doch dann verschwand plötzlich die Wand. Sie konnte es nicht anders ausdrücken. Die Erde schob sich nicht zur Seite oder offenbarte eine Öffnung, sie war einfach nicht mehr da, als hätte jemand einen Schleier weggezogen.

Dahinter lag ein heller, weißer Raum, bestrahlt durch die magische Kraft des Mondes, der die mächtigste Kraft war, die die Mondhexen kannten. Der Raum war allerdings leer bis auf eine Art Sarkophag aus weißem Marmor, der in der Mitte stand.

Mit gemischten Gefühlen trat Keshira näher heran und schob mithilfe eines Zauberspruches den Deckel zur Seite. Ihr Herz schlug schneller und ihr Mund war trocken, als sie sich vorsichtig über die Öffnung beugte, bereit, den schrecklichen Anblick eines Toten erleiden zu müssen. Doch der Sarkophag war leer.

Erleichtert atmete sie auf. Doch wozu hatte er gedient? Was war Sinn und Zweck dieser Kammer? Sie berührte den Deckel und erhielt eine so starke Vision, wie sie noch nie zuvor erlebt hatte. Eine schöne, aber auch schreckliche Vision zugleich ...

Als die Bilder in ihrem Kopf aufhörten, sie zu quälen, zog sie das Herz des Tscherp aus ihrem Umhang, legte es, so wie es war, in Otterfell gewickelt, in den Sarkophag und verschloss mit einer raschen Handbewegung den Deckel. Dann machte sie sich auf den Rückweg, schloss die Wand, stieg die Leiter empor und vergewisserte sich, dass sie alle Zugänge zum Baum und zur Unterwelt wieder magisch versiegelt hatte, bevor sie sich auf den Weg zur Hütte machte.

Der rote Teufelswurm

Während der nächsten zehn Jahre gab es nicht viele Erlebnisse, die berichtenswert wären. Denn Keshira war allein in einem einsamen Wald, der magisch verschlossen war und ihre einzige Aufgabe bestand darin, sich vor den Angriffen der Nekromanten zu schützen, die das Herz des Tscherp stehlen wollten.

Versuche gab es zwar einige, doch der Wald war so gut geschützt – vor allem durch die Zaubersprüche aus dem Grimoire des Pechflüsterers, die sie mit der Zeit alle auswendig konnte – dass die Nekromanten keine Chance hatten.

Sie griffen durch die Luft, durch den Wald und sogar durch die unterirdischen Gänge an, doch sie konnten nicht nahe genug an sie herankommen, da sie alle einen raschen und schrecklichen Tod fanden, wenn sie sich dem Wald auch nur näherten. Dadurch wurde der Wald für die Bösen so gut wie uneinnehmbar.

Keshira konnte sich laufend in den Vorratskammern von Okep bedienen, sich eine zweite Hütte bauen – für den Fall, dass sie fliehen musste – und sich parallel dazu auch in der Unterwelt einrichten.

Sie baute Pflanzkübel (die Menschen nannten es „Hochbeet", aber nutzten es kaum, da es einfacher war, ausgedehnte Felder zu bewirtschaften, was aber mitten im dichten Wald für Keshira nicht möglich war), die sie um die Hütte herum und zwischen den Bäumen aufstellte. So hatte sie Obst und Gemüse sowie allerhand Kräuter, die sie für Tees und Zaubertränke benötigte.

Sie vertiefte die Kommunikation und Freundschaft mit den Wald- und Elementarwesen und konnte von ihnen viele Dinge über die Natur des Waldes lernen, die sie bisher nicht gekannt hatte. Doch ihr Leben war bis auf die nachlassenden Angriffe der Nekromanten ruhig und friedlich. Und ein wenig langweilig. Ihr einziger Freund war ein roter Teufelswurm, den sie bei einem ihrer Ausflüge gefunden hatte. Er hatte sich unvorsichtigerweise zu nahe am Totholz entlang bewegt, es war ins Rutschen gekommen und hatte ihn eingeklemmt.

Die roten Teufelswürmer waren zwar stark – immerhin waren sie rund 1 bis 2 Meter lang und hatten einen Durchmesser von 50 cm – aber er hatte es nicht geschafft, sich aus eigener Kraft aus seiner missliche Lage zu befreien. Sie war ihm zu Hilfe geeilt und zunächst von ihm angegriffen worden. Denn Teufelswürmer sind nicht gerade für ihre freundliche Art bekannt. Ihr Kopf ist ähnlich dem eines Löwen, nur nicht ganz so groß, und sie besitzen 3 Zahnreihen mit messerscharfen, nachwachsenden Zähnen. Außerdem können sie Schwefel und Feuer speien, wenn sie sich bedroht fühlten.

Dieser Wurm war von einem Händler verschleppt worden, der ihn auf dem Sklavenmarkt von Po-Karrh billig erstanden hatte. Doch der Händler war unvorsichtig gewesen und der wütende Wurm hatte sich nicht nur befreit, sondern seinen neuen Herrn auch gleich verspeist. Teufelswürmer sind nicht besonders intelligent, daher gelang es ihm auch nicht, den Weg zurück nach Hause zu finden und er war zufällig am Totholz in der Nähe der Straße nach Okep gelandet, von wo aus auch Keshira damals in den Wald gekommen war.

Dort hatte sie ihn beim Beerensammeln gefunden und befreit. Und aus Dankbarkeit über seine Rettung – und mit ein wenig magischer Schützenhilfe – wurde er zum freundlichen Haustier, das Keshira gerne Gesellschaft leistete, wenn er sich nicht gerade irgendwo durch die Erde wühlte.

Da es für sie nichts Besseres zu tun gab, widmete sie sich verstärkt der Magie, erneuerte regelmäßig die Zauber, die den Wald schützten und erprobte neue Rituale, die sie im Kampf gegen das Böse würde brauchen können.

Denn in ihrer Vision, die sie in der Mondkammer unter dem hohlen Baum empfangen hatte, hatte sie einen gefährlichen Kampf gesehen. Einen heftigen Kampf, der das Land erschüttern und viele Leben kosten würde. Dabei waren Mondhexen keine großen Kämpfer, sie kämpften nur zur Verteidigung, nicht zum Angriff.

Doch was, wenn ihr keine andere Wahl bliebe? Im Grimoire des Pechflüsterers waren auch Hinweise auf abstoßende Methoden, die sie im Normalfall nie anwenden würde. Sie fand die Methoden allerdings wirkungsvoll und war bereit, die Rituale im Kriegsfall zu intensivieren und effektiver einzusetzen. Hätte sie nicht gewusst, dass sie im Herzen eine gute Mondhexe war, dann hätte man sie mittlerweile für eine der Bösen halten können ...

Im Grimoire des Pechflüsterers und in ihren Visionen hatte sie gesehen, worum es den Bösen ging: Sie wollten mit dem Herzen von Tscherp das ultimative Böse auf die Welt loslassen und alle guten Zauberer und Hexen auslöschen. Die Menschen wurden von ihnen ebenfalls als störend und entbehrlich empfunden, aber diese konnten wunderbar als Sklaven genutzt werden. Daher würde man sie nicht alle töten, sondern lediglich bei Bedarf.

Keshira hatte nichts anderes als den Untergang der magischen Welt, wie sie sie kannte, vorhergesehen. Auch wenn sie sich selbst mittlerweile schützen konnte – was war mit all den anderen Hexen? Hexen, die nicht einmal wussten, was ihnen bevorstand und nicht über das dunkle Wissen verfügten, welches Keshira besaß?

Aber sie hatte nach der langen Zeit der düsteren Visionen auch eine unklare Vision einer Rettung gehabt. Es gab eine Möglichkeit, doch die Vision war nicht deutlich genug gewesen. Sie spürte nur, dass die Ereignisse immer näher kamen. Etwas würde jetzt geschehen, was die Sache gleichzeitig beschleunigen, aber auch verbessern würde …

HEUTE

Mondhexen können sich jederzeit in Eulen verwandeln
(© Martina Nowak)

Die Altehrwürdige Mutter war zufrieden, dass Keshira ihre Vision empfangen hatte. Das erste Mal seit 10 Jahren hatten die beiden einen Kontakt zueinander hergestellt. Doch leider hatte Keshira nicht alles sehen können, was die alte Frau ihr zeigen wollte.

Mit schwerem Herzen musste die Altehrwürdige Mutter sich eingestehen, dass das Böse Keshira mittlerweile überschattet hatte. Nicht, weil sie böse geworden war, aber es klebte an ihr und schwächte ihre positive Aura. Einer der Preise, die im bevorstehenden Kampf zu bezahlen waren. Sie seufzte.

Ein Blick auf die schlafende Belina und das liebliche Antlitz ihrer neu geborenen Tochter zauberte jedoch wieder ein Lächeln in das von Falten durchzogene Gesicht der weisen Frau. Hier lag sie – die Zukunft der Mondhexen.

Belina erwachte und brauchte ein paar Sekunden, um sich zu orientieren. Sie verzog das Gesicht, da ihr Unterleib schmerzte.

„Wo ist mein Baby?", fragte sie leise und noch etwas schwach.

„Hier ist deine wunderschöne Tochter", antwortete die Altehrwürdige Mutter und legte ihr das Neugeborene in die Arme.

„Mischka wird enttäuscht sein, er hätte so gerne einen Sohn gehabt", sagte Belina traurig, als sie das Kleine vorsichtig an ihre Brust legte.

"Das darfst du gar nicht erst denken", erwiderte die Altehrwürdige Mutter. *"Er wird sehr froh und stolz auf seine Tochter sein, das darfst du mir glauben."*

"Hoffentlich kommt er bald nach Hause, damit er sie kennenlernen kann", murmelte Belina, um die Kleine nicht beim Trinken zu stören.

"Er wird bald hier sein", bestätigte die alte Frau und nickte zuversichtlich mit dem Kopf. *"Er muss nur noch etwas sehr Wichtiges erledigen ..."*

*

... Mischka flog also in seiner Eulengestalt relativ niedrig und langsam über den Wald und achtete konzentriert auf jedes Detail, auch auf jedes Gefühl. Und so kam er seiner Schwester immer näher ...

Keshira war derweil von ihrer Vision der Altehrwürdigen Mutter so aufgewühlt, dass sie zunächst die engeren Grenzen um ihre Hütte, den Schuppen und Brunnen abging, um genau zu prüfen, ob der dreifache magische Schutzzauber noch intakt war. Sie konnte keine Fehler entdecken.

Der Mondhexenzauber war stark wie Diamant und undurchdringlich. Die Verstärkung der Naturwesen, die darüber gelegt war, sicherte den Bereich zusätzlich ab und verstärkten für zufällige Wanderer, die ohne böse Absicht in diesen Wald gelangten, den Eindruck, dass es hier nichts Besonderes zu sehen gab. Nur Bäume und Gras.

Und der dritte Zauber aus dem Grimoire des Pechflüsterers versiegelte den Wohnbereich gegen schwarzmagische Angriffe aller Art, selbst unterirdisch und aus der Luft. Jedes böse Wesen, das sich näherte, würde auf grausame Art sterben, bevor es Keshira angreifen konnte.

Ihr treuer roter Teufelswurm folgte ihr auf Schritt und Tritt und achtete aufmerksam auf jede Bewegung, bereit, jeden anzugreifen, der seiner Freundin zu nahe kam.

Zufrieden und etwas sicherer erklärte Keshira dem Wurm. *„Wir müssen noch schauen, ob die Quelle und der Zugang zur Unterwelt beim alten Baum geschützt sind. Das sind die wichtigsten Punkte unserer Welt."*

Sie ging rasch voran und der Wurm schlängelte schnell neben ihr her, er konnte mühelos mit ihr Schritt halten. An der Quelle wurden beide bereits von den planschenden Undinen begrüßt, die keine Veränderung der Energie bemerkt hatten. Es war alles in Ordnung und die Schutzzauber waren auch hier intakt.

Etwas raschelte über den Baumwipfeln. Erschrocken blickten Keshira und die Wasserwesen nach oben. Vögel waren zwar nicht ungewöhnlich, aber die magischen Wesen spürten sofort, dass es kein einheimisches Tier aus diesem Wald war.

Der Teufelswurm richtete sich zu einer stattlichen Größe auf und war – einer Kobra gleich – bereit, das Tier, oder was auch immer es war, anzugreifen.

Mischka hatte aus der Luft die Geräusche einer Quelle gehört. Wasser war immer gut. Keshira würde sicherlich eine Hütte oder einen Unterschlupf in der Nähe eines

Brunnen oder einer Quelle bauen. Daher flog er langsamer, um das Geräusch besser orten zu können. Da er die Quelle zwischen den Bäumen jedoch nicht ausmachen konnte, flog er niedriger und kollidierte prompt mit einem dicken Ast.

Sein Flügel schmerzte und er stieß einen Fluch aus vor Wut. Wie konnte man nur als erfahrener Flieger gegen einen Ast knallen? Er war wütend auf sich selbst und spürte, wie er ins Trudeln geriet. Schnell murmelte er einen Verlangsamungszauber, sodass er in Zeitlupe zwischen den Bäumen herunter zu Boden fiel und sich dabei nicht verletzte.

Sekunden später blickte er in das aufgerissene Maul eines roten Teufelswurms, der sich bereit machte, ihn zu verspeisen.

Schnell verwandelte er sich in seine menschliche Gestalt und rollte sich zur Seite. Gerade noch rechtzeitig, bevor der Teufelswurm seinen wuchtigen Kopf nach vorne stieß und statt einer leckeren Eule nur ein Maul voll Laub erwischte.

Zischend wirbelte der Wurm herum und kniff die Augen zusammen. Dann fixierte er Mischka und richtete sich erneut auf. Wie eine Schlange wankte er hin und her und versuchte, die beste Angriffsposition zu finden.

Hinter ihm näherte sich Keshira, bereit, sich sofort in den Kampf zu stürzen. Als sie jedoch plötzlich Mischka gegenüberstand, blieb sie wie angewurzelt stehen. Noch vor der Freude – war es auch wirklich nur Freude, die sie spürte? – kam der Drang, ihn vor ihrem Haustier zu schützen. Daher trat sie schnell an den Wurm heran und streichelte ihm über den Kopf.

„Das ist mein Bruder, Mischka", erklärte sie dem Wurm. *„Er ist meine Familie."*

Der Wurm starrte sie an und überlegte. Keshira sandte ihm telepathisch Bilder und zeigte ihm, dass es in Ordnung war. Der Wurm beruhigte sich, blieb aber skeptisch. Dann schlängelte er sich zu Mischka, richtete sich vor ihm auf und starrte ihm in die Augen.

„Tu ihm nichts, Mischka, das ist mein Haustier und mein Beschützer. Er ist mein Freund. Er möchte dich nur kennenlernen."

Mischka blieb stocksteif stehen. Er traute dem Wurm nicht, aber er vertraute Keshira. Wenn sie sagte, dass es in Ordnung war, dann war es das auch. Der Wurm züngelte ihm über sein Gesicht und seinen Körper, schnaubte dann eine kleine Schwefelwolke aus dem Mund und ringelte sich auf dem Boden zusammen.

Dieser Mann roch definitiv seltsam, aber er war einer von den „Guten" und bedeutete keine Gefahr für Keshira. Dennoch blieben seine Augen wachsam auf den Eindringling gerichtet.

Dann erst konnte sie ihrer Freude Ausdruck verleihen. Ihr Bruder, den sie so vermisst hatte, und den sie eigentlich hatte fernhalten wollen, damit er keine Probleme bekam, wenn er sich mit einer Ausgestoßenen abgab ... Ihr Bruder stand direkt vor ihren Augen.

Auch Mischka konnte es nicht fassen, dass seine zehnjährige Suche endlich von Erfolg gekrönt war. Er hatte seine geliebte Schwester gefunden. Er breitete die Arme aus und ging auf sie zu. Sie ließ sich weinend hineinfallen, Tränen der Erleichterung mischten sich mit Freudentränen und die Geschwister hielten sich lange Zeit einfach wortlos im Arm.

Schließlich war Mischka derjenige, der als Erstes seine Sprache wieder fand. Er schob seine Schwester vorsichtig ein Stück von sich weg und erklärte: *„Du musst mit mir nach Hause kommen."*

Keshira schüttelte heftig den Kopf.

„Das geht nicht. Ich bin eine Ausgestoßene. Es wäre falsch, ins Dorf zurückzukehren. Du würdest Probleme bekommen, unsere Eltern würden Probleme bekommen. Ich habe mich hier eingerichtet, ich habe Freunde gefunden und ich will hierbleiben."

Mischka sah sich vorsichtig um. Freunde? Ob sie damit wohl den Wurm meinte?

„Wo lebst du denn? Hast du einen Unterschlupf gebaut? Können wir vielleicht erst einmal dort hingehen und reden?"

Keshira nickte.

„Selbstverständlich. Ich werde dir gerne alles zeigen und ich möchte so viel wissen. Es ist eine lange Zeit vergangen und du hast mir bestimmt viel zu erzählen."

Mischka lächelte.

„Das Wichtigste, was ich dir erzählen muss, ist, dass du bald Tante wirst!"

Mit vor Überraschung aufgerissenem Mund starrte Keshira ihren Bruder an.

„*Das ist ja wundervoll! Ich freue mich sehr für dich. Du hast also eine Frau gefunden?*"

„*Ja, Belina ist die Beste. Ich würde sie dir gerne vorstellen*", erklärte Mischka stolz.

Keshiras Mine verfinsterte sich. Natürlich würde sie seine Frau gerne kennenlernen und auch ihr Patenkind sehen. Aber sie konnte doch nicht ins Dorf zurückkehren, nach all dem, was sie getan hatte, damals ...

Mischka hatte seine Schwester zwar schon länger nicht gesehen, aber die innige Verbindung war sofort wieder da. Es fiel ihm nicht schwer, die Mine und die Gefühle seiner Schwester zu deuten.

„*Ich weiß, das ist schwer für dich*", erklärte er und legte den Arm um sie. „*Nun lass uns erst mal zu deinem Unterschlupf gehen.*"

Keshira nickte schweigend und ging zu ihrer Hütte zurück. Der rote Teufelswurm folgte den beiden. Ihm waren Fremde grundsätzlich nicht geheuer. Er musste nicht der Hellste sein, um zu wissen, dass Veränderungen und Besuche häufig nichts Gutes zu bedeuten hatten ...

Fast während des gesamten Weges zurück zu Keshiras Hütte, redete Mischka auf seine Schwester ein und versuchte sie davon zu überzeugen, dass sie mit ihm ins Dorf zurückkommen musste.

„Und die Altehrwürdige Mutter lebt wirklich im Dorf und ist nicht auf dem Lichtberg geblieben?", fragte Keshira stirnrunzelnd. Sie wusste nicht genau, was das zu bedeuten hatte, aber ihr war klar, dass es kein gutes Omen war.

„Ja, wir alle fanden das ungewöhnlich. Immerhin haben wir viele Strapazen auf uns genommen, um sie sicher auf den Lichtberg zu bringen. Und ich war erst zwei oder drei Tage wieder zu Hause, als die Altehrwürdige Mutter plötzlich wieder auftauchte. Sie erklärte uns nur, dass uns schlimme Zeiten bevorstünden und sich der Rat der Zwölf daher aufgelöst hat, damit jede Altehrwürdige Mutter ihr Dorf beschützen konnte."

„Jetzt bin ich mir sicher, dass das ein ganz schlechtes Zeichen ist", murmelte Keshira, mehr zu sich selbst als zu Mischka.

Er nickte.

„Ja, aber das bedeutet auch, dass du unbedingt den Schutz des Dorfes brauchst. Hätte ich dich früher gefunden, hätte ich dich schneller zurückgebracht. Zum Glück ist in den letzten 10 Jahren noch nichts Furchtbares geschehen. Also bleibt genügend Zeit, dich mit nach Hause zu nehmen – in den Schutz des Dorfes!"

Keshira lachte und Mischka starrte sie verständnislos an. Wie hätte er auch ahnen können, was in ihrem Kopf vor sich ging. Der Wald war mit ziemlicher Sicherheit ein besserer Schutz als das Dorf. Dort lebten zwar viele magisch höchst begabte Wesen und sie war nur alleine, aber die Mondhexen bedienten sich normalerweise nur der guten Magie.

Und sie hatte sich viele gefährliche und böse magische Zauber aus dem Grimoire des Pechflüsterers angeeignet. Finstere Sprüche, die den Wald in den letzten 10 Jahren vor jedem magischen Angriff der Nekromanten beschützt hatte. Dabei war sie eine Armee, die nur aus einer einzigen Person bestand. Sie könnte im Dorf höchstens gefährdeter sein, denn das Dorf war weniger gut geschützt als der Wald ...

Bei dem Gedanken stutzte sie. Natürlich! Ihr Dorf war in Gefahr. Egal, was die Altehrwürdige Mutter vorhergesehen hatte, es war etwas Schlimmes. Und das Dorf war weniger gut geschützt als der Wald. Vielleicht hatte die Altehrwürdige Mutter daher versucht, sie durch eine Vision zu erreichen?

Vielleicht wollte sie Keshira zurückholen, um das Dorf gegen Angriffe zu schützen? Allerdings würde sie bestimmt nicht wollen, dass Keshira dazu Verschwörungen des Pechflüsterers verwendete. Das könnte ein Problem darstellen.

„Keshira, warum bist du so still? Was ist mir dir?", fragte Mischka, als seine Schwester plötzlich gänzlich in sich versunken schien.

„Wir sind gleich bei der Hütte. Ich glaube, ich muss dir sehr viel erzählen. Und ich muss dich vielleicht doch nach Hause zurück begleiten", erklärte sie knapp, als auch schon die Hütte in Sicht kam.

„Wow, die Hütte hast du ja gut hinbekommen, ich bin sehr beeindruckt", lobte Mischka seine Schwester.

Aus der einfachen Hütte aus Totholz war im Laufe der Jahre beinahe ein gut ausgebautes und erweitertes Farmhaus mit Schuppen und Anbau geworden. Und gut ausgestattet war Keshiras Haushalt ebenfalls. Denn sie hatte auf ihren unterirdischen Streifzügen nach Okep viele praktische Gegenstände mitgebracht.

Keshira bot ihm einen Platz an ihrem Holztisch an und erhitzte den Kessel über dem Herdfeuer. Dann warf sie stärkende Kräuter hinein. Mit ein wenig magischer Nachhilfe war der Kräutertee in kürzester Zeit servierbereit.

Sie kehrte mit zwei Tassen an den Tisch zurück und stellte sich und ihrem Bruder jeweils eine hin. Zögerlich trank Mischka den ersten Schluck. Aber sein Gesicht hellte sich unmittelbar danach auf. Der Tee schmeckte würzig und aromatisch und wärmte ihn auf angenehme Weise auf.

„*Der Tee ist wirklich gut*", erklärte er begeistert, bevor seine Mine wieder ernst wurde.

„*Bitte erzähl mir jetzt, wie es dir in den letzten Jahren ergangen ist, wo du diese ganzen Dinge her hast und warum du nun plötzlich deine Meinung ändern möchtest. Nicht, dass ich mich nicht darüber freuen würde, denn das war ja auch mein Ziel ...*"

„Ich weiß, dass dir das seltsam vorkommen mag", nickte Keshira. „Aber wenn du alles gehört hast, wirst du es vermutlich verstehen."

Dann holte sie noch einmal tief Luft und erzählte ihm von ihrer Flucht über das Totholz, den Bau der Hütte, die

Nekromanten und den Sklavenmarkt sowie das Herz des Tscherp und das Grimoire des Pechflüsterers. Auch, dass sie sich in den Ruinen von Okep bedient hatte und brauchbare Gegenstände wie Geschirr oder Lebensmittel zur Hütte gebracht hatte.

Die Vorräte dort waren längst erschöpft und Reichtümer und Wertgegenstände hatte sie sich keine mitgenommen. Geld bedeutete nichts hier im Wald. Wichtiger waren Edelsteine – nicht wegen ihres Wertes, sondern wegen der magischen Kraft, die ihnen innewohnte. Doch in dieser Hinsicht hatte sie keine großen Edelsteinvorkommen in den Schätzen der braven Bauern von Okep oder in den labyrinthartigen Gängen gefunden.

Gebannt lauschte Mischka ihren Worten und als sie am Ende ihrer Geschichte angelangt war, war er zunächst sprachlos.

„Oh, großer Mond und alle Götter", entfuhr es ihm. *„Du hast ja schreckliche Dinge erlebt. Nicht auszudenken, was dir alles hätte passieren können. Warum habe ich dich nicht früher gefunden?"*

Keshira legte ihre Hand auf deinen Unterarm.

„Du musst dir keine Vorwürfe machen, Mischka. Alles hat seinen Sinn. Hättest du mich früher gefunden, wäre ich nie so stark geworden, wie ich heute bin. Und ich hätte nicht das gesamte Land vor großem Schaden bewahren können, weil ich dann auch nicht das Herz von Tscherp gefunden und versteckt hätte ..."

Er nickte widerstrebend.

„Aber es macht mir immer noch Sorgen, was passieren könnte, wenn ich ins Dorf zurückkehre. Immerhin verfolgen mich so ziemlich alle Dämonen dieser Welt, die das Herz des Tscherp finden wollen. Wenn ich ins Dorf zurückkehre, werden sie mich auch dort jagen.

Und damit bringe ich euch alle in Gefahr. Das Dorf ist nicht so gut geschützt wie der Wald und die Altehrwürdige Mutter würde es nie zulassen, dass ich mit Sprüchen aus dem dunklen Grimoire das Dorf schütze.

Außerdem: was passiert, während ich weg bin, mit dem Wald und dem Herz des Tscherp? Die Bösewichte könnten einen Weg finden, einzudringen und es zu stehlen. Auch in diesem Fall sind wir alle gleichermaßen in Gefahr!"

„Du hast recht, Schwester", stimmte Mischka ihr zu. „Beide Optionen sind gefährlich. Aber bestimmt weiß doch die Altehrwürdige Mutter einen Rat? Und kannst du nicht das Dorf heimlich mit den Sprüchen schützen?"

Keshira schüttelte den Kopf.

„Nein, jeder würde es spüren, wenn ich negative Energie über ein weißmagisches Dorf ausbreite. Die Energien könnten sich möglicherweise auch gegenseitig aufheben, das weiß ich nicht. Der Wald ist ja ein neutrales Gebiet und hat keine eigene böse oder gute Schwingung. Es wäre also ein Experiment, was wir hier vornehmen würden."

Die Geschwister verfielen in einen düsteren Gemütszustand und blickten in ihre leeren Teetassen.

„Möchtest du noch einen Tee trinken, oder soll ich dich ein wenig herumführen?", fragte Keshira, um die Stimmung aufzubessern. Sie würde nicht in den nächsten *Minuten eine Entscheidung fällen können.*

„Danke, ich möchte keinen Tee mehr. *Zeig mir lieber, was du dir hier alles aufgebaut hast.*"

„*Gut, dann komm mit.*"

Es dunkelte bereits, als sie sich der Haupthütte wieder näherten. Im Wald war es wegen der hohen Bäume und dem spärlichen Lichteinfall schon sehr früh viel dunkler als in den Dörfern der Menschen oder auf der großen Handelsstraße, die durch den Talkessel zwischen den Bergen führte.

Als sie sich der Hütte näherten, knurrte der rote Teufelswurm, der ihnen auf Schritt und Tritt gefolgt war. Keshira war alarmiert und schaute sich besorgt und aufmerksam in alle Richtungen um.

Schließlich bemerkte sie ein seltsames Licht, das sich vor der Hüttentür immer stärker ausbreitete und schließlich Gestalt annahm.

Es war die Altehrwürdige Mutter beziehungsweise ihre Astralprojektion. Sie lächelte die beiden an und hob dann die Arme, in denen sich ein Neugeborenes befand. Sie hielt die Arme in Mischkas Richtung und nickte ihm zu.

„*Das Baby, mein Sohn ist endlich auf der Welt*", jubelte Mischka.

Die Altehrwürdige Mutter schüttelte den Kopf. „*Du hast eine Tochter*", sagte sie dann. Und ihre Stimme klang seltsam verzerrt, da sie ebenfalls astral projiziert wurde.

Mischka hob seine Schwester vor Freude hoch und wirbelte sie durch die Gegend.

„Herzlichen Glückwunsch, aber nun lass mich wieder runter!", lachte sie und er tat ihr endlich den Gefallen, nach einer weiteren Runde um die eigenen Achse.

Der rote Teufelswurm war verwirrt. Astralprojektionen bedeuteten nichts Gutes. Und die Reaktion der beiden Mondhexen war unlogisch. Probeweise knurrte er nochmals in Richtung der Altehrwürdigen Mutter.

„Das ist in Ordnung", erklärte Keshira und sandte ihm ein Bild in den Kopf, das er telepathisch als „Familie" empfing. Teufelswürmer unterschieden nicht in Anführer und Altehrwürdige Mütter. Aber sie verstanden „Familie." Der Teufelswurm war mit der aktuellen Entwicklung dennoch überfordert, um nicht zu sagen unzufrieden.

„Keshira, du musst nach Hause kommen", erklärte die Altehrwürdige Mutter. *„Was geschehen ist, ist schon längst vergessen. Mischka, du musst ebenfalls nach Hause kommen. Deine Frau und deine Tochter brauchen dich!"*

Keshira wollte eben Luft holen, um eine Entgegnung anzubringen. Doch die Altehrwürdige Mutter hob nur die Hand, um sie zum Schweigen zu bringen.

„Ihr brecht morgen früh auf. Dann seid ihr ausgeruht und könnt euch den Fragen des Volkes stellen. Besonders Keshira wird viel zu berichten haben, nicht wahr, Liebes?"

Ohne eine Antwort abzuwarten, verlosch die Astralprojektion. Und Keshira und Mischka fühlten sich wieder wie zwei Kinder, die den Befehlen der höchsten Instanz des Volkes Folge zu leisten hatten.

*

„Eigentlich will ich den Wald nicht verlassen", gab Keshira mit gesenktem Kopf zu, als sie mit ihrem Bruder am kleinen Tisch in der Hütte frühstückte.

„Ich habe ein ungutes Gefühl bei der ganzen Sache und bin mir auch nicht sicher, wie mich unser Volk empfangen wird. Was werden unsere Eltern sagen? Bestimmt sind sie immer noch enttäuscht davon, dass ich das Dorf zerstört habe. Ich kann diese Tatsache nicht ungeschehen machen. Und wenn sie wüssten, womit ich mich beschäftigt habe, um den Wald zu schützen und das Herz von Tscherp ..."

Sie beendete den Satz nicht, sondern rührte niedergeschlagen in ihrer Porzellantasse, die sie von einem ihrer unterirdischen Ausflüge aus den Ruinen von Okep mitgebracht hatte.

„Ich verstehe dich ja", beruhigte Mischka sie. *„Aber alle werden sich freuen, dich endlich wieder zu sehen. Und sie hegen auch keinen Groll gegen dich. Es ist der ausdrückliche Wunsch der Altehrwürdigen Mutter, dass du ins Dorf zurück kehrst. Niemand würde es wagen, diesen Befehl infrage zu stellen oder die Richtigkeit dieser Entscheidung anzuzweifeln."*

Seufzend erhob sich Keshira und räumte das Frühstücksgeschirr ab. Sorgfältig spülte sie es in einem Eimer mit klarem Wasser ab, trocknete es mit einem Leinentuch und verstaute alles auf dem Regalbrett in der kleinen Küche. Es fühlte sich so endgültig an. Als ob sie jeden Handgriff zum letzten Mal ausführen würde.

Rasch schob sie den Gedanken beiseite. Nein, sie würde mit ihrem Bruder ins Dorf zurückkehren, wie es die Altehrwürdige Mutter befohlen hatte. Dort würde sie den Grund dafür erfahren und anschließend auf dem schnellsten Weg wieder hierher zurückkehren.

Schweigend beobachtete Mischka die letzten Verrichtungen seiner Schwester und folgte ihr dann nach draußen, wo sie die Hütte absperrte. Gegen magische Übergriffe wäre die Hütte dadurch nicht gefeit, aber so würden neugierige Tiere oder der Wind es nicht schaffen, die Tür zu öffnen.

Gegen die Bösewichte sprach sie rasch einen zusätzlichen Schutzzauber. Obwohl dieser nicht notwendig sein sollte, denn der gesamte Wald und der Platz um die Hütte waren mehrfach geschützt.

Dann fiel Keshiras Blick auf den roten Teufelswurm.

„Dich kann ich leider nicht mitnehmen", erklärte sie ihm traurig. *„Denn wir werden ins Dorf zurückfliegen und ich brauche jemanden, der hier solange nach dem Rechten sieht."*

Der Wurm starrte sie unverwandt an, als würde er versuchen zu verstehen, was Keshira von ihm wollte.

„Warum spricht er eigentlich nicht?", fragte Mischka.

„Wie meinst du das?"

„Nun, jedes Tier kommuniziert doch über Laute und wir könnten telepathisch oder durch ein wenig magische Nachhilfe ihre Sprache jederzeit verstehen. An deiner Stelle hätte ich nicht zehn Jahre lang mit einem Wurm zusam-

mengelebt, ohne ihn irgendwie zum Sprechen zu bewegen ...“

„Auf diese Idee bin ich gar nicht gekommen. Ich habe mich gut mit ihm verstanden, auch wenn er nicht unsere Sprache spricht. Aber vielleicht wäre es einfacher, ihn mit ein wenig mehr – wie soll ich sagen – Geist und Sprachbegabung auszustatten. So könnte ich ihm erklären, was wir vorhaben und dass wir zurückkommen werden. Und wenn ich wiederkomme, könnte er mir sogar berichten, was er erlebt hat ...“

Mischka war skeptisch. Wollte Keshira wirklich jetzt, mitten im Aufbruch, noch komplizierte Rituale durchführen, um den Wurm zum Reden zu bringen? Und das nur, um ihn anschließend zu verlassen?

Keshira überlegte schweigend, ob sie das Risiko eingehen sollte. Ein sprechender Wurm würde sich von seiner eigenen Spezies unterscheiden und sich möglicherweise in beiden Welten, ihrer und seiner eigenen, nicht mehr wohlfühlen. Konnte sie ihm das antun? Aber was, wenn sie ihn einfach fragen würde? Sie könnte den Zauber jederzeit rückgängig machen und dann wäre alles wie zuvor.

„Ich glaube, ich werde es tun“, erklärte sie Mischka.

Dieser rollte mit den Augen.

„Wir sollten schon lange unterwegs sein! Du hattest doch 10 Jahre lang Zeit dafür ...“

„Ja, aber besser später als nie, oder?“ Keshira war jetzt ganz begeistert von der Idee. Außerdem ärgerte sie sich, dass sie nicht selbst darauf gekommen war.

„Du könntest mir auch dabei helfen", forderte sie ihn dann auf. *„Möglicherweise ist der Zauber stärker, wenn wir ihn zu zweit durchführen."*

Mischka zuckte mit den Schultern. Er fand es zwar überflüssig, aber nicht gefährlich, den Wurm jetzt zum Reden zu bringen. Und wenn sie dadurch schneller zurück ins Dorf gehen könnten, wäre das umso besser. Er konnte es kaum erwarten, endlich seine kleine Tochter und seine Frau in die Arme zu schließen.

„Na gut, was muss ich tun? Welches Ritual möchtest du durchführen?", fragte er sie. Doch als er sich ihr zuwandte, erschrak er über den seltsamen Ausdruck in ihren Augen.

„Ich werde ein neues Ritual und einen Spruch verwenden, den du noch nicht kennst", erklärte sie ihm. *„Du musst mir nur meine Worte nachsprechen und dich auf den Wurm konzentrieren. Warte eine Sekunde."*

Rasch rannte sie in den Schuppen, in dem sie ihre Vorräte lagerte, um einige Utensilien und Kräuter zu holen. Die Sprüche aus dem Grimoire des Pechflüsterer kannte sie nach all der Zeit in- und auswendig. Sie würde sie entsprechend anpassen, um ihnen den negativen Anteil, der damit verbunden war, zu nehmen.

Außerdem würde der Wurm keinen Trank zu sich nehmen, zumindest nicht freiwillig. Sie musste ihn also stattdessen damit besprenkeln oder einreiben. Mit seiner Kooperation konnte sie dabei nicht rechnen, denn er war zwar ein loyaler Freund, aber kein Streicheltier.

Etwas außer Atem kam sie dann zurück und hatte einen Holzbecher voll Quellwasser in der Hand, in den sie zusätzlich fein zermahlene Kräuter streute. Dabei murmelte sie vorbereitende Sprüche. Zum Schluss legte sie einen kleinen Mondstein und eine Eulenfeder in den Becher. Beide Gegenstände sollten die Verbindung zum Volk der Mondhexen symbolisieren. Der Wurm wäre nun einer von ihnen.

Mischka war nicht mehr ganz wohl bei der Sache. Warum hatte er seine Schwester ausgerechnet jetzt auf die Idee gebracht, dem Wurm die Sprache zu verleihen?

Er beobachtete, wie sie auf den Wurm zuging und ihm dann kleine Tröpfchen aus dem Becher mit den Fingern zuschnippte. Der Wurm reagierte irritiert, aber abwartend.

Schließlich begann sie einen seltsame Singsang in einer fremden Sprache und winkte Mischka zu sich. Er trat neben sie und beobachtete den Wurm argwöhnisch. Irgendwann verstummte Keshira und griff seine Hand.

„Du musst mir jetzt nachsprechen", forderte sie ihn auf und rezitierte einen Spruch aus dem Grimoire des Pechflüsterers, den sie entsprechend abgewandelt hatte.

Mischka hatte Mühe, den Spruch korrekt aufzusagen, doch er schien seine Wirkung langsam zu entfalten. Der ausdruckslose Reptilienblick wandelte sich zu einem tieferen, verständigeren Antlitz und die Mundpartie des Wurmes verformte sich leicht. Möglicherweise war das notwendig, um in Ermangelung von richtigen Lippen die Laute korrekt nachbilden zu können.

Als Keshira den Spruch abgeschlossen hatte, beobachteten beide den roten Teufelswurm.

„Glaubst du, es hat funktioniert?", flüsterte Mischka.

„Keine Ahnung – und warum flüsterst du?", wollte Keshira wissen.

Dann wandte sie sich dem Wurm zu und erklärte ihm, was sie gerade getan hatten und warum. Er sollte den Wald und ihren Besitz schützen und sie würde bald zurückkehren. Durch das Sprachvermögen könnte er ihr dann genau berichten, was sich während ihrer Abwesenheit zugetragen hatte. Außerdem würde er sich auf diese Weise auch mit den Nymphen, die in der Quelle lebten, unterhalten können.

„Ich hatte bisher nicht das Bedürfnis, sprechen zu können", sagte der Wurm plötzlich.

„Aber ich freue mich über die Gelegenheit, die du mir gegeben hast. Es ist schön, dass wir uns nach all den Jahren endlich unterhalten können. Allerdings hätte ich es schöner gefunden, wenn du das bereits vor langer Zeit getan hättest. Und ausgerechnet jetzt, kurz bevor du mich verlässt, kann ich reden und es ist niemand da, der sich mit mir unterhält?"

Mischka riss überrascht die Augen auf, als der Wurm zu sprechen begann. Keshira klatschte vor Freude begeistert in die Hände. Dann rannte sie auf den Wurm zu und umarmte ihn.

„Bitte lass das, ich mag es nicht, angefasst zu werden", erklärte der Wurm. *„Auch wenn ich jetzt verstehen kann, dass du das als Ausdruck der Freude siehst. Ich empfinde*

Berührungen als Übergriff und möchte dich bitten, mich nicht ungefragt anzufassen."

„Es tut mir leid, aber ich bin tatsächlich hoch erfreut, dass der Spruch funktioniert hat. Und ich bin überrascht, dass du so eine angenehme Stimme hast. Und du sprichst so gebildet! Hast du eigentlich einen Namen, oder soll ich dir einen geben?"

„Ich habe keinen Namen, meine Spezies erkennt sich am Aussehen und dem Geruch. Wenn du willst, kannst du mir einen Namen geben, denn ich sehe, dass dir das Freude bereiten würde."

„Dann möchte ich dich gerne Kra-Wann nennen. Das bedeutet in unserer Sprache so viel wie „mächtiger Beschützer" und du hast mich in den letzten zehn Jahren auch wirklich beschützt."

Der Wurm gab ein seltsames Glucksen von sich. War das der Versuch, zu lachen?

„Eigentlich hast DU ja MICH beschützt mit all dem Zauber hier. Aber ich freue mich, dass du mir so einen edlen Namen ausgewählt hast. Ich werde auf unser Revier achten und hier die Stellung halten, bis du zu mir zurückkehrst."

„Einverstanden", lachte Keshira. „Genau so, wie ich es geplant hatte. Ich werde mich auch beeilen. Und wenn du Gesprächspartner suchst, dann unterhalte dich mit den Nymphen oder den Elementarwesen. Bestimmt findet ihr einige spannende Themen, über die ihr euch austauschen könnt!"

„*Nun komm endlich, Keshira, wir müssen los, die Altehrwürdige Mutter erwartet uns!*", drängte Mischka zum Aufbruch.

„*Ich würde nun viel lieber bleiben, um mich mit Kra-Wann zu unterhalten ...*", begann Keshira.

„*Das kannst du später nachholen. Bitte nimm nur das Notwendigste mit. Ich muss natürlich mein gesamtes Reisegepäck mit zurück nehmen.*"

Keshira nickte und beide Geschwister verwandelten auf die für die Mondhexen typische Art und Weise ihre Gepäckstücke in Reiskörner und dann sich selbst in Eulen. Schließlich pickten sie die Körner auf und flogen mit dem Gepäck im Schnabel in Richtung Mondhexen-Dorf davon.

Traurig blickte Kra-Wann ihnen nach. Er war noch unschlüssig, wie er mit der neuen Situation umgehen sollte. War es ein Vorteil, sprechen zu können? Das würde sich noch herausstellen. Er schlängelte in Richtung Quelle davon, um seine neue Fähigkeit mithilfe der Nymphen zu testen, wie Keshira es vorgeschlagen hatte.

*

Mit nur einer kurzen Pausen, um den Flügeln etwas Ruhe zu gönnen, erreichten die beiden Geschwister schließlich später als geplant das Dorf.

Für Keshira war es ein seltsames Gefühl, nach dieser langen Zeit wieder heimischen Boden zu betreten. Als beide in Eulengestalt landeten, blieb sie zunächst starr stehen und drehte sich langsam um die eigene Achse, ihre kleine Tasche fest an sich gepresst. So verschüchtert war sie schon lange nicht mehr gewesen. Was würde sie wohl hier erwarten?

Mischka bemerkte nichts davon, denn kaum, dass sie gelandet waren, konzentrierte er sich darauf, seine Frau und seine Tochter zu suchen, um sie endlich auf dieser Welt begrüßen zu können.

Die Altehrwürdige Mutter trat kurz nach der Ankunft der beiden „Kinder", die sie für die alte Frau immer noch waren, vor ihre Hütte. Mischka nickte ihr nur kurz zu, bevor er an ihr vorbei stürmte, um in seiner Hütte nach Frau und Kind zu sehen.

Gemessenen Schrittes ging die Altehrwürdige Mutter auf Keshira zu. Keshira beugte den Kopf vor der alten Frau und traute sich nicht, ihr ins Gesicht zu blicken.

„*Willkommen Zuhause, Keshira*", begrüßte sie die Rückkehrerin. „*Ich glaube, du hast uns viel zu berichten.*"

„*Ja, Altehrwürdige Mutter*", antwortete Keshira knapp, da sie nicht wusste, was sie sonst hätte sagen sollen. Minuten später war sie von den Dorfbewohnern umringt, die ihre Freude über die Rückkehr zum Ausdruck brachten. Allen voran ihre Eltern, die nur mühsam die Freudentränen unterdrücken konnten.

Sie hatten viele Fragen an Keshira und sie fühlte sich, als würden das Volk versuchen, sie zu erdrücken. Schließlich gebot die Altehrwürdige Mutter dem Treiben Einhalt.

„*Ihr Lieben, lasst Keshira zunächst in Ruhe auch emotional hier ankommen und mit ihrer Familie alleine sein. Si-*

cherlich will sie auch das neue Familienmitglied begrüßen. Heute Abend bei Mondaufgang werden wir auf dem Versammlungsplatz ein Treffen abhalten. Darf ich euch bitten, dass jeder etwas zu Essen und zu Trinken beisteuert, um gemeinsam die Rückkehr zu feiern?"*

Zustimmendes Gemurmel und Zwischenrufe wurden laut. Dann entfernten sich die Dorfbewohner beinahe hastig in ihre Hütten, um ihre Vorräte zu kontrollieren und einige Vorbereitungen für ein kleines Festmahl zu treffen.

Keshira kehrte mit ihren Eltern in die Hütte zurück, wo sie zunächst haarklein berichten musste, was sie alles erlebt hatte. Keshira tat es gerne, aber bereits der Gedanke daran, dass sie später bei der Versammlung alles nochmal würde erzählen müssen, erschöpfte sie.

Immerhin lag der letzte gleichlautende Bericht, den sie ihrem Bruder abgegeben hatte, nur einen Tag zurück. Allerdings konnte sie durchaus verstehen, dass alle ein großes Interesse daran hatten, was sie erlebt hatte. In der Version ihren Eltern gegenüber, sowie auch später bei der Versammlung, ließ sie allerdings die Tatsache unter den Tisch fallen, dass sie sich viele schwarzmagische Zaubersprüche aus einem Grimoire eines Pechflüsterers angeeignet hatte. Diese Information würde sie bei Gelegenheit nur der Altehrwürdigen Mutter offenbaren.

Das Begrüßungsfest am Abend verlief sehr ausgelassen und Keshira hatte beschlossen, ihre Erlebnisse im Rahmen eines Vortrages zu schildern, damit sie nicht wieder und wieder im Laufe des Abends dieselben Fragen beantworten musste. Sie fasste sich dabei äußerst knapp und gab nur das Notwendigste preis. Sie bemerkte allerdings sehr wohl, dass die Altehrwürdige Mutter sie intensiv beobachtete. Vor ihr konnte sie nichts verheimlichen.

Dennoch erfuhr das Volk an diesem Abend von Keshiras Hütte im Wald, der Begegnung mit den Nekromanten, der Entführung, sowie dem Raub des Herzen von Tscherp – und auch, dass sie es gut versteckt hatte. Sie erzählte aber wohlweislich keine Details über das Versteck, sodass ihre Familie und Freunde auch bei Telepathie-Zaubern das Geheimnis niemandem verraten konnten. Diesen Grund gab sie auch dem Volk gegenüber an und bat um Verständnis dafür, dass sie nicht allzu viel berichten wollte.

Sie verschwieg auch nicht, dass sie sich freute, hier zu sein, dass sie aber befürchtete, mit ihrer Anwesenheit das Unheil auf das Dorf zu lenken. Denn die Nekromanten würden nicht aufgeben, sie zu suchen und herauszufinden, wo das Herz des Tscherp versteckt war. Zur Not würden sie sicherlich alle töten …

„Das kann nicht passieren", erklärte einer der älteren Dorfbewohner. Ein Nachbar, der in der Hütte links von ihren Eltern wohnte.

„Wir sind durch diverse Zauber gut geschützt – wie bereits seit Generationen!"

Keshira kannte den Schutz, den die Dorfältesten errichtet hatten, und der regelmäßig erneuert wurde. Mit ihren geschärften magischen Sinnen blickte sie sich im Dorf um. Ja, der Schutz war eigentlich gut, aber sicherlich nicht ausreichend. Im Vergleich zu dem Schutz, den sie über den Wald gesprochen hatte, war dieser einer uneinnehmbaren Festung ähnlich, das Dorf hingegen wie eine Hütte, die man mit einem Kupferschlüssel verschlossen hatte.

„Ich weiß, dass das Dorf gut geschützt ist. Dennoch dürft ihr nicht vergessen, dass uns bisher meist nur sporadisch Menschen oder vereinzelte Schwarzmagier angegriffen haben. Nun haben wir jedoch sehr viele gierige Bösewichte gegen uns stehen, die darauf erpicht sind, das Herz des Tscherp zu finden. Sie werden nicht ruhen, bis sie es haben, weil damit unbegrenzte Macht für sie sowie der Tod für uns verbunden ist."

Betroffenes Schweigen folgte den eindringlichen Worten der Rückkehrerin.

„Was schlägst du also vor?", fragte die Altehrwürdige Mutter und alle Blicke waren auf die alte Frau gerichtet. War sie es nicht normalerweise, die die Vorschläge unterbreitete und die Regeln aufstellte?

Keshira überlegte. Sie konnte nicht vor allen Dorfbewohnern vorschlagen, das Dorf mit schwarzer Magie zu schützen. Dann müsste sie zugeben, dass sie sich intensiv damit beschäftigt hatte – immerhin hatte sie 10 Jahre lang kaum ein anderes Buch zu ihrer Zerstreuung gehabt, als das Grimoire des Pechflüsterers. Sie hatte wohl alte Bücher und historische Pergamente in den Ruinen von Okep gefunden, aber nichts, was sie interessiert hatte oder länger fesseln konnte.

„Zu eurem Schutz möchte ich so schnell wie möglich in den Wald zurück. Dort bin ich sicher und die Nekromanten und Schwarzmagier haben keinen Grund, das Dorf an-

zugreifen. Darüber hinaus sollten wir vielleicht den Schutzzauber verstärken."

„Aber das Dorf ist seit Jahrhunderten mit dem stärksten Mondzauber gesichert, den wir kennen ...", rief ihr Vater nun dazwischen.

„Das stimmt natürlich, Vater, aber wenn es hart auf hart kommt, benötigen wir etwas Stärkeres, ich kann nicht genau sagen, was das sein könnte, aber es müsste weniger vorhersehbar sein als bisher. Die Bösen wissen, wie wir das Dorf schützen. Bisher hatten sie nur keinen so triftigen Grund, es zu überfallen. Sie könnten eine Möglichkeit finden, den Mondzauber zu brechen – mit einem Dunkelzauber beispielsweise ..."

„Was ist ein Dunkelzauber?", fragte einer der Ältesten.

Oh nein, sie hatte sich gerade verplappert! Rasch suchte sie nach geeigneten Worten.

„Ich habe während meiner Entführung mit den Nekromanten zu tun gehabt", versuchte sie, sich aus der Angelegenheit rauszureden.

„Dabei habe ich auch aufgeschnappt, dass sie sehr wohl wissen, welche Arten von Zauber wir anwenden, um sie zu blockieren oder zu vertreiben. Und sie arbeiten daran, Zaubersprüche und Rituale zu finden, die unsere Zauber brechen können. Das ist sogar verständlich, denn wir würden auch daran arbeiten, ihre Sprüche zu brechen, wenn wir sie nur kennen würden ..."

Das Volk hielt den Atem an, die Altehrwürdige Mutter kniff die Augen zusammen und beobachtet Keshira. Ihr wurde zunehmend unwohler. Aber noch war sie nicht gewillt, das Geheimnis vor allen Dorfbewohnern zu offenbaren.

„Ich verstehe, was du meinst, Keshira, und ich habe gute Neuigkeiten für das ganze Volk", sprach nun die Altehrwürdige Mutter.

„Wie ihr wisst, hat der Rat der 12 den Wohnsitz auf dem Lichtberg aufgegeben und jedes Ratsmitglied ist zu seinem Dorf zurückgekehrt. Wir haben große Visionen empfangen und es stehen uns schwere Zeiten bevor. Nun ist es Zeit, an einem umfassenden Schutz zu arbeiten, denn die dunkle Seite ist nun aufgestachelt und gewillt, über Leichen zu gehen, um das Herz des Tscherp in die Hände zu bekommen.

Dabei arbeiten die einzelnen Magier selbstverständlich zunächst nur zum Schein zusammen, bis sie uns alle ausgeschaltet haben. Jeder von ihnen wird das Herz alleine besitzen wollen, also geht es anschließend auch darum, wer von den Bösen die Oberhand in der Schlacht gewinnt.

Ich sehe große Katastrophen kommen, Kriege, kleine Schlachten, Intrigen. Das alles müssen wir so gut wie möglich abzuwenden versuchen.

Daher haben wir beschlossen, dass sich Abgeordnete aller Völker hier bei uns treffen. Ich habe nur darauf gewartet, dass Keshira ins Dorf zurückkehrt. Nun werde ich alle darüber informieren, dass sie sich auf den Weg machen sollen. Ich werde das Mondfeuer entzünden und das Signal zur Versammlung geben."

Ein Raunen ging durch die Festteilnehmer. Eine solche Versammlung hatte es seit Generationen nicht gegeben.

Und das Mondfeuer wurde normalerweise nur entzündet, wenn große Gefahr drohte. Die Altehrwürdige Mutter trat näher an das Feuer heran, das in der Mitte der Versammlung brannte und warf geheime Kräuter direkt in das lodernde Feuer.

Dann hob sie die Hände und rief die Geister der Ahnen und die Hüter des Mondes an. Kurz darauf loderte das Feuer strahlend weiß und ein Lichtstrahl schoss direkt in den dunklen Nachthimmel. Dort erschienen die magischen Runen, die die Mitglieder des Rates der 12 herbeirufen würden.

Die Schrift im Himmel war normalerweise nur von hochrangigen guten Magiern zu sehen und zu verstehen. Doch man konnte nie wissen … Keshira beschlich ein ungutes Gefühl.

*

Sie wusste es zwar nicht, aber das Gefühl war richtig. Denn in den Schwefelsümpfen saß ein uralter Einsiedler, der den Himmel beobachtete, um astronomische Berechnungen für seine Rituale anzustellen. Er war weder gut noch böse, sondern verkaufte sein Wissen an jeden, der ihn danach fragte. Und er konnte die Schrift am Himmel lesen.

Ein Grinsen breitete sich über sein runzliges Gesicht aus und entblößte seine wenigen und sehr schlechten Zähne …

„Das ist ja interessant" murmelte er. *„Das ist sogar sehr interessant."* …

*

Die Altehrwürdige Mutter beendete das Ritual und das Mondfeuer erlosch. Sie nickte zufrieden.

„Ich denke, dass die Ratsmitglieder, sicherlich in Begleitung, bis in 7 Monden hier sein werden. Unsere nächsten Nachbarn, die Dimensionsreisenden, werden wohl schon bald eintreffen. Aber die Alchemisten haben den weitesten Weg vor sich und werden länger für die Strecke benötigen. Lasst uns die Zeit dazu nutzen, das Dorf magisch zu sichern und auf Hochglanz aufzupolieren. Außerdem werden wir Platz für unsere Gäste brauchen. Wir sollten einige einfache Unterkünfte für sie bauen."

Mondhexen waren zwar magisch begabt, aber nicht die größten Handwerker im Land der Sieben Monde. Daher würden sie die Hütten – oder lieber ein großes Gästehaus mit mehreren Betten? – magisch erstellen. Es konnte nichts schaden, das Dorf etwas umzugestalten und besser zu sichern.

„Ich würde euch sehr gerne dabei unterstützen", meldete sich Keshira zu Wort. Sie wusste um die „Defizite" des Volkes, hatte aber selbst viel Erfahrung im Gestalten von Unterkünften, Schuppen und allem, was sie selbst mühsam in den letzten zehn Jahren „erschaffen" hatte.

„Du?", fragte eine ihrer Hexenfreundinnen erstaunt.

Keshira nickte verlegen.

„Nun ja, ich habe immerhin einen kompletten Wald magisch geschützt und mir eine Hütte, Schuppen, Vor-

ratskammern und Gemüsebeete gebaut. Ich kenne mich also ein wenig damit aus."

„Das ist eine hervorragende Idee", erklärte die Altehrwürdige Mutter. *„Keshira hat die größte Erfahrung von uns allen, denn unsere Hütten stehen bereits eine lange Zeit und wir müssen nicht nur Platz für Gäste schaffen, sondern uns auch gegen Angriffe absichern. Wenn du es dir also zutraust, meine Liebe, dann betraue ich dich mit der Aufgabe, die Hütten zu errichten."*

Keshira strahlte. Sie war froh, wieder in der Dorfgemeinschaft aufgenommen worden zu sein – wenn auch nur für kurze Zeit, denn sie wollte ja in ihren Wald zurück – und dem Dorf etwas von ihrer Erfahrung mitgeben zu können.

„Ich möchte dir dennoch 5 kräftige junge Magier zur Seite stellen, die dich dabei unterstützen sollen, alle notwendigen Baumaßnahmen durchzuführen. Wir können schließlich nicht alles herbeizaubern, sondern brauchen auch Muskelkraft dafür. Und wenn das nicht ausreichen sollte, dann melde dich und die anderen Dorfbewohner unterstützen dich ebenfalls. In Ordnung?"

Wieder nickte Keshira. Sie würde keine zusätzliche Hilfe benötigen. Was sie alleine geschafft hatte, konnte sie hier auf jeden Fall ebenfalls vollbringen.

Keshira kannte das Dorf und die Umgebung genau, daher konnte sie rasch festlegen, was zum Schutz getan werden sollte. Sie erklärte den fünf ungefähr gleichaltrigen Magiern, was sie vorhatte und diese unterstützen sie nach Kräften.

Zunächst mussten die Bäume des Waldes gebeten werden, ein Stück vom Dorf wegzurücken und einen großen, eng bewachsenen Kreis um das ganze Dorf zu bilden. So konnten sie gleichzeitig einen Schutzwall errichten und mehr Platz für Gästeunterkünfte gewinnen.

Es war ein erhebendes Schauspiel, zu beobachten, wie der Wald sich bewegte. Die großen kräftigen Bäume schoben sich mit ihren gewaltigen Wurzeln durch das Erdreich und rückten weiter vom Dorf weg, wo sie dafür um so enger und undurchdringlicher standen.

Auf diese Art und Weise entstand ein Ring aus Gras und Erde um das Dorf herum, der eine Breite von gut 60 m besaß. Dieser Ring bot sich auch für die Tiere an, die die Mondhexen hielten, um Wolle, Milch, Fleisch und Eier zu gewinnen. Da Gäste erwartet wurden, sollten noch einige Tiere dazu gekauft werden. Niemand wusste, wie lange mehr Personen als üblich zu versorgen waren.

Hier waren Zäune zu errichten und ein Stall für die Hühner sowie Unterstände für Ziegen und Schafe zu bauen. Außerdem würden die Tiere auch frühzeitig melden, wenn sich ungebetene Gäste dem Dorf näherten. So konnte man mehrere Fliegen mit einer Klappe schlagen.

Für die Zäune und Ställe meldeten sich weitere Freiwillige, um die Arbeiten zügig voranzubringen, natürlich unterstützt durch viel Magie, da die Zeit drängte.

Schließlich konnten sie in jeder Himmelsrichtung eine Tierart unterbringen. Die Hühner erhielten im Norden einen Stall und genügend Gras und Sand, um zu scharren, die Schafe im Osten ein Gehege mit Gras und einem

Unterstand und im Süden erhielten die Ziegen ihr Domizil.

Im Westen sollte das große Gästehaus entstehen. Denn die Zeit würde nicht reichen, mehrere Hütten zu bauen. Daher einigten sich darauf, ein großes Langhaus zu erstellen, das einen Gemeinschaftsraum und mehrere Bettstätten besaß. Dieses gestalteten sie zweistöckig, um Platz zu sparen.

„Ich erkläre mich bereit, gleich auf den Markt nach Kiro-Vaa zu gehen, um einige Tiere zu kaufen. Wer begleitet mich?", fragte Mischka in die Runde.

Viele Hände schossen in die Höhe. Wenn man nämlich auf dem Markt der großen Stadt einkaufte, wo auch Menschen verkehrten, konnte man die Tiere nicht kleiner zaubern und transportieren, man musste sie zumindest regulär auf einem Wagen transportieren oder zu Fuß begleiten, bis man außer Sichtweite war.

Keshira und ihre Helfer bauten einen Lager- und Vorratsschuppen an das Gästehaus, wie sie ihn für sich selbst im Wald ebenfalls gebaut hatte. Nur etwas größer, denn die Gäste würden Gepäck mitbringen. Und sie brauchten auch Nahrung.

Beim Anbau der Kräuter- und Gemüsebeete halfen die weiblichen Mondhexen, nachdem die jungen Männer die Holzkisten dafür gezimmert hatten. Sie nutzten die Gelegenheit, im gesamten Dorf mehrere solcher Beete aufzustellen. Falls sie mit einer Belagerung von außen rechnen mussten, konnte es nicht schaden, genügend Nahrung vorrätig zu haben.

Für ein sofortiges Wachstum mussten die Hexen leider magisch nachhelfen, aber die Pflanzendevas und Elementargeister waren eifrig bemüht, die Anbauversuche zu unterstützen.

Zwei neue Brunnen sowie ein offizieller Dorfplatz mit Ritualfeuer folgten ebenfalls. Die Geister des Wassers und des Feuers leisteten auch dazu ihren Beitrag.

Bisher hatte ein Sandplatz, der ungefähr in der Mitte des Dorfes lag, für Versammlungen ausgereicht. Doch da man nun nicht absehen konnte, wie lange man sich hier mit zusätzlichen Gästen treffen und besprechen und gemeinsam hexen musste, machte es durchaus Sinn, sich eine bessere Lösung einfallen zu lassen.

Der gereinigte Platz wurde mit Lehm geglättet und eine befestigte Feuerstelle mit 4 Feuern (für Gemüse, Fleisch, Tee und magische Zwecke) wurde neu geschaffen. Um den Platz herum stellten die jungen Männer stabile Holztische und Bänke auf. Dabei ließen sie jeweils eine Lücke nach zwei Doppeltischen, um genügend Bewegungsfreiheit zu ermöglichen. So sollten die 50 Dorfbewohner samt den erwarteten Gästen ausreichend Platz finden.

Zum Schluss versiegelte Keshira das Dorf mit einigen Mondzaubern, in die sie allerdings ein wenig dunkle Magie gemischt hatte. Nur so viel, um nicht sofort aufzufallen. Aber sie wusste, sie konnte der Altehrwürdigen Mutter nichts vormachen.

Den anderen gegenüber konnte sie zumindest behaupten, dass sie während ihrer Entführung durch die Nekromanten etwas von der Magie aufgeschnappt und diese verwendet hatte. Wollte sie allerdings mehr davon einsetzen, bräuchte sie eine andere Erklärung für ihr Wissen.

Als Keshira ihr Werk bewunderte, kamen nach und nach alle Dorfbewohner zusammen und beglückwünschten sie und ihre Helfer zu ihrer guten Leistung. Auch wenn die Gäste später wieder abgereist waren, boten die Veränderungen im Dorf viele neue Möglichkeiten. Es war moderner und größer und ein Haus mit einem Gemeinschaftsraum, das auch für Versammlungen nutzbar war, hatte etwas für sich.

Zwar trafen sich die Mondhexen bevorzugt nachts am Feuer, um den ihren Namensgeber den Mond zu ehren, doch im Winter oder bei festlichen Anlässen wäre es durchaus ein Vorteil, diese innerhalb eines Hauses stattfinden lassen zu können.

Und mehr Tiere waren sicher kein Fehler. Zwar benötigten die 50 Hexen, die sich überwiegend fleischfrei ernährten, nicht allzu viel Fleisch als Nahrung, aber sie nutzten die Wolle der Schafe und Ziegen und webten daraus wunderbare Kleidung, die sie mit anderen magischen Völkern tauschten oder sogar auf dem Markt in Kiro-Vaa verkauften.

Denn manche Dinge, die sie im Gegenzug benötigten, mussten sie ebenfalls bezahlen. Beispielsweise Geflügel aus dem Bauerndorf Shi-Ghan oder frischen Fisch, den die Fischer aus Noh-Vak im Einhorn-See züchteten. Auch Getreidekörner oder fertiges Mehl aus der Mühle in Phi-Tau mussten sie bezahlen. Und so waren die Gold-,

Silber- und Kupfermünzen, die sie für ihre wunderbare Wolle erhielten, willkommen.

Weniger willkommen war die Wollware der Mondhexen allerdings bei den Menschen aus dem Weberdorf Chry-Soo, die ebenfalls Wollprodukte anboten. Diese waren aber weniger fein gewoben und brachten daher nicht so viel Geld wie die Ware der Mondhexen.

Die Altehrwürdige Mutter trat an Keshira heran und bat sie zu einem Gespräch unter vier Augen in ihre Hütte. Keshira hatte es befürchtet. Nun war die Zeit der Wahrheit gekommen. Geknickt und wie ein kleines Kind, das erwartete, gleich ausgeschimpft zu werden, folgte sie der alten Frau in ihre Hütte.

„*Keshira, ich freue mich sehr, dass du wieder hier bist. Es warten schwere Zeiten auf uns und es ist wichtig, dass wir gut zusammenarbeiten, um das Volk darauf vorzubereiten. Ich weiß genau, dass du die schwarzen Künste beherrschst und vielleicht müssen wir sogar auf dein Wissen zurückgreifen. Allerdings besteht die Gefahr, dass die Nekromanten, Pechflüsterer und wie sie alle heißen, diesen Zauber schnell orten können. Noch vermuten sie dich wohl im Wald, aber wenn sie die Spur ins Dorf aufnehmen, müssen wir uns dem Kampf stellen. Und du weißt, dass wir friedliche Hexen sind. Wir schützen uns lieber, als jemanden anzugreifen oder zu töten.*"

Keshira war das nur zu bewusst. Diese Tatsache hatte immerhin dazu geführt, dass sie nach der Ausradierung des Dorfes Okep zu einer Ausgestoßenen geworden war. Und sie teilte auch die Bedenken der Altehrwürdigen Mutter. Sie hatte von Anfang an befürchtet, dass die Bösewichte sie im Dorf aufspüren und ihrem Volk etwas antun könnte.

„*Ich würde gerne in den Wald zurückkehren, um euch nicht zu gefährden, Altehrwürdige Mutter*", sagte sie schließlich. „*Ihr wisst jetzt, wo ihr mich findet, falls ihr mich besuchen möchtet oder meine Hilfe braucht. Aber ich sollte nicht hier sein.*"

Die Altehrwürdige Mutter blickte sie unverwandt an und Keshira hatte das Gefühl, als würde sie ihr dabei direkt in die Seele schauen.

„*Ich weiß, dass du gerne in den Wald zurückkehren würdest. Du bist die Hüterin des Herzen von Tscherp und es darf unter keinen Umständen in die falschen Hände geraten. Allerdings ist es unbedingt notwendig, dass du jetzt noch kurze Zeit hier bist, denn ich habe unser aller Schicksal gesehen ...*"

Die Veränderung in der Stimme der alten Frau ließ Keshira aufhorchen. Etwas war nicht in Ordnung. Und zwar ganz und gar nicht. Denn die alte Frau hörte sich an, als würde sie gleich weinen. Das war ein ganz schlechtes Zeichen. Ein wirklich, wirklich schlimmes Zeichen.

„*Ich verstehe nicht ...?*", sagte Keshira.

„*Ich weiß. Aber du wirst es verstehen. Du musst es verstehen. Aber du darfst mit niemandem darüber sprechen! Hörst du? Mit niemandem! Und nun gib mir deine Hand und empfange meine Vision.*"

Gehorsam, aber ungewohnt ängstlich kam Keshira der Aufforderung nach und reichte der Altehrwürdigen Mutter beide Hände, damit diese ihr eine ihrer Visionen in ihren Geist übertragen konnte.

Kaum hatte sie die festen Hände der alten Frau berührt, wurde ihr schwarz vor Augen, dafür waren ihre anderen Sinne aufs Höchste geschärft und Bilder einer Vision, die die alte Frau irgendwann gesehen hatte, schossen Keshira in den Kopf, als wäre sie soeben mitten im gezeigten Geschehen. Und es war grauenhaft!

Sie konnte genau sehen, was geschehen würde und was niemand verhindern konnte. Sie sah die Zukunft bis hin zu ihrem eigenen Tod.

Keuchen ließ sie die Hände der Altehrwürdigen Mutter los.

„Ich hätte das nicht sehen sollen!", sagte sie schließlich entsetzt. „Und auch nicht sehen wollen. Warum hast du mir das alles gezeigt?" Keshira weinte, von Gefühlen übermannt.

Die alte Frau war ebenfalls den Tränen nahe.

„Ich hätte es dir gerne erspart", erklärte sie dann. „Aber du hast nun gesehen, warum es so wichtig ist, dass du hier bist. Und du hast auch gesehen, warum es mit allem, was bisher geschehen ist, seine Richtigkeit hatte. Auch wenn die Zeiten hart und die Erfahrung schwer waren. Denn nur so hast du alles lernen dürfen, was du brauchst, um die künftigen Ereignisse zu überstehen."

„Gibt es eine Chance, dass du dich mit der Vision getäuscht hast?", fragte sie hoffnungsvoll.

„Es gibt nur kleine Abweichungen im Geschehen. Wenn wir besser vorbereitet sind, werden die Verluste geringer ausfallen. Aber es ist bisher noch nie vorgekommen, dass eine so starke Vision in großen Teilen nicht eingetroffen ist."

„Wenn wir Glück haben, wird es dieses Mal das erste Mal sein", sagte Keshira trocken. Sie würde alles daran setzen, diese grauenvollen Dinge nicht Realität werden zu lassen!

*

Mit dem Wissen, das sie jetzt besaß, fühle sich Keshira im Dorf nicht mehr wohl. Eigentlich hätte sie sich freuen sollen, ihre Familie wieder zu sehen und endlich die Frau ihres Bruders kennenzulernen und ihre kleine Nichte gebührend zu begrüßen und zu bewundern.

Doch all diese Gedanken waren völlig in den Hintergrund gerückt angesichts der Probleme, die sich vor ihr auftürmten wie der alte Vulkanberg Faro.

Ihre Familie hätte sie möglicherweise für kaltherzig gehalten, aber die Altehrwürdige Mutter hatte sie nach Keshiras Rückkehr gleich darüber informiert, dass Keshira jetzt eine andere war und dass sie sich keine Gedanken über ihr Verhalten machen durften.

Keshira hatte viele Dinge zu bewältigen und alles stürmte auf einmal auf sie ein. Traurig waren die Familienmitglieder dennoch, aber sie hörten auf den Rat der alten Frau und verhielten sich, als wäre alles ganz normal.

Am Tag nach den anstrengenden Vorbereitungen kontrollierte Keshira zusammen mit Mischka alle Zäune, Unterstände, die neuen Brunnen, den Dorfplatz und alles, was sie gezaubert und gezimmert hatten. Sie war mit der Ausführung sehr zufrieden. Dafür, dass sie alles an einem Tag neu gestaltet hatten, konnte man wirklich nichts daran aussetzen.

Und am Abend nahm sie sich endlich die Zeit, mit ihrer Familie zusammenzusitzen und sich von der Mutter bekochen zu lassen. Es gab den süßen Grießbrei mit Wildbeeren, den sie als Kind so gemocht hatte, aber auch Salat aus Wildkräutern, eine gefüllte Gans, die Mischka vom Markt in Kiro-Vaah mitgebracht hatte, Süßkartoffeln aus Phi-Tau, einen Fischeintopf mit Algen und allerhand heimisches Gemüse und Früchte.

Nach dem Essen hatte Keshira das Gefühl, dass sie sich nie wieder würde bewegen können, so voll war sie. Dann schwelgte die Familie in alten Erinnerungen und erzählte sich gegenseitig Geschichten von damals.

Dabei fühlte sich Belina zunächst ein wenig ausgeschlossen, doch es gab hier keinen Grund zur Eifersucht. Immerhin war ihre Schwägerin seit 10 Jahren vermisst gewesen. Und die alten Geschichten gaben ihr außerdem die Gelegenheit, Keshira besser kennenzulernen.

Schließlich wendete sich Keshira auch Belina zu, um mehr über sie und ihr Volk zu erfahren. Sie wusste wenig von den Sterndeutern, die nahe des Lichtbergs wohnten und mit denen die Mondhexen wenig Kontakt hatten. Es gab hier keine Handelsbeziehungen und auch bislang keine verwandtschaftlichen Bande. Denn niemand aus dem Dorf hatte bisher in das Volk der Sterndeuter eingeheiratet.

Keshira hielt auch ihre kleine Nichte in den Armen und bespaßte sie mit kleinen bunten Lichtern, die sie über ihrem Kopf kreisen ließ.

„*Du hast eine gute Frau gewählt, Mischka*", sagte sie später zu ihrem Bruder, als sie mit ihm alleine eine weitere Kontrollrunde um das Dorf lief.

„*Das freut mich, dass du so denkst, das bedeutet mir sehr viel, Keshira*", freute sich Mischka und legte seiner Schwester den Arm um die Schulter.

„*Ich muss allerdings auch zugeben, dass ich mit ihr nur wenig anfangen kann. Wir sind völlig unterschiedlich. Sie ist so brav und so liebevoll und so ruhig und ich bin – wild.*"

Mischka lachte.

„*Ich verstehe, was du meinst. Ja, sie ist eine glückliche Hausfrau und Mutter und dabei ist sie hochintelligent und stellt nachts komplizierte Berechnungen an, wenn sie in den Nachthimmel blickt – ich kann ihr oft nicht einmal folgen, wenn sie mir etwas erzählt. Und du hast dich natürlich völlig anders entwickelt als wir anderen Mondhexen. Du warst auf dich alleine gestellt, musstest mehr Kämpfe ausfechten als wir alle zusammen jemals erlebt haben und hattest als einzigen Freund einen roten Teufelswurm.*"

Mischka schüttelte sich. Er konnte die Tatsache, dass er den Wurm nicht mochte, nur schwer verbergen.

„Daher ist mir klar, dass du mit Belina kaum zusammensitzen würdest, um Wolle zu spinnen oder dich mit ihr über deinen Wurm zu unterhalten."

Er pausierte kurz und versuchte dann, etwas ungeschickt und zu abrupt, das Thema zu wechseln, da er nicht daran interessiert war, die Lebensweise seiner Schwester zu kritisieren oder die Beziehung zwischen ihr und seiner Frau weiter zu diskutieren.

„Denkst du, wir haben das Dorf gut gesichert?", fragte er dann.

„Darf ich ehrlich sein?", fragte sie zurück.

Er nickte.

„Solange die Nekromanten nicht kommen, um mich zu holen, damit ich sie zum Herzen von Tschep führe, seid ihr wohl gut gesichert. Wenn alle Bösewichte gleichzeitig zuschlagen – nein. Dann nicht."

Mischka entging nicht, dass Keshira „ihr" und nicht „wir" gesagt hatte. Sie fühlte sich nicht mehr zugehörig und wollte zurück in ihren Wald, zu ihrem sprechenden roten Teufelswurm, der nun alleine auf das Herz des Tscherp aufpassen sollte. Zum ersten Mal kamen Mischka ebenfalls Zweifel daran, ob es gut gewesen war, dass er seine Schwester aus dem Wald ins Dorf zurückgeholt hatte.

Wenn es den Bösewichten gelingen würde, die magische Schranke zu überwinden, konnten sie in aller Seelenruhe das Herz des Tscherp stehlen und alle guten magischen Völker auslöschen. Ihn schauderte. Aber konnte man ihm wirklich vorwerfen, dass er versucht hatte, seine Schwester zu finden, die dafür aus dem Dorf verbannt worden war, weil sie ihm das Leben gerettet hatte?

*

Am Tag darauf traf die Altehrwürdige Mutter der Sterndeuter ein – und brachte Belinas Familie mit. Diese hatten es sich nicht nehmen lassen, ihre Enkelin beziehungsweise ihre Nichte zu sehen. Denn Belina hatte noch zwei Schwestern, die einander glichen wie ein Ei dem anderen. Sie konnten es kaum erwarten, die kleine, noch namenlose Nichte kennenzulernen.

Daher hatten Mischka und Belina auch abgesprochen, dass sie die Taufzeremonie der Tochter in den nächsten Tagen feiern würden. So konnte das kleine Mädchen zugleich den Segen der anderen Völker erhalten. Wenn das kein Glück bringen würde, was dann?

Bis zum Ende der sieben Monde, die bis zur Versammlung anberaumt waren, trafen nach und nach die Vertreter der anderen Völker ein. Sie freuten sich über das Gästehaus, das keines der anderen Völker besaß und das wohl jedes Volk bei der Rückkehr der Abgeordneten ebenfalls einrichten würde. Belinas Familie wohnte selbstverständlich bei ihr und Mischka, auch wenn es etwas beengt war.

Ausgerechnet die Zeitreisenden waren die letzten, die eintrafen. Sie hatten sich in der Zeitspur geirrt und waren irgendwo falsch abgebogen. Dabei hätten sie auch einfach durch Kiro-Vaa reisen können und dann durch den Wald, in dem auch die Schatzfinder und Heilzauberer lebten. Aber sie hatten noch einige historische Kräuter sammeln wollen und hatten daher mehr oder weniger einen Umweg in Kauf genommen.

Ohnehin hatte jeder Gast etwas Besonderes mitgebracht, um die anderen daran teilhaben zu lassen und um eigene Spezialitäten zur großen Festtafel, die es selbstverständlich geben würde, beizusteuern.

Wäre der Anlass der Versammlung nicht eher ein unerfreulicher gewesen, hätte das die Stimmung wohl auch deutlich gehoben. Aber auch so kam Freude über dieses ungewöhnliche erste große Treffen innerhalb eines normalen Dorfes auf.

Fleißige Hände halfen mit, vier weitere Tische aufzustellen, da ein wenig mehr Personen gekommen waren als vermutet.

Leider war es ein Gerücht, das sich unter Menschen gerne verbreitete, dass die Hexen und Zauberer der magischen Völker sich jeden Wunsch durch ein Fingerschnippen erfüllen konnten. Das wäre sicher in vielen Fällen eine begehrenswerte Fähigkeit, aber leider entsprach das nicht den Tatsachen.

Jedes Volk hatte spezielle magische Fähigkeiten, aber niemand konnte einfach durch die Kraft seines Willens alles aus dem Nichts herbeizaubern. Es gab allerdings weißmagische Zauberbücher, die sozusagen als „Instant-Magie" in bestimmten Fällen weiterhalfen, um Schutzzauber, Unsichtbarkeitszauber oder andere nützliche Dinge zu bewerkstelligen.

Hier gab es Rezepte und Rituale, die von Generation zu Generation im jeweiligen Volk weitergereicht wurde.

Ein allgemeines Wissen, das jedem der 12 Völker zugänglich war, gab es allerdings nicht. Und das war ein Punkt, den die Altehrwürdige Mutter der Mondhexen an diesem Tag und bei dieser Versammlung zu ändern gedachte.

„Vielen Dank, dass ich alle meinem Ruf gefolgt seid", begann sie ihre Ansprache. *„Wir haben heute viele Dinge zu besprechen, die neu und ungewöhnlich sind, die aber aufgrund der aktuellen Ereignisse, die wir bereits auf dem Lichtberg vorhergesehen haben, unumgänglich sind."*

Dann erklärte sie einige Hintergründe zu Keshira und dem Herzen von Tscherp und auch, dass es wichtiger denn je war, alle weißmagischen Dörfer zu schützen, um sie vor möglichen Angriffen der Nekromanten zu schützen. Nur eine gemeinsame Magie oder ein gegenseitiger Austausch konnte ihrer Meinung nach dazu beitragen.

Zustimmendes Gemurmel machte sich breit. Doch wie sollte man so ein Unterfangen möglichst schnell umsetzen? Eine Mondhexe konnte nicht innerhalb von wenigen Tagen das Wissen der Alchemisten lernen und die Astralwanderer konnten sich auch nicht in Eulen verwandeln, sowie die Wetterdenker nicht plötzlich die Dimensionen wechseln konnten wie die Dimensionsreisenden.

Schließlich, schon beinahe bei Sonnenaufgang, hatten die Abgeordneten eine für alle akzeptable Lösung gefunden: Jedes Dorf würde 11 Abgeordnete bestimmen, die in die anderen Dörfer gesendet wurden, um diese in den magischen Künsten zu unterrichten oder zu unterstützen. Somit würde jedes Dorf über alle 12 Künste verfügen und auch einzelne Magier würden viele davon erlernen können.

Eine solche Idee war bislang völlig undenkbar gewesen, da sich weder die Kultur noch die Lebensweise oder Beschaffenheit der einzelnen magischen Wesen glichen und ein Aufenthalt außerhalb der gewohnten Umgebung eine gewisse Herausforderung darstellte.

Doch angesichts der Problematik, dass die Bösen in den Besitz des Herzen von Tscherp gelangen könnten, wurde ein Unwohlsein von 11 Abgeordneten als geringer eingestuft. Zudem war man sicher, dass sich genügend Freiwillige melden würden, die gerne diesen Preis zahlten, wenn damit das Gleichgewicht der Magie bestehen bleiben und die Macht der Bösen im Zaum gehalten werden konnte.

Die Sterndeuter-Familie von Belina beschloss noch während der Versammlung, einfach im Dorf zu bleiben, um die Mondhexen mit ihrem Wissen zu unterstützen. Sie würden deshalb in den nächsten Tagen gemeinsam mit Mischka einen Anbau an die bestehende Hütte errichten, um ausreichend Platz zu haben.

Und auch das Gästehaus stellte sich jetzt als hervorragende Idee heraus, da es durchaus in der Lage war, auch für längere Zeit noch weitere 10 Abgeordnete der anderen Völker zu beherbergen.

Das Ergebnis der Versammlung wurde von allen Altehrwürdigen Müttern im Morgengrauen per Astralprojektion in ihre Dörfer übermittelt.

IRGENDWO IN DEN SCHWEFELSÜMPFEN

... in den Schwefelsümpfen saß ein uralter Einsiedler, der den Himmel beobachtete, um astronomische Berechnungen für seine Rituale anzustellen. Er war weder gut noch böse, sondern verkaufte sein Wissen an jeden, der ihn danach fragte. Und er konnte die Schrift am Himmel lesen.

Ein Grinsen breitete sich über sein runzliges Gesicht aus und entblößte seine wenigen und sehr schlechten Zähne ...

„Das ist ja interessant" murmelte er. „Das ist sogar sehr interessant." ...

Die Nekromanten

Die Nekromanten saßen um das Feuer herum, das schon beinahe erloschen war. Sie hatten lange diskutiert und waren darüber müde geworden. Noch immer gab es keinen richtigen Plan, wie man es anstellen könnte, das Herz des Tscherp wiederzufinden und sich anzueignen.

Die Hexe konnte es praktisch überall versteckt haben und sie hatte den kompletten Wald so gut durch einen Zauber gesichert, dass nicht daran zu denken war, dort einzudringen. Sie hatten es sogar unterirdisch versucht, doch mussten aufgeben, da das Areal unterhalb des Waldes hart wie Diamant war und allen Versuchen – den magischen genau wie der rohen Gewalt mit Eisenwaffen – trotzte.

„Aber wer sagt denn, dass sie das Herz überhaupt im Wald versteckt hat?", fragte ein griesgrämiger Nekromant, während er mit einem rostigen Messer den Dreck unter seinen langen Nägeln hervorkratzte.

„*Sie könnte den Wald einfach geschützt haben, weil sie darin lebt und das Herz des Tscherp befindet sich an einem völlig anderen Ort. Sie könnte ihn beispielsweise in einem der magischen Dörfer versteckt haben. Oder auf dem Lichtberg – ach, es könnte überall sein und mit dem Schutzzauber um den Wald will sie uns an der Nase herumführen!*"

Einige murrten und schüttelten den Kopf, andere nickten.

„*Durchaus möglich, durchaus möglich*", äußerte sich der Anführer, falls man ihn als einen solchen bezeichnen wollte.

Denn Nekromanten waren normalerweise Einzelgänger und schlossen sich nur in der Not zu einer Gruppe zusammen. Daher hatten sie weder einen Ältesten wie die weißen Magier noch einen Anführer oder Bürgermeister wie die Menschen. Da sie bereits länger als Gruppe unterwegs waren, um das vermaledeite Herz des Tscherp in ihren Besitz zu bringen, hatten sie die sozialen Strukturen innerhalb der Gruppe erstmalig und auch einmalig geändert und den dienstältesten Nekromanten mit der größten Erfahrung als Stimme mit dem größten Einfluss akzeptiert.

„*Die Hexe ist schlau, sie hat sich bestimmt einen Plan ausgedacht, mit dem sie uns von dem eigentlichen Versteck fernhalten will. Wir müssen nur herausfinden, wo dieser Ort ist. Aber wir haben schon beinahe alle Toten gerufen und befragt und niemand hat sie dabei gesehen, wie sie etwas versteckt oder vergraben hat. Wir tappen noch im Dunkeln.*"

„Wir haben aber auch schon fast überall danach gesucht und wir konnten keine Schwingungen spüren. Normalerweise würde uns das Böse doch anziehen und wir würden es leicht erkennen ...", warf ein kleiner, besonders hässlicher Nekromant ein, der eine große Narbe im Gesicht trug, die er beim Kampf mit einem Einhorn davongetragen hatte. Eine lange Geschichte ... aber das Einhorn hatte ihn nicht als Eindringling in seinem Revier im Einhorn-Wald geduldet und spontan mit dem Horn aufgespießt ...

„So einfach ist das nicht mit diesen Schwingungen. Die Hexe ist gerissen. Sie kann alle möglichen Tricks anwenden. Wir brauchen eine bessere Idee, als jeden Stein des Landes umzudrehen oder immer nur im Wald zu suchen ..."

„Vielleicht sollten wir eine andere Mondhexe fangen und befragen?", schlug ein junger Nekromant vor, der noch etwas unbedarft war.

Nach einer kurzen Stille und vielen ungläubigen Blicken wurde dieser Kommentar von den anderen jedoch mit einem krächzenden Gelächter quittiert.

„Natürlich, das ist ja ganz einfach. Wir spazieren in das Dorf der Mondhexen, die vielleicht nicht einmal von dem Herzen von Tscherp wissen, und fragen einfach nach, wo diese kleine dumme Hexe steckt und wo sie das Artefakt verborgen hat. Und dann werden wir auch bereitwillig Auskunft erhalten, oder?"

Beschämt blickte der junge Nekromant zu Boden. Er hatte seine Idee wohl nicht ganz zu Ende gedacht.

„He, Moment, die Idee ist möglicherweise noch nicht ganz ausgereift, aber deutet vielleicht in die richtige Richtung. Warum entführen wir nicht einfach irgendeine Hexe aus dem Dorf, egal welche, und bieten sie zum Tausch gegen das Herz von Tscherp an? Dann müssen sich die Hexen darum kümmern, wie sie diese kleine Diebin finden und ihr das Herz abschwatzen."

Zustimmendes Gemurmel machte sich breit.

„Die Idee ist ungewöhnlich", gab ein Nekromant aus der hinteren Reihe zu bedenken.

„Wir sind keine Entführungsspezialisten, wie man ja gesehen hat ..."

Leichtes Gelächter unterbrach ihn kurz, da alle an das Desaster dachten, das die Entführung von Keshira ausgelöst hatte.

„Wir sind keine Spezialisten, aber die loyalen Hexen werden keine der ihren opfern und uns alles geben, was wir wollen, um die entführte Hexe zurückzubekommen."

„Wollen wir ihnen denn die Hexe zurückgeben?", fragte ein anderer, der unheimlich vom letzten Rest des flackernden Feuers angeleuchtet wurde.

„Natürlich nicht, aber es würde keine Rolle spielen, ob wir die Geisel zurückgeben oder töten. Sobald wir das Herz haben, ist alles andere völlig unwichtig."

Wieder nickten einige Nekromanten zustimmend. Andere wiegten nachdenklich den Kopf hin und her.

„Können wir diesen Plan überhaupt alleine umsetzen? Wir sind ja keine Kämpfer und müssen uns einer großen

Anzahl Hexen stellen, die sicherlich ihr Dorf verteidigen werden", fragte der jüngste Nekromant und hoffte, dass er mit dieser Frage nicht wieder nur Gelächter ernten würde.

„Du könntest recht haben", gab der Anführer zu bedenken. *„Natürlich könnten wir uns einige Verbündete für diese Aufgabe suchen. Aber wir würden sie ja dann auch darauf hinweisen, dass die Mondhexe im Besitz des Herzen von Tscherp ist. Und wer würde das nicht gerne für sich allein haben wollen? Am Ende müssen wir noch gegen unsere Verbündeten zu Felde ziehen ..."*

Wieder erhob sich Gemurmel. Nekromanten waren Beschwörer, aber keine Kämpfer und um ihre magischen Fähigkeiten bei Auseinandersetzungen war es nicht unbedingt gut bestellt. Sie konnten unter Umständen ihre Gegner auch einfach durch eine Beschwörung töten, wenn sie den Erweckungszauber umkehrten.

Aber ein solches Ritual war nicht in einem Überfall zu nutzen, denn es bedurfte dazu einer gründlichen und konzentrierten Vorbereitung und der Spruch würde außerdem einige Zeit in Anspruch nehmen.

Man müsste sich also an das Dorf heranschleichen, feststellen, welche Personen sich darin befanden und dann über jede einzelne einen persönlichen Todeszauber sprechen ... sogar dem dümmsten Nekromanten war klar, dass diese Idee nur sehr schwer umsetzbar war. Oder noch einfacher ausgedrückt: es war unmöglich.

Die Diskussionen zogen sich noch über Stunden hin, bevor sie endlich zu einer Lösung kamen: Sie würden in den Ruinen von Okep die Asche der vor langer Zeit getöteten Bevölkerung suchen und sie zum Leben erwecken. Die Bürger von Okep waren noch nie gut auf die Mondhexen zu sprechen gewesen und nachdem eine von ihnen das gesamte Dorf ausgelöscht hatte, würden die Wiedererweckten sicherlich gerne einen Gegenangriff auf das Hexendorf durchführen.

Und weil diese Wiedererweckten nicht mit einem eigenen Willen ausgestattet waren, sondern lediglich Befehle ausführten, würden sie später kein Interesse daran haben, das Herz des Tscherp für sich in Anspruch zu nehmen. Stattdessen könnte man sie nach getaner Arbeit einfach wieder in Asche verwandeln und die Sache war erledigt.

„*Eine Wiedererweckung von Menschen, von denen lediglich irgendwelche winzigen Aschespuren übrig sind, haben wir noch nie versucht*", gab der Nekromant mit der Narbe zu bedenken.

„*Vielleicht sollten wir uns vorab noch einen professionellen Rat einholen ...*"

„*Wer sollte uns denn dabei beraten, wie man Menschen wieder erweckt?*", lachte ein alter Nekromant meckernd.

„*Nun, ich dachte, der alte Einsiedler im Sumpf könnte vielleicht in seinem langen Leben bereits Erfahrungen damit gesammelt haben oder hätte uns einen Hinweis, wann die Sterne günstig stehen für solch ein Unterfangen.*"

Der Anführer unterbrach die sich entspinnende Diskussion und legte fest, dass die Idee nicht ganz von der Hand zu weisen war. Der alte Einsiedler war ein beliebter

Ratgeber, aber seine Preise waren oft ungewöhnlich. Man müsste einfach sehen, was er dazu zu sagen hatte.

„Nun gut, wir sind ohnehin auf dem Weg nach Po-Karrh, da können wir auch einen kurzen Abstecher in die Sümpfe machen und den alten Halsabschneider aufsuchen."

Als sie endlich einen Plan gefasst hatten, wurde die Stimmung entspannter. Die Nekromanten packten ihre Siebensachen zusammen und machten sich schnurstracks auf den Weg zum alten Einsiedler, der nordwestlich von Zirrth in den Schwefelsümpfen lebte.

*

„Ich habe euch schon erwartet", wurden sie dort nach zwei Stunden Fußweg begrüßt. „Ich habe eure Ankunft in den Sternen vorhergesehen. Bitte nehmt Platz. Was kann ich für euch tun?"

„Wir wollen das Dorf der Mondhexen überfallen und eine Geisel nehmen", platzte der Anführer mit seinem Anliegen heraus, ohne zunächst höfliche Begrüßungsfloskeln auszutauschen.

Der Einsiedler lachte laut und schallend los und die Nekromanten blickten sich gegenseitig verwirrt an. Mit dieser Reaktion hatte keiner von ihnen gerechnet. Normalerweise starteten direkt nach einer konkreten Frage die Preisverhandlungen für die gewünschte Information.

„Warum lachst du?", wollte der Anführer wissen. „Was ist an unserem Anliegen so erheiternd?"

„Oh, nichts. Und doch alles. Ihr könnt das Dorf jetzt nicht überfallen, es ist der denkbar schlechteste Zeitpunkt, den ihr wählen könnt."

„Du hast noch nicht einmal die Sterne befragt, wie kannst du da schon eine Antwort kennen?", fragte der Anführer der Nekromanten mit gefährlich tiefer Stimme und einer betont langsamen Sprechweise.

Der Einsiedler hörte auf zu lachen und wurde ernst.

„Das weiß ich deshalb, weil ich bereits vor mehreren Monden entsprechende Hinweise am Himmel gesehen habe – im wahrsten Sinne des Wortes."

„Und welche waren das?"

„Also diese Auskunft ist leider nicht umsonst, mein Freund."

Der Einsiedler entblößte seine wenigen schlechten Zähne in einem kalten Lächeln, das eher einer Grimasse glich.

„Ich denke, dafür wäre das Herz eines Vulkanstarters ein angemessener Preis."

„Das Herz eines Vulkanstarters? Bist du von Sinnen? Es gibt schon seit langer Zeit keine Vulkanstarter mehr. Der Berg Faro und der Lichtberg sind längst erloschen und wir haben dafür gesorgt, dass niemand mehr die Vulkane auslösen kann, um unser Land nicht unter einer Lavaschicht zu begraben."

„Ich weiß, ich weiß", nickte der Einsiedler. „Aber es muss ja kein frisches Herz sein ..." Er blickte den Nekromanten lauernd an. „Mir genügt auch ein, sagen wir mal, *getrocknetes Herz. Oder sogar ein pulverisiertes Herz. Wie ich höre, soll es davon noch gewisse Vorräte geben ..."*

Der Anführer winkte ab.

„Schon gut, schon gut. Gemahlenes Vulkanstarterherz benötigen wir noch ab und an für besonders wichtige Zauberrituale. Aber wir könnten dir eine kleine Prise davon überlassen."

Der Einsiedler überlegte und versuchte abzuwägen, ob er den Preis in die Höhe treiben und damit riskieren sollte, dass die Nekromanten einfach weiterzogen und das Dorf ohne seine Information überfielen.

„Nun, ich würde eine größere Prise bevorzugen", erklärte der Einsiedler vorsichtig.

Schnaubend stimmte der Anführer zu und nahm einen Beutel von seinem Gürtel, aus dem er dem Einsiedler laut lamentierend über die unverschämten Forderungen eine mittelgroße Prise in die runzlige Handfläche streute.

Der Einsiedler schloss die Faust und kramte ebenfalls einen Lederbeutel hervor, in dem er den wertvollen Staub verstaute.

„Es ist immer wieder eine Freude, mit euch Geschäfte zu machen", erklärte er.

„Kommen wir jetzt zu deinem Teil des Geschäftes", forderte der Nekromant mit mühsam unterdrückter Wut über den Wucherpreis.

„Nun ja, ich sah zufällig die alten Zauberrunen am Himmel auftauchen, die alle wichtigen Ratsmitglieder der 11 Völker in das Dorf der Mondhexen zu einem Treffen rie-

fen. Es findet jetzt statt, um eine außerordentlich wichtige Besprechung abzuhalten und um die Geburt der mächtigsten Mondhexe zu feiern, die je das Licht unserer Welt erblickt hat. Wenn ihr zum jetzigen Zeitpunkt in das Dorf eindringt, werden euch alle Völker gemeinsam mit ihren vereinten Zauberkräften für immer auslöschen."

„Ein Kind ist gut. Das könnten wir leicht entführen", überlegte der Nekromant.

„Du Narr, du könntest dich dem Dorf nicht einmal nähern, ohne bemerkt zu werden. Geschweige denn dem Neugeborenen!"

„Und warum ist es so mächtig?", fragte der Nekromant, ohne auf den Kommentar des Einsiedlers einzugehen.

„Ich konnte nicht alles aus den Sternen lesen und meine Visionen wurden von den Mondhexen blockiert. Daher kann ich dir nur ein mögliche Zukunft vorhersagen. Die Hexe ist die erste, die halb Mondhexe und halb Sterndeuterin ist.

Und sie wird jetzt den Segen und einen Anteil der Zauberkraft der anderen Völker erhalten. Alleine das macht sie schon als Kind sehr mächtig. Sie wird später eine Altehrwürdige Mutter werden und noch mehr. Und sie wird den Endkampf zwischen Gut und Böse führen, oder zumindest eine wichtige Rolle darin spielen."

Der Nekromant überlegte.

„Das ist alles noch etwas vage, geht es nicht genauer?"

Der Einsiedler schüttelte den Kopf.

„Es tut mir leid, aber meine Visionen sind leider recht ungenau. Das Mädchen ist auf jeden Fall so wichtig, dass die Hexen ihr Leben dafür geben würde, sie zu beschützen. Ihr habt keine Chance. Ich rate euch dringend, das Dorf nicht zu überfallen. Aber natürlich steht es euch frei, es dennoch zu versuchen. Das Ergebnis werde ich dann interessiert zur Kenntnis nehmen."

„Gut, wir werden darüber nachdenken", sagte der Nekromant, ohne dem Einsiedler gegenüber zu erwähnen, welche Pläne er mit dem Angriff verfolgte oder wie sein Ersatzplan nun aussehen würde. Erst bei der Weiterreise nach Po-Karrh unterhielten sich die Nekromanten über die neuen Informationen, die sie erhalten hatten. Alle redeten durcheinander.

„Ich bin dafür, dass wir trotzdem angreifen. Das Herz des Tscherp ist viel zu wichtig, um jetzt aufzugeben."

„Wir sollten warten, bis die Versammlung wieder aufgelöst ist. Dann haben wir es nur mit den Hexen zu tun und nicht mit allen Völkern zugleich."

„Wir sollten überhaupt nicht angreifen, sondern versuchen, das Herz auf magische Weise aufzuspüren, ohne uns einem Kampf zu stellen, den wir womöglich nicht überleben würden", riet der jüngste Nekromant.

„Ruhe jetzt!", befahl der Anführer. „Ich werde darüber nachdenken, während wir unsere Dienste auf dem Markt von Po-Karrh anbieten. Und danach werde ich euch meine Entscheidung mitteilen!"

*

IM WALD

Keshira begann, die Zeit im Dorf zu genießen. Sie hatte lange vermisste Freundinnen und auch ihre Eltern und ihren Bruder endlich wieder um sich. Außerdem war es sehr spannend, die Abgeordneten der anderen Dörfer kennenzulernen.

Aber die quälende Unruhe und die Sorge um „ihren" Wald blieben. Verschärft wurde die Situation jetzt noch durch die Visionen, die sie dank der Altehrwürdigen Mutter erhalten hatte. Sie konnte zwar darauf hoffen, dass sich nicht alles so erfüllen würde, doch es schien darauf hinauszulaufen, dass sie selbst die nächste Altehrwürdige Mutter werden würde.

Allerdings hatte sie sich trotzdem in ihrem Wald gesehen und nicht im Dorf. Auch nicht auf dem Lichtberg. Es war zu befürchten, dass die bisher bekannten und vertrauten Strukturen aufgebrochen waren und auch nicht mehr in den alten Stand zurückversetzt werden würden.

Ein großer Kampf würde toben, viele magische Wesen würden auf beiden Seiten ihr Leben lassen müssen. Es war nur ein kleiner Trost, dass am Ende das Land nicht völlig entvölkert sein würde. Und dann hatte sie auch gesehen, dass ihre Nichte später einmal das Volk der Mondhexen anführen würde – würde es noch das Volk der Mondhexen sein? In der Vision waren viele magische Wesen zusammengestanden. Vielleicht ein Zeichen für das Kommende?

Vielleicht wäre es nun an der Zeit, die Zukunft des Landes neu zu gestalten und zu verbessern? Aber eine solche Aufgabe würde sie nicht alleine durchführen können – und auch nicht müssen. Niemand würde das Wohl des gesamten Landes in die Hände einer Rebellin legen.

Während der vergangenen Tage im Dorf hatte sie sich häufig mit der Altehrwürdigen Mutter unterhalten. Die Gespräche waren sehr lehrreich, denn die alte Frau zeigte ihr viele Geheimnisse der alten Mondhexenmagie, lehrte sie verschiedene Kräutertränke zuzubereiten und dergleichen mehr.

Auch die Taufzeremonie, bei der die neugeborene Hexe bei Vollmond ihren künftigen Namen erhielt, war wunderschön. Alle Anwesenden erteilten der jungen Hexe ihren Segen und gaben ihr kleine Fähigkeiten als Geschenk. Beispielsweise verliehen ihr die Wetterdenker die Fähigkeit, eine kleine Brise zu erzeugen. Noch nie war eine kleine Hexe so reich beschenkt und gesegnet worden wie diese.

„Wir verleihen dir nun gemeinsam den Namen, den du von heute an tragen sollst", verkündete die Altehrwürdige Mutter bei der Zeremonie, während alle Anwesenden einen großen Kreis um das Baby bildeten. Belina trug das Mädchen stolz auf ihren Armen und Mischka hatte seinen rechten Arm um seine Frau gelegt.

„Dein Name soll „Diadem" lauten. Es ist der Name des Doppelsterns zwischen dem tapferen Löwen und dem Bärenhüter und befindet sich in der Schwanzquaste des Sternbilds des Löwen.

Der Doppelstern ist das Zeichen für die Verbindung der beiden Völker der Mondhexen und der Sterndeuter und der Löwe soll dir die notwendige Tapferkeit verleihen, die du auf deinem Lebensweg benötigst.

Die Dorfmenschen und die Menschen der Welt jenseits der Berge nennen den Stern „Alpha Comae Berenices", als „das Haar der Berenike", die in ihrem historischen Land Ägypten eine Pharaonin und Herrscherin war. Auch du, kleine Diadem, wirst einmal ein Volk mit deiner Weisheit und Tapferkeit führen und ein Vorbild sein."

Nach den Worten der Altehrwürdigen Mutter verneigten sich die Anwesenden vor der kleinen Diadem und feierten anschließend ein großes Fest.

Wie gut, dass wir unsere Vorräte aufgestockt haben, dachte Keshira zufrieden.

*

In Po-Karrh herrschte wie üblich ein dichtes Gedränge. Offiziell war Po-Karrh eine Stadt, in der sich magische Wesen und Menschen der umliegenden Dörfer gleichermaßen aufhielten. Allerdings lag der Sklavenmarkt, der sich bei den Bösewichten größter Beliebtheit erfreute, in einer abgeschiedenen Ecke der Stadt und war magisch geschützt, sodass sich keine unerwünschten Besucher dort einfinden konnten.

Po-Karrh war das beste Beispiel dafür, dass Gut und Böse miteinander koexistieren konnten, solange es keinen Anlass dazu gab, sich zu bekriegen und zu bekämpfen. Allerdings waren sich alle der Gefahr bewusst, dass der Friede nur trügerisch war.

Reisende kamen oft hierher, um sich mit Verpflegung einzudecken. Außerdem wurde in den Sümpfen auch Heilschwefel abgebaut und verkauft. In Po-Karrh gab es den besten!

Hier konnten die Nekromanten ihre Dienste feilbieten und beliebige Wesen oder auch Tiere von den Toten erwecken. Es gab immer wieder Bedarf für eine solche Handlung. Häufig hatten Verstorbene noch Schätze versteckt, die die Angehörigen verzweifelt suchten. Da ließen sie es sich gerne etwas kosten, nochmals mit den Verwandten zu sprechen, bevor sie erneut ihre letzte Ruhe genießen durften.

Auf dem Weg vom Einsiedler nach Po-Karrh hatten die Nekromanten gespannt auf die Entscheidung des Anführers gewartet. Er hatte beschlossen, dass sie das Dorf ungeachtet der Warnung überfallen würden. Allerdings wollten sie dabei keinen Schaden nehmen. Was würde näher liegen, als sich für diesen Zweck einfach lebende oder tote Söldner oder Sklaven auf dem Markt einzukaufen?

Die Nekromanten konnten für ihre Geschäfte zwar kein reguläres Geld gebrauchen, aber um an die Hilfswährung zu gelangen, hatten sie mit der Unterstützung der Wiedererweckten bereits Goldvorräte, Edelsteine oder andere Schätze gefunden, die sich leicht und universell zum Tausch oder als Bezahlung einsetzen ließen.

Schließlich konnten sie 20 bis an die Zähne bewaffnete Kopfgeldjäger finden, die sich gegen einen Sack Edelsteine und Gold für jeden, dazu bereit erklärten, das neugeborene Kind aus dem Dorf zu stehlen und jeden zu töten, der sich ihnen dabei in den Weg stellte.

Kopfgeldjäger waren in dieser Hinsicht nicht zimperlich, da sie einen Unverwundbarkeitszauber verwendeten, der die meisten Angriffe abprallen ließ. Sie setzten auf den Überraschungseffekt und ihre Brutalität, der die meisten guten magischen Wesen nichts entgegenzusetzen hatten.

„*Was sollen wir tun, wenn es nicht funktioniert?*", fragte der Nekromant mit der Narbe.

„*Dann sind wir unversehrt und am Leben und können uns einen neuen Plan ausdenken*", erklärte der Anführer trocken.

*

Noch ahnten die Mondhexen nicht, was sich über ihnen zusammenbraute. Nur die Altehrwürdige Mutter wusste Bescheid, aber manche Dinge durften aus bestimmten Gründen nicht verhindert werden.

Der Aufenthalt der Abgeordneten der anderen Völker brachten neue Erkenntnisse für alle Seiten und so beschlossen sie alle in einer großen Versammlung im Gemeinschaftsraum des Gästehauses, dass die Zusammenarbeit in dieser Hinsicht noch weiter aufgewertet werden konnte, wenn sie alle einen weiteren, zukunftsweisenden Schritt unternehmen würden.

Den wichtigste Schritt hatten sie in der Versammlung bereits besprochen:

... Jedes Dorf würde 11 Abgeordnete bestimmen, die in die anderen Dörfer gesendet wurden, um diese in den magischen Künsten zu unterrichten oder zu unterstützen. Somit würde jedes Dorf über alle 12 Künste verfügen und auch einzelne Magier würden viele davon erlernen können ...

Das war auch deshalb ein großer Schritt, da die Völker normalerweise unter sich blieben. Mischka hatte durch seine Hochzeit mit Belina bereits etwas noch nie Dagewesenes getan. Denn dadurch mischten sich zwei Völker, die wenig gemeinsam hatten.

Es war bislang immer für gefährlich erachtet worden, dass die Völker sich verbanden, da dies zu Problemen führen konnte. Beispielsweise konnte sich kaum eines der anderen Völker außer den Unsichtbaren selbst unsichtbar machen. Personen, die sich dort aufhielten, waren also potenziell dadurch gefährdet, dass sie als Zielscheibe dienten.

Auch Zeitreisende oder Dimensionswanderer verfügten über angeborene Fähigkeiten, die sich nicht einfach so übertragen oder lernen ließen. Jemand, der in ein solches Volk einheiratete, würde immer ein Außenseiter bleiben, da er eben diese Fähigkeiten nicht besaß.

Durch die neue Regelung wollten die magischen Völker nun allerdings versuchen, den Teil ihres Wissens den anderen zu vermitteln, der sich erlernen oder durch den Einsatz von Magie herbeiführen ließ. Sicherlich würde dies auch die Möglichkeiten eröffnen, die Völker zu mischen und die Fähigkeiten anteilig zu vererben. Dadurch bot sich, das wusste die Altehrwürdige Mutter, etwas, das bisher aus den falschen Gründen völlig vermieden worden war:

Die magischen Fähigkeiten würden sich so lange mischen, bis jedes Wesen anteilig sowohl Alchemist, als auch Zeitreisender und Wetterdenken war, die Sterne deuten, Astralreisen unternehmen oder durch die Dimensionen wandern und andere Planeten besuchen konnte. Das magische Potenzial der späteren Generationen würde um ein Vielfaches größer sein.

Beim Gedanken an diese Möglichkeiten war die Altehrwürdige Mutter stolz, dass sie ein Teil des Prozesses war, der diese erst eröffnet hatte. Doch der Preis dafür würde hoch sein ...

Sie konnte es bereits spüren, vermutlich würde es heute Nacht bereits soweit sein. Ob sie es verhindern könnte? Wahrscheinlich nicht, dadurch würde sie den Kampf lediglich hinauszögern. Ob sie es verhindern wollte? Natürlich wären friedliche Lösungen angenehmer, aber wenn nicht alle wichtigen Ereignisse stattfanden, würde das große Ganze, das sie vorhergesehen hatte, nur mehr eine von vielen Möglichkeiten sein und sich womöglich nicht mehr realisieren lassen.

Sie seufzte und ihr Blick wanderte über das Dorf, das sich dank Keshiras Hilfe ziemlich verändert hatte. Alles wirkte größer und zweckmäßiger, doch diese Schönheit würde nur von kurzer Dauer sein.

Es war wichtig, nun alles Notwendige in die Wege zu leiten. Sie konzentrierte sich telepathisch auf die anderen Altehrwürdigen Mütter, die nach sieben Tagen Aufenthalt rasch in ihre Dörfer zurückgekehrt waren. Sie erklärte ihnen, dass aufgrund unvorhergesehener Ereignisse noch keine anderen magischen Wesen ins Dorf der Mondhexen geschickt werden durften. Nur die anderen Völker sollten sich untereinander austauschen. Sie würde sich in wenigen Tagen wieder melden und alles erklären. Außerdem bat sie darum, keine Panik zu verbreiten und einfach zu erklären, dass im Dorf nach der Zusammenkunft und dem Trubel durch den Besuch noch einige Dinge neu vorbereitet werden mussten.

Die anderen Altehrwürdigen Mütter waren genauso besorgt wie die betagte Mondhexe. Doch sie hatten bereits ähnliche Visionen auf dem Lichtberg empfangen und wussten, was bald geschehen würde. Also arrangierten sie rasch die Freiwilligen und nahmen die Gruppe, die zu den Mondhexen wollten, beiseite.

Jede erklärte diesen Freiwilligen in ähnlichen Worten, dass das Dorf der Mondhexen nach der großen Versammlung noch etwas in Aufruhr war und sich eine kurze Schonzeit erbat, um alles für den neuen und dauerhaften Besuch vorzubereiten. Die Freiwilligen sahen daran nichts Verdächtiges und machten sich dazu bereit, zwei Tage später als die anderen aufzubrechen. Die Stimmung war gut.

Keshira war unruhig. Sie fühlte sich unwohl und hatte die vage Ahnung, dass sich etwas Ungutes über dem Dorf zusammenbraute. Dabei gab es keinerlei offensichtlichen Hinweise darauf. Die Mondhexen waren bester Laune, hatten das Gemeinschaftshaus herausgeputzt, um die neuen Dorfmitglieder begrüßen zu dürfen und freuten sich darauf, neue magische Dinge zu lernen.

Das Wetter war ebenfalls gut, wie meist in dem Dorf. Es war nur selten kalt in der Tallage und Schnee kannten sie nur von den höchsten Gipfeln der Berge außerhalb des Landes der Sieben Monde. Die Tiere hatten sich gut eingelebt und fühlten sich wohl, sie gaben sogar schönere Wolle, wodurch sich der Preis dafür auf dem Markt in Kiro-Vaa deutlich erhöhen würde.

Keshira beobachtete die Altehrwürdige Mutter. Etwas an ihrem Verhalten war – nun, ungewöhnlich. Nicht beunruhigend, aber ungewöhnlich. Sie meditierte oft und zog sich zurück und dabei hatte sie stets einen Ausdruck in den Augen, als ob sie auf etwas warten würde. Ahnte sie womöglich ebenfalls, dass etwas auf das Dorf zukam? Ob Keshira sie darauf ansprechen sollte?

Nun, sie war immer noch eine Außenseiterin im Dorf, denn sie war nicht wie die anderen. Auch wenn sie geholfen hatte, das Dorf zu verbessern, war sie noch nicht wieder hier zuhause. Sie wünschte sich in ihren Wald zurück. Wollte die magischen Studien vertiefen und vielleicht mit einer guten Tarnung auf dem Markt in Po-Karrh weitere magische Bücher kaufen, um einen besseren Schutz für das Herz von Tscherp gewährleisten zu können.

Etwas raschelte in den Bäumen, doch als sie genauer hinschauen wollte, konnte sie nur noch einen Schatten ausmachen. Die heimischen Vögel besaßen eine andere Silhouette, demnach handelte es sich um etwas anderes. Sie kniff die Augen zusammen und konnte nur noch sehen, wie das „Ding" in Richtung Nordosten davonflog. Sie konzentrierte sich mental auf das Geschöpf und konnte schnell herausfinden, dass es sich dabei um einen fliegenden Waldschrat handelte. Erleichtert atmete sie auf. Waldschrate hatten keine besondere Funktion. Sie lebten einfach in den Tag hinein, flogen hierhin und dorthin und hielten gerne ein Schwätzchen. Wer etwas

Neues erfahren wollte, musste sich nur wenige Minuten mit einem Waldschrat unterhalten. Er war praktisch die „Klatschpresse" des Landes der Sieben Monde.

Hätte Keshira geahnt, dass der Waldschrat kurz darauf bei einer Gruppe Nekromanten Rast machen und ihnen von den Neuerungen im Dorf der Mondhexen und der Rückkehr der Hexe aus dem Wald erzählen würde, wäre sie wohl weniger erleichtert gewesen ...

*

„Das ist hoch interessant, was du uns da zu berichten hast", erklärte der Anführer der Nekromanten, der sich soeben in einer Besprechung mit den Kopfgeldjägern befunden hatte, als der Waldschrat ungelenk am Lagerfeuer landete und um eine kleine Erfrischung bat.

Sekunden später hatte der Waldschrat bereits unaufgefordert seine langweiligen Reiseberichte zum Besten gegeben, bis zu dem Punkt, als er über die Modernisierung des Dorfes der Mondhexen schwadronierte und dass sie diese Neuerung Keshira zu verdanken hatten. Der Außenseiterin, die alleine im verwunschenen Wald lebte und die das Dorf von Okep einst dem Erdboden gleich gemacht hatte.

„Das ist wirklich, wirklich eine interessante Mitteilung", betonte der Nekromant erneut und grinste schief. *„Ein modernes und gut gesichertes Dorf – und sie haben eine Abtrünnige wieder in ihre Reihen aufgenommen? Du weißt nicht zufällig, warum sie das getan haben?"*

Der Waldschrat zierte sich etwas gekünstelt. Selbstverständlich hatte er zwei Tage lang in den Bäumen gehaust, um nur ja alles mitzubekommen, was sich im Dorf abspielte.

„*Nun ja*", meinte er dann. „*Ich bin ja leider nur ein Waldschrat und habe nicht so viel Ahnung von Dorfplanung. Aber ich glaube, es hat mit der Geburt dieses Kindes zu tun. Ein ganz besonderes magisches weibliches Kind, das den Hexen von einer Sterndeuterin geboren wurde. Und der Vater des Kindes ist kein geringerer als der Bruder dieser Ausgestoßenen.*"

Er spielte mit den Worten und der Satzmelodie, um einen dramaturgischen Effekt zu erzielen, was ihm auch durchaus gelang.

Der Nekromant sog scharf die Luft ein vor Überraschung.

„*Das ist wirklich, wirklich interessant*", wiederholte er wie ein kaputtes Grammophon. Die anderen Nekromanten waren ebenso überrascht und verzogen ihre Gesichter ebenfalls zu einem bösartigen Grinsen.

„*Was hat das zu bedeuten?*", fragte einer der Kopfgeldjäger argwöhnisch. „*Ihr verhaltet euch seltsam. Gibt es etwas, das wir wissen sollten?*"

„*Nein, nein*", beschwichtigte ihn der Nekromant. „*Das ist nur, weil wir dieses Biest von Hexe schon mehrmals versucht haben, in die Finger zu bekommen. Aber sie hatte sich im Wald verschanzt. Und jetzt, wo wir zufällig ein Mondhexen-Baby entführen wollen, erfahren wir, dass es sich dabei um die Nichte dieser Hexe handelt. So klein ist also die Welt. Aber ich denke nicht, dass die verwandt-*

schaftlichen Verbindungen dieser Hexen eine Rolle für eure Entführungen spielt, oder?"

Der Kopfgeldjäger schüttelte den Kopf.

„Natürlich nicht. Ich dachte nur, falls es etwas wäre, was wir unbedingt wissen müssten ... Aber wie die beiden verwandt sind, spielt für uns keine Rolle. Wir stürmen in das Dorf, töten jeden, der sich uns in den Weg stellt und bringen euch das Kind. So einen leichten Auftrag hatten wir schon lange nicht mehr."

Dann überlegte er.

„Im Grunde genommen ist es ungewöhnlich, dass ihr so eine leichte Aufgabe nicht selbst ausführt."

Er kniff die Augen zusammen.

„Oh, bitte, für euch ehrenwerte Kämpfer ist die Aufgabe selbstverständlich kaum der Rede wert. Aber wir sind Nekromanten und keine Krieger. Wir können nur Tote zum Leben erwecken und ansonsten haben wir leider keine Heldentaten aufzuweisen. Wie könnten wir da unter diesen Voraussetzungen plötzlich ein Dorf stürmen? So etwas überlassen wir den Experten."

Der Kopfgeldjäger kratzte sich am Hinterkopf und verschob dabei ein wenig seine lederne Schutzkappe.

„Du hast recht. Wenn ich mir euch arme Würstchen näher anschaue, finde ich es auch eine schlechte Idee, wenn ihr das Dorf stürmen würdet. Ihr wirkt unterernährt und zerbrechlich und besitzt kaum Muskeln. Es ist ein Wunder, das ihr euch auf den Beinen halten könnt. Tatsächlich sind solche Aufträge nur etwas für uns. Wir sind *groß und kräftig und haben Muskeln aus Stahl. Kein Vergleich zu euch."*

„*Also nichts für ungut*", fügte er nach einer kurzen Pause vorsichtshalber noch an. Er war vielleicht nicht der Klügste, aber er wusste, dass man seinen Auftraggeber nicht allzu sehr ärgern sollte, wenn man eventuell weitere Geschäfte abschließen wollte.

Die Nekromanten ließen sich nicht anmerken, dass sie beleidigt waren. Aber sie konnten es sich ebenfalls nicht leisten, ihre einzigen Verbündeten zu verärgern, wenn sie jetzt zu empfindlich auf die Bemerkung reagierten. Wer sonst würde sich im Dorf der Hexen als leicht zu verschmerzendes Opfer anbieten?

Außerdem hatte der Kopfgeldjäger recht. Nekromanten waren überwiegend schmächtig und unscheinbar. Aber sie hatten keine schweren Arbeiten zu erledigen und daher bestand auch keine Notwendigkeit für die Entwicklung starker Muskeln.

*

Die Kopfgeldjäger griffen das Dorf im Morgengrauen an, als die Mondhexen in ihren Hütten schliefen. Sie näherten sich dem Dorf vorsichtig und langsam, um die Tiere nicht zu erschrecken. Es war schwierig für sie, doch sie schafften es, beruhigend auf die wenigen Tiere einzureden, die sich um diese Zeit schon außerhalb des Stalles befanden.

„*In welcher Hütte, sagte der Waldschrat, lebt das Kind, das wir holen sollen?*", fragte der Anführer der Nekromanten seinen Gehilfen und seine rechte Hand.

Dieser zeigte mit dem Finger vorsichtig auf die Hütte schräg vor ihnen. Zuvor kamen noch zwei andere, unscheinbare, doch vor der Hütte von Belina und Mischka befanden sich sogar noch Reste des Blumenkranzes, den die Nachbarn und Freunde zu Ehren der Geburt von Diadem an den Holzpfosten befestigt hatten.

„*Wie praktisch, sie haben die Hütte extra für uns markiert*", grinste der Anführer schief.

„*Seid ihr bereit? Dann greift an. Macht möglichst wenig Lärm, dann sind wir am schnellsten wieder raus und können unseren Lohn einstreichen.*"

Die anderen nickten. Töten machte zwar Spaß, aber ein Kampf kostete Zeit. Wenn sie einfach nur eine Hütte abfackeln und gegen einen Handvoll Hexen kämpfen mussten, wäre das viel einfacher, als stundenlang gegen das ganze Dorf zu kämpfen. Und der Lohn war wirklich außerordentlich gut. Ein einfacher Job.

Hätte nicht ausgerechnet jetzt die kleine Diadem lautstark zu schreien begonnen, da sie wohl Hunger hatte und gestillt werden wollte. Kurz darauf war die Hütte hell beleuchtet und auch in der Nachbarhütte ging eine Öllampe an.

„*Zum Angriff!*", brüllte der Anführer. Nun kam es schon nicht mehr darauf an. Noch immer hatten sie den Überraschungseffekt auf ihrer Seite. Rasch drangen sie in alle drei Hütten ein, töteten die schlaftrunkenen Bewohner und rissen das schreiende Kind an sich, das sie der stillenden Mutter zu diesem Zweck von der Brust reißen mussten.

Der Lärm und die brennende Hütten weckten jetzt auch die anderen Mondhexen. Keshira hatte sich bei der Altehrwürdigen Mutter in der Hütte aufgehalten, da sie geplant hatten, gleich im Morgengrauen frische Kräuter zu sammeln. Und Keshira hatte dafür nicht ihre Eltern wecken wollen, in deren Hütte sie bislang geschlafen hatten.

Ihr war nicht bewusst gewesen, dass die Altehrwürdige Mutter dies extra so eingefädelt hatte, um Keshira in Sicherheit zu wissen. Als der Kampfeslärm auch in der Hütte der Altehrwürdigen Mutter, auf der gegenüberliegenden Seite des Dorfes zu hören war, stürmten Keshira und die alte Frau sofort aus der Hütte.

Keshira sah die drei Hütten brennen und den Kopfgeldjäger, der ihre Nichte im Arm hielt.

„Neeeeeeeeeiiiiiiiiiiin", schrie sie voller Wut und Verzweiflung. Sie musste nicht erst nachschauen, um zu wissen, dass ihre Eltern und ihr Bruder verloren waren. Sie rannte, so rasch sie konnte, auf die Kopfgeldjäger zu, während die anderen Hexen verwirrt vor ihren Hütten standen und nicht sicher waren, mit welchem Zauber sie den Kriegern gegenübertreten sollten.

Keshira wunderte sich nur eine Sekunde lang, dass es sich um Kopfgeldjäger oder Söldner handelte und nicht um die Nekromanten, die ihr bislang versucht hatten, das Leben schwer zu machen. Doch das spielte im Moment keine Rolle. Während sie ganz alleine und nur in ihrem Nachtgewand auf die Kopfgeldjäger zu rannte, was diese verdutzt zur Kenntnis nahmen, legte sie sich in ihrem Kopf rasch ein paar wirksame Zauber zurecht. Sie hatte keine Zeit, sich Gedanken darüber zu machen, was die anderen davon halten würden, jetzt galt es nur, ihre Nichte zu retten.

Laut rief sie die finstersten dunklen Mächte an, die sie mit den Ritualen und Sprüchen aus dem Grimoire des Pechflüsterers beschwören konnte. Sie befahl ihnen, jeden der Angreifer binnen Sekunden nicht nur zu töten, sondern vom Antlitz der Erde verschwinden zu lassen.

Schockiert beobachtete die Altehrwürdige Mutter sowie der Rest des Volkes, wie die wütende Keshira furchtlos auf die 20 Söldner los stürmte und ihre finsteren Bannworte sprach. Gefolgt von einem schützenden Spruch, den sie ebenfalls noch nie vernommen hatten. Dieser bildete sofort eine magische Kristallhülle um ihre schreiende Nichte. Dann explodierten die Söldner in einem gleißenden Feuerball, dem eine Wolke aus Schwefel und Feuer folgte. Danach kehrte Stille ein und langsam rieselten ein Ascheregen auf das Dorf herab, das aus den Überresten der Söldner bestand.

Kurz darauf erhob sich ein Wind, der durch das Dorf wirbelte, die Asche aufhob und weit weg über die Berge davon trug.

In der darauffolgenden Stille meinte man, alles Leben sei zum Erliegen gekommen. Niemand bewegte sich, es gab keinerlei Geräusche, weder von Insekten noch von Vögeln und auch die Nutztiere verhielten sich, als wären sie überhaupt nicht anwesend. Alle Augen waren auf Keshira gerichtet.

Schwer atmend und weinend rannte sie auf ihre Nichte zu, die vor Schreck ebenfalls blass und totenstarr in der magischen Kugel lag. Erst als Keshira sie aufhob und in die Arme nahm, brüllte sie aus Leibeskräften. Mit einem sanften magischen Schlafzauber brachte Keshira Diadem dazu, sich wieder zu beruhigen.

Dann ging sie mit dem Kind auf den Armen durch das Dorf und direkt auf die Altehrwürdige Mutter zu.

„Warum hast du das nicht verhindert?", fragte sie leise, zu leise. *„Warum hast du zugelassen, dass meine ganze Familie ausgelöscht wird?"*, schrie sie dann aus Leibeskräften.

Die Altehrwürdige Mutter weinte ebenfalls. Wie konnte sie ihre weitreichenden Gedanken in so einem Moment einer jungen Frau erklären, die so viel hatte leiden müssen. Egal, was sie sagte, Keshira würde es nicht verstehen.

„Es erfordert immer einen hohen Preis, damit die Gutmütigen und Liebevollen sich gegen die Gewalttätigen auflehnen können. Und der Preis in dem kommenden großen Kampf wird das Leben des Clans des Mondvolkes sein ... Doch nur dadurch kann das Kind, das die Magie zweier Völker vereint und die Magie des Bösen von seiner Kriegertante erlernt hat, es schaffen, alle guten Hexen und Magier gegen die Bösen ins Feld zu führen und den Sieg davonzutragen!"

Das restliche Volk hatte die Worte der altehrwürdigen Mutter nicht vernommen. Doch jetzt war es an der Zeit, den nächsten Schritt einzuleiten. Die Altehrwürdige Mutter hatte sich gut vorbereitet und jahrtausendealte Quellen befragt, um den nächsten Zauber zu bewerkstelligen.

Sie stimmte einen Singsang an, den noch niemand aus dem Volk je gehört hatte. Dann rief sie den Mond um Hilfe an, bündelte sein blasses Licht, das im Morgengrauen bereits dem Licht der Sonne gewichen und nur noch in den magischen Dimensionen vorhanden war. Niemand bewegte sich, keiner sprach ein Wort.

Kurz darauf brach die Hölle los. Die Erde bebte, das gesamte Dorf wackelte, die Welt wurde dunkel. Das Tosen, Beben und Wackeln hielt an und zog sich eine ganze Weile hin. Schließlich wurde es wieder helllichter Tag und alles wirkte wie immer, aber dennoch verändert.

Keshira blickte sich um und stutzte. Sie erkannte die Gegend am Geruch des Windes, am Stand der Sonne, an den Wipfeln der Bäume, die sich plötzlich hinter dem Dorf erhoben. Wenn sie es nicht besser wüsste, würde sie sagen, dass sie sich samt dem Dorf in ihrem Wald befand, aber wie konnte das möglich sein? Keine Mondhexe hatte solche Kräfte.

Dass die Altehrwürdige Mutter den Zauber von einem Eremiten tief in den Schwefelsümpfen erhalten hatte, gegen 10 Jahre ihrer eigenen Lebenszeit, konnte sie nicht ahnen.

„*Ich habe euch etwas zu sagen*", erhob die Altehrwürdige Mutter schließlich ihre Stimme.

„*Die Lage ist sehr kompliziert und wir haben wenig Zeit. Ich habe durch einen uralten Zauber einen Austausch vorgenommen und die Bäume im Wald Nigala gebeten, den Platz mit unserem Dorf zu tauschen. Daher ist unser gesamtes Dorf nun mitten in den Wald versetzt, in dem auch Keshira die letzten 10 Jahre verbracht hat. Der Wald ist groß und unser neuer Standort ist nicht sehr weit entfernt, sodass ihr euch leicht zurechtfinden könnt.*

Das Dorf befindet sich westlich von den Ruinen von Okep. Im Prinzip haben wir uns also nur auf die andere Seite der Großen Handelsstraße begeben. Dennoch befinden wir uns dadurch inmitten des mächtigen Schutzes, den Keshira während der letzten 10 Jahre um den gesamten Wald gelegt hat und der ihn so uneinnehmbar gemacht hat wie einen Berg aus Diamant."

Die Bewohner blickten sich ungläubig an. Dabei sah das Dorf aus wie immer. Jede Hütte war an ihrem Platz. Mit Ausnahme der Hütten, die vorhin während des Angriffs abgebrannt waren.

„Aber warum ist das Dorf im Wald und wieso nicht bei meiner Hütte und der Quelle?", wollte Keshira wissen. Auch die anderen Mondhexen verstanden den Sinn dahinter nicht ganz.

„Der Wald ist der sicherste Platz und für die Bösewichte und Nekromanten absolut unzugänglich. Sie werden wütend sein, da ihr Plan vereitelt wurde und werden das Dorf immer wieder angreifen. Nun, wenn sie an den bisherigen Standort kommen, finden sie dort nur eine kleine Lichtung mit drei niedergebrannten Hütten vor. Das sollte sie ablenken.

Unsere magischen Freunde werde ich über den neuen Standort informieren. Nun werden auch die Abgesandten zu uns stoßen, deren Anreise ich bisher hinausgezögert habe. Und wir werden den Platz brauchen, denn das Dorf wird wachsen. Vertraut mir. Ihr müsst noch nicht alles jetzt sofort wissen. Verwandelt euch, meine Lieben, fliegt über das Dorf und den Wald. Macht euch rasch mit allem vertraut.

Und du Keshira, kehrst in deine Hütte zurück, dem sichersten Platz im ganzen Wald. Nimm Diadem mit. Du bist die einzige Verwandte, die das kleine Kind noch hat. Schütze sie, wenn nötig, mit deinem eigenen Leben. Rasch, mach dich auf den Weg, bevor wir mit einem neuen Angriff rechnen müssen!"

„Altehrwürdige Mutter, ich verstehe leider immer noch nicht genau ..."

Die alte Frau unterbrach Keshira und winkte ab.

„Du musst es jetzt noch nicht verstehen, mein Kind. Du musst nur deine Nichte sofort in Sicherheit bringen. Und vielleicht kannst du auch das Dorf vorsorglich nochmals doppelt versiegeln mit deinem „Spezialzauber"?"

Keshira musste lächeln, obwohl die Situation alles andere als erheiternd war. Aber durch diese Aufforderung der Altehrwürdigen Mutter war klar, dass die alte Frau Bescheid wusste und dass sie die dunklen Künste billigend in Kauf nahm, die Keshira ausübte.

Rasch murmelte Keshira alle notwendigen Sprüche, die das Dorf zusätzlich abriegelten. Kein Nekromant würde es schaffen, einen Fuß auf den Boden des Dorfes zu setzen.

Dann machte sie sich rasch auf den Weg zurück in ihre Hütte. Nach Hause. Um loszulassen. Und um zu trauern.

Doch sie hatte keine Zeit für Tränen. Noch nicht. Zunächst musste sie ihre Nichte retten. Und dafür sorgen, dass die Bösewichte den Wald niemals betreten würden, um eine weitere Hexe aus dem Volk zu töten oder um das Herz von Tscherp zu finden … Niemals würde sie das zulassen, nicht bis zu ihrem letzten Atemzug!

*

Sie war völlig erschöpft, als sie endlich an ihrer Hütte angelangte. Keshira hatte beschlossen, den Weg zu Fuß zu gehen und ohne magische Hilfsmittel. Sie wollte spüren, sehen und wahrnehmen, dass „ihr" Wald noch völlig in Ordnung war und sich keine Bösewichte eingeschlichen hatten. Glücklicherweise hatte sie nichts Negatives feststellen können.

Kaum an ihrer Hütte angelangt, hörte sie die vertrauten Geräusche, die ihr roter Teufelswurm machte, wenn er sich durch die Bäume schlängelte. Er näherte sich rasch. Keshira lächelte, als sie ihn beinahe hektisch um die Hausecke kommen sah.

„Da bist du ja endlich wieder!", rief er enthusiastisch, woraufhin Diadem zu weinen begann.

„Oh, und du hast jemanden mitgebracht?"

„Ja, das ist meine kleine Nichte, Diadem. Sie wird jetzt bei uns leben."

„Ich weiß nicht, ob deine Hütte ein geeigneter Platz für ein Hexenbaby ist?", fragte Kra-Wann skeptisch.

"Wie ist es dir ergangen, mein lieber Freund?", fragte Keshira und blieb ihm eine Antwort auf seine Frage schuldig.

"Oh, es gab keine Angriffe oder Überfälle und ansonsten war mit recht langweilig. Ich vermute aber, dass du mir einiges zu berichten hast?"

Keshira nickte. Es war gut, einen Vertrauten zu haben, mit dem man sich unterhalten konnte. Auch wenn er nur ein roter Teufelswurm war.

"Ich erzähle dir alles, ich muss nur schauen, was ich jetzt mit meiner Nichte mache. Meine Hütte ist nicht für kleine Kinder ausgelegt und sie könnte versehentlich etwas Gefährliches in den Mund nehmen ..."

Der Teufelswurm zischelte zustimmend.

"Du wirst dich bestimmt wundern, Kra-Wann", sagte sie dann verschmitzt, *"aber ich beabsichtige, meine Magie einzusetzen, um meine Hütte entsprechend zu verändern."*

Kra-Wann zischelte. Ihn konnte nichts mehr überraschen. Allerdings achteten die Hexen normalerweise darauf, vorsichtig und bewusst zu hexen. Im Einklang mit der Natur und den Elementen. Nur die schwarze, dunkle und böse Magie setzte sich über die Zusammenarbeit hinweg und beschwor Materie und Lebewesen mit finsteren Sprüchen, zwang jedem Atom ihren Willen auf und erreichte spektakuläre Ergebnisse – die allerdings häufig ein schlechtes Karma nach sich zogen. Er war gespannt, wie weit Keshira gehen würde ...

Seine Befürchtungen waren jedoch unbegründet.

„Würdest du kurz auf unser neues Familienmitglied aufpassen?", bat sie ihn und stellte, ohne seine Antwort abzuwarten, die kleine Diadem samt dem moosgefüllten und mit Hasenfell gepolsterten Korb, in dem sie sie den größten Teil der Strecke getragen hatte, vor ihn hin.

Dann entzündete sie ihre Feuerstelle und versetzte sich mithilfe verschiedener Kräuter in eine magische Trance.

Sie nahm Kontakt auf zu den Geistern des Waldes und der Elemente, sie erzählte ihnen ihren Schmerz, erklärte, was auf sie alle zukommen würde und bat sie inbrünstig um Hilfe. Dann rezitierte sie starke magische Sprüche, in die sie auch die dunkle Magie aus dem Grimoire des Pechflüsterers einfließen ließ.

Der Wald bebte und grummelte, der Boden hob und senkte sich und formte sich neu. Auch dort, wo sie es nicht sehen konnte, bildeten die äußersten Bäume, die an der Waldgrenze wuchsen, einen festen, dichteren Ring und rückten sogar weiter nach außen. Sie beanspruchten mehr Platz für sich, denn dies war auch ihr Land!

Wie Keshira es gewünscht hatte, bildeten sie kleine Lichtungen innerhalb des Waldes, auf denen die Quellnymphen neue Quellen aus dem Boden und den Steinen entspringen ließen. Die Pflanzendevas sorgten sich um Moos und Beeren, wilde Trüffel und Kräuter, die durch die Veränderungen traumatisiert waren. Sie organisierten die Erde neu und sorgten für einen besseren Wuchs.

Der gesamte Wald arbeitete an einer Optimierung und Verbesserung. Die Veränderungen blieben auch im Hexendorf nicht unbemerkt, wo die Altehrwürdige Mutter die Vorgänge, die sie in ihren Visionen und über einen telepathischen Kontakt zu Keshira empfing. Sie berichtete den verbliebenen Dorfbewohnern und den neu hinzugekommenen Abgesandten der anderen Völker davon. Keshira war dabei, den Wald in eine Festung zu verwandeln.

Außerdem benötigte Keshira noch eine Menge mehr von dem Totholz, das sie bereits zum Bau ihrer Hütte, der Lagerräume und des Schuppens verwendet hatte. Mithilfe des Holzes, das sie durch die Lüfte herbeirief, erstellte sie einen Anbau, der ihre Hütte gleich doppelt so groß machte.

Sie würde eine größere Küche und mehr Kräuterregale benötigen. Außerdem weiteres Geschirr und ein eigenes Zimmer für Diadem. Noch war sie klein, doch sie würde schnell größer werden und sollte sich dann zurückziehen können, während Keshira im restlichen Wohnbereich ihre Magie ausübte.

Es würde schwierig sein, Diadem richtig zu beaufsichtigen, während sie das Herz von Tscherp beschützen und ihr Volk und den Wald in Sicherheit bringen sollte. Sie hätte da zwar eine Idee, aber die war so ungeheuerlich, dass sie sich nicht einmal getraute, weiter darüber nachzudenken, vielleicht später.

Sie hatte auch immer noch Fragen, die ihr die Altehrwürdige Mutter nicht beantwortet hatte. Es war seltsam, das Volk in den Wald zu bringen, während draußen noch

11 weitere Völker lebten, die keinen so guten Schutz besaßen. Wozu das Ganze? Und wie sollte sie hier ganz allein ein Baby großziehen?

Allerdings wusste sie, dass manchmal eine winzige Kleinigkeit ausschlaggebend dafür war, wie sich die Zukunft entwickelte. Beispielsweise eine überraschende Begegnung oder wenn jemand zur falschen Zeit am falschen Ort war. Womöglich hatte der große Aufwand, den die Altehrwürdige Mutter durch den Ortswechsel des Dorfes betrieben hatte, nur eine winzige Kleinigkeit verändert, die aber ausschlaggebend für die Zukunft aller Völker war?

Das Schlimmste war: Noch immer hatte sie keine Gelegenheit dazu gehabt, um ihre Familie zu trauern. Nicht einmal dafür war Zeit! Und wie hart war sie geworden, dass sie diese Situation so leicht ertragen konnte? Sie wischte die Tränen weg, die beim Gedanken daran ihre Augen füllten ...

Rasch erledigte sie die restlichen Arbeiten im Haus, um es so auszustatten, dass es der kleinen Diadem an nichts fehlen würde. Milch! Sie hatte keine Milch! Aber sie konnte die Milch auch nicht magisch herbeizaubern und im Dorf hatte sonst keine Frau ein Kind entbunden, die auch Diadem hätte stillen können.

Eilig trat sie in den Hof, wo Kra-Wann eine Melodie für Diadem summte und sie in dem kleinen Mooskorb vorsichtig wiegte. Sie hatte ja keine Ahnung gehabt, dass der Wurm zu solchen behutsamen Dingen überhaupt in der Lage war!

Hinter dem Schuppen hatten die Bäume mehr Platz geschaffen, um ihr einen Anbau zu ermöglichen. Doch stattdessen zäunte sie den Platz rasch magisch ein und fügte an den Schuppen einen Unterstand für die Ziegen an, die sie aus dem Bestand des Dorfes magisch herbeizauberte.

Die zwei Ziegen und ihre beiden Zicklein waren etwas irritiert, als sie sich plötzlich an einem völlig anderen Ort wiederfanden, doch nach einer vorsichtigen Sondierung der Lage, begannen sie, das Gras von der Lichtung zu knabbern, ohne Keshira oder Kra-Wann eines weiteren Blickes zu würdigen.

Damit wäre auch die Milchversorgung sichergestellt. Keshira atmete erleichtert auf.

„*Danke, dass du dich um Diadem gekümmert hast. Du kannst das richtig gut!*", scherzte sie mit dem Teufelswurm.

„*Nun ja, es hat nicht viel Mühe gemacht*", gab der Wurm zurück. Hätte er Arme gehabt, hätte er vermutlich die Achseln gezuckt.

„*Du kannst dafür ab jetzt die Ziegen beschützen*", lächelte sie ihn an.

„*Hmpf*", meinte Kra-Wann.

„*Normalerweise stehen Ziegen auf meinem Speiseplan, es ist nicht ganz leicht für mich, sie zu ignorieren oder sogar zu beschützen, anstatt sie zu essen.*"

„Oh, nein!", rief Keshira entsetzt. „*Ich dachte, du ernährst dich nur von Insekten, kleinen Tieren, Gras und*

Beeren ... Aber ich hatte ja keine Ahnung ... Das sind eben diese Probleme, wenn man sich mit seinen Freunden nicht unterhalten kann." Sie seufzte.

„Was sollen wir denn jetzt tun? Ich brauche doch die Ziegen für das Baby."

„Ich werde mich zurückhalten", versprach Kra-Wann. „Es gibt hier im Wald sehr viele Hasen, die auch sehr lecker schmecken. Du musst keine Angst haben."

Keshira war dennoch niedergeschlagen. Wie wenig man doch von seinen Haustieren wusste, wenn sie nicht sprechen konnten. Wie lange würde er sich an sein Versprechen halten können, bevor er doch die Ziegen fressen würde?

Dann hatte sie eine Idee. Mit einem neuen Ritual, das etwas weniger Aufwand erforderte, rief sie mehr von dem Totholz herbei und baute einen weiteren Schuppen mit Auslauf, in dem sie kurz darauf einige verdutzte Hasen hineinhexte. Noch ein kleiner Fruchtbarkeitszauber dazu und sie hatte eine Nahrungsquelle für ihren Freund installiert.

Außerdem konnte sie vielleicht einige Hasen als Spielgefährten für Diadem abzweigen. Und sie könnte auch selbst einen Hasenbraten daraus machen. Auch das Fell ließ sich hervorragend für warme Kleidung verwenden. Sie glaubte allerdings kaum, dass Kra-Wann die Hasen, die er verspeisen wollte, zuvor erst häuten würde.

„Ich denke, dass dir unsere eigene Hasenzucht gefällt", lachte sie dann und deutete mit der Hand auf den neuen

Schuppen und die vielen großen schwarzen Waldhasen, die sich in dem neuen Areal tummelten.

Kra-Wann zischelte begeistert.

„Nur gut, dass ich nicht täglich Nahrung brauche. Mein Stoffwechsel ist sehr langsam. Ich kann mir jede Woche einen nehmen oder auch im Wald andere Nahrung finden. Vielen Dank, Keshira. Ich werde mir die Hasen gleich mal näher anschauen ..." Schnell schlängelte sich Kra-Wann zu dem Hasengehege.

„Tja, Diadem, nun sind wir im Wald, haben eine neue riesige Hütte und dazu noch Ziegen und Hasen. Wir werden hier noch zu Großbauern. Dabei habe ich kaum Zeit, mich darum auch noch zu kümmern. Oh, nein, wir brauchen ja auch mehr Obst, Gemüse und Getreide. Ich glaube, ich muss noch ein paar Rituale durchführen, bevor ich dich endlich in dein neues Zimmer bringen kann!"

Erst nach mehreren Ergänzungen und Veränderungen schaffte es Keshira, die kleine Diadem in ihr neues eigenes Bettchen zu legen. Dann setzte sie sich erschöpft vor der Hütte auf die neue Bank und hatte endlich Gelegenheit, Kra-Wann von ihren Erlebnissen zu berichten.

Kra-Wann folgte ihren Schilderungen, ohne sie zu unterbrechen. Er zischelte und grunzte nur ab und zu, wenn ihm etwas nicht gefiel. Als Keshira am Ende des Berichtes angekommen war, schwiegen zunächst beide.

„Mir ist nicht ganz klar, warum die Altehrwürdige Mutter das gesamte Dorf in den Wald verlagert hat. Hättest du nicht nach den ganzen aufwendigen Vorbereitungen ein-

fach das Dorf schützen können? Also auf magische Weise, meine ich?", fragte er schließlich.

Keshira blickte ihm kurz in die Augen, bevor sie nachdenklich den Sternenhimmel betrachtete. Ihre Augen fixierten schließlich den Mond, den Kraftgeber des Volkes der Mondhexen.

„Ich bin mir nicht sicher, aber ich vermute, dass die Altehrwürdige Mutter denkt, dass der Schutz im Wald stärker ist und entweder ich das Dorf beschützen kann oder das Dorf mich – und natürlich das Herz des Tscherp. Ich habe ihr zwar nicht erklärt, wo ich es versteckt habe, aber entweder weiß sie es, oder sie ahnt es. Mit der jetzigen Lösung haben wir außerdem alle Veränderungen mit hierher genommen und müssen kein neues Dorf aufbauen. Das ist ein Vorteil. Aber du hast selbstverständlich recht. Es ist seltsam. Vielleicht dient es einem Zweck, den ich noch nicht wissen darf und der erst später offenbart wird?"

Kra-Wann wiegte bedächtig den Kopf hin und her.

„Vermutlich hat es tatsächlich einen Grund, den du noch nicht wissen darfst. Aber nun sind zunächst alle in Sicherheit. Oder denkst du, dass die Bösewichte jetzt die anderen Völker angreifen werden?"

Keshira überlegte einen Augenblick.

„Sie hätten keinen Vorteil davon. Die anderen wissen überhaupt nichts über das Herz des Tscherp oder über mich. Nun ja, vielleicht jetzt schon, da ja die Abgeordneten in die anderen Dörfer gereist sind. Aber ich könnte vorsichtshalber einen Bannspruch über die Dörfer legen, der die Bösewichte fern hält."

Schnell stand sie auf und ließ das Feuer vor der Hütte nochmals auflodern. Dann konzentrierte sie sich auf die Kraft des Mondlichtes und bündelte es magisch zu verschiedenen breiten Strahlen, die sie kraft ihrer Magie samt einer Prise Pechflüsterer-Zauber in die Richtung der Dörfer sendete.

Der Implosionszauber, der alle Geschöpfe mit tödlichen Absichten auf der Stelle zu Asche zerfallen ließ, war ideal, um größere Angriffe zu verhindern. Allen anderen magischen Wesen oder auch Menschen würde nichts geschehen. Und mit Menschen, die in die Dörfer eindrangen, würden die Dörfer mit ihrer eigenen Magie fertig werden. Allerdings kam so etwas praktisch nie vor.

Kra-Wann beobachtete sie aufmerksam, während sie die Rituale durchführte. Als sie sich wieder neben ihn auf die kleine Bank setzte, fragte er:

„Und will soll es mit dem Baby weitergehen? Du bist eher eine Kriegerin als eine treusorgende Mutter. Auch wenn du wirklich viel Aufwand betreibst, um es dem Kind an nichts fehlen zu lassen. Aber du hast auch wichtige Aufgaben hier.

Die Bösewichte werden immer mehr Energie darauf verwenden, in den Wald einzudringen und dich zu töten oder das Herz des Tscherp zu stehlen. Vielleicht beides.

Und die Dorfbewohner sind dir keine große Hilfe. Dazu müssten sie bereit sein, verschiedene Todeszauber auszusprechen und mit Gewalt gegen die Eindringlinge vorzugehen. Aber keine weißmagischen Geschöpfe kämpfen auf Leben und Tod, weil sie kein schlechtes Karma davontragen wollen.

Sie würden sonst in der Anderswelt nach dem Tod in einem dunklen Bereich leben müssen, in dem sie mit ihren bösen Taten auf ewig konfrontiert werden. Das will keine Hexe riskieren."

„Nun, eine hat es getan. Schon mehrmals", bemerkte Keshira trocken. *„Weil ich keine andere Wahl hatte. Ich habe nicht aus Vergnügen getötet, sondern um die Personen zu schützen, die ich liebe. Und das würde ich immer wieder tun, wenn es nötig ist."*

*

Kra-Wann nickte und sah etwas deprimiert aus. Sein Blick war nachdenklich zu Boden gerichtet.

„Was ist mit dir?", fragte Keshira, die die Veränderung in seiner Haltung sofort bemerkte. *„Ist doch etwas geschehen, was du mir bislang nicht sagen wolltest?"*

„Nein, nein, das ist es nicht", antwortete der Wurm und zögerte. Doch dann fasste er sich ein Herz und erzählte Keshira, was seinen Launen-Umschwung verursacht hatte.

„Ich muss bei der ganzen Sache nur an meine eigene Familie denken. Ein Unterwelt-Wilderer hat mich damals gefangen, als ich gerade mit einem ganzen Maul voller Beute auf dem Rückweg zu meiner Familie war. Ich konnte mich nicht sofort wehren und so konnte er mich gefangen nehmen.

Er hat mich dann auf dem Sklavenmarkt von Po-Karrh an einen schmierigen Zauberutensilienhändler weiterver-

kauft. Ich glaube, er wollte mich zerlegen und pulverisieren, um mich gewinnbringend weiterzuverkaufen.

Jedenfalls konnte ich ihm entkommen, als er in der Nähe von Okep auf der Handelsstraße unterwegs war. Er wollte über den Bergpass aus dem Land hinaus. Je weiter entfernt der Kunde, desto seltener und teurer die Ware. Er hatte das Geschäft seines Lebens geplant.

Doch ich konnte ihn zum Glück in einem Moment der Unaufmerksamkeit überwältigen und fressen. Dann wollte ich mich hinter dem Totholz verstecken, das über mir zusammengebrochen ist. Und dort hast du mich gefunden ..."

„Oh, das wusste ich ja alles nicht. Das tut mir schrecklich leid. Bitte verzeih, wenn ich dich unterbreche, aber ich kann mir nun denken, dass du bei meinen Erzählungen über die Familie überlegst, wo sich die deine befindet und bestimmt würdest du gerne dorthin zurückkehren?"

Kra-Wann nickte.

„Versteh mich nicht falsch, du bist meine Freundin und bevor ich reden konnte und noch etwas, naja, dumm war, hat mir das nichts ausgemacht. Aber jetzt kann ich so viele komplexe Gedankengänge verarbeiten, dass mir das alles sehr bewusst geworden ist.

Allerdings sind nun 10 Jahre vergangen und falls meine Familie noch lebt, haben meine Nachkommen sicher schon ihre eigenen Familien und meine Gefährtin einen neuen Partner.

Nicht einmal das Totholz, an dem wir uns kennengelernt haben, ist noch da. Du hast es für deine Bauarbeiten bis zum letzten Holzspan aufgebraucht. Da kannst du mal sehen, wie vergänglich alles ist."

„Nun habe ich ein schlechtes Gewissen", murmelte Keshira. „Ich dachte, ich hätte dich gerettet und war froh, einen Weggefährten zu haben. Aber ich habe keinen Gedanken daran verschwendet, dass du auch ein eigenes Leben hattest ... Wie kann ich das wiedergutmachen? Soll ich dich nach Hause zurückzaubern? Oder willst du deine Familie hierher bringen?"

Kra-Wann überlegte.

„Ich weiß nicht, was sie von mir halten, wenn ich so verändert dort ankomme. Ich besitze jetzt einen Verstand und kann sprechen. Vielleicht würde ich mich dort fremd fühlen? Und ich fühle mich auch mittlerweile hier Zuhause, vielleicht gefällt es mir in meiner alten Heimat gar nicht mehr?"

Wortlos stand Keshira auf und trat erneut ans Feuer. Sie musste das sofort in Ordnung bringen. Doch dafür war zunächst eine Vision notwendig, der daraufhin zwei Zauber folgten.

Kra-Wann war nicht klar, was sie da tat, als sie am Feuer meditierte und mit Kräutern hantierte. Es ereignete sich auch zunächst nichts. Keine Geräusche, keine Lichter. Alles blieb unverändert.

Ratlos starrte er sie an, als sie lächelnd auf ihn zukam.

„Wir sollten einen kleinen Ausflug zum Totholz machen", erklärte sie ihm.

„Jetzt? Mitten in der Nacht? Zu einem Holz, das nicht mehr existiert? Ich meine, zu einem Holz, das nun als Hütte, Schuppen und Hasenstall existiert und sich direkt neben uns befindet?"

„Genau", grinste Keshira. *„Nun komm schon, ich habe eine Überraschung für dich!"*

Skeptisch schlängelte sich der rote Teufelswurm hinter Keshira her durch den Wald. Er war gespannt, was für eine Überraschung das wohl sein sollte.

Sie hatten ein ziemliches Stück zurückzulegen, das Keshira später in ihrer Eulengestalt wieder nach Hause fliegen würde. Aber da der Wurm nicht fliegen konnte, blieb ihr nichts anderes übrig, als zu gehen.

An der Stelle, an der sich bis vor Kurzem das Totholz befunden hatte, lag ein riesiger Felsblock, der ein wenig deplatziert wirkte. In dem Felsen befand sich ebenerdig ein Loch, das unter den Felsen und in die Erde führte. Keshira deutete stolz auf den großen Stein.

„Und was ist das nun?", fragte Kra-Wann, immer noch verständnislos. Er wollte noch eine weitere Frage anbringen, doch dazu kam er nicht. Stattdessen verharrte er wie vom Donner gerührt an Ort und Stelle, als er sah, wie aus dem Loch im Fels der Kopf seiner Frau hervorlugte.

Hektisch zischelnd schlängelte er auf sie zu. Keshira verstand die Wurmsprache zwar nicht, aber man konnte leicht erahnen, dass die beiden sich freuten, sich wieder zu sehen. Nachdem sie in ihrer Vision herausgefunden hatte, dass die Wurm-Witwe in einem riesigen Felsblock wohnte, hatte sie diesen kurzerhand an den besonderen

Platz versetzt, an dem sie ihren treuen Freund einst kennengelernt hatte.

Anschließend hatte sie die Wurm-Frau mit demselben Intelligenzzauber belegt wie Kra-Wann, sodass er sich nicht fremd fühlen würde. Die andere Möglichkeit wäre gewesen, ihm seine Fähigkeiten wieder wegzunehmen, aber dann hätte sie sich auch nie wieder mit ihm unterhalten können. Und ein Geschenk sollte man auch nicht wieder zurücknehmen.

Schließlich schlängelte Kra-Wann mit seiner Gefährtin zu Keshira, um sich überschwänglich bei ihr zu bedanken. Er stellte ihr auch seine Frau vor, deren Wurm-Name Keshira jedoch nicht aussprechen konnte. Mit der Erlaubnis der Wurm-Dame taufte sie sie auf den Namen Heli-Ba, was bei den Hexen so viel wie „sanfte Frau" bedeutet.

„*Ich würde heute Nacht gerne hierbleiben*", erklärte Kra-Wann, „*ich hoffe, dass dir das nichts ausmacht?*"

Keshira lachte laut.

„*Auf keinen Fall macht mir das etwas aus. Schließlich habe ich dir deine Frau extra hierhergebracht.*"

„*Nun, dann sehen wir uns sicher morgen, ich muss schließlich sehen, wie du mit dem kleinen Hexenkind zurechtkommst.*"

„*Ach du meine Güte, ich habe das Kind ganz vergessen. Und noch nicht einmal gefüttert. Ihr entschuldigt mich bitte ...*"

Kopfschüttelnd starrte Kra-Wann Keshira hinterher, die in ihrer Eulengestalt schnell wie der Wind zur Hütte zurückflog.

„Sie hat ihr Baby vergessen?", fragte Heli-Ba verwundert.

„Nun, es ist nicht wirklich ihr Kind. Aber lass uns in die Höhle gehen, dann erzähle ich dir alles, was mir in den letzten 10 Jahren widerfahren ist."

Heli-Ba nickte und gemeinsam schlängelten sie sich in die Höhle im Fels zurück, wo sie sich noch lange unterhielten.

*

Schon im Anflug hörte sie, wie Diadem schrill weinte und schrie. Bestimmt hatte sie Durst. Rasch verwandelte sich Keshira zurück und schnappte sich einen Eimer, um die Ziege zu melken. Diese war überhaupt nicht begeistert von dem nächtlichen Melkversuch und protestierte auch lautstark.

Doch mit einem Beruhigungszauber konnte Keshira sie schließlich dazu bringen, still zu halten. Während sie noch molk, beschwor sie bereits das Feuer in der Hütte, zu brennen, damit sie die Milch rasch abkochen konnte.

„Wie konnte ich nur das Baby so lange alleine lassen? Ich wusste ja gleich, dass ich nicht wirklich als Mutter tauge. Aber ich kann das Kind nicht fremden Leuten überlassen. Es ist die einzige Familie, die ich noch habe! Viel-

leicht sollte ich doch magisch nachhelfen ... aber die Altehrwürdige Mutter würde mich dafür bestrafen ..."

Keshira führte Selbstgespräche, während sie unter Hochdruck das Ziegenmilch-Fläschchen für ihre Nichte vorbereitete. Diese hatte irgendwann erschöpft aufgehört zu weinen, war aber vor Anstrengung rot angelaufen.

Als Diadem schließlich ihren Hunger gestillt hatte, schlief sie zufrieden in Keshiras Armen ein, die ebenfalls vom Schlaf übermannt wurde.

Im Morgengrauen erwachte sie, weil die kleine Diadem in ihren Armen zappelte und krähte. Sie hatte wohl bereits wieder Hunger und würde gleich anfangen zu weinen. Keshira kämpfte sich mühsam vom Strohlager hoch. Sie war völlig verspannt, weil sie im Sitzen, mit dem Rücken zur Wand und der kleinen Diadem auf dem Arm geschlafen hatte.

„Du musst einen Moment warten, bis deine müde Tante frische Milch warm gemacht hat", erklärte sie der Kleinen, die sie neugierig anstarrte.

Während sie die Vorbereitungen für ein kleines Frühstück für sich und eine Flasche Ziegenmilch für Diadem traf, dachte sie erneut über den verbotenen Zauber nach. Vielleicht wäre er doch eine gute Lösung? Er könnte in der Tat dabei behilflich sein, die Probleme der Kindererziehung zu reduzieren. Aber so etwas war noch nie zuvor versucht worden. Zumindest nicht mit einem Hexenkind.

Nach einem ausgiebigen Frühstück mit Beeren, Ziegenmilch, getrocknetem Fleisch für sie und warmer Ziegenmilch für Diadem setzte sich Keshira mit den alten

Grimoires und eigenen Aufzeichnungen an den kleinen Tisch im Küchenbereich. Sie wollte sichergehen, dass der Zauber auch wirklich funktionieren konnte.

Aber warum war sie selbst nur so erpicht darauf, diesen Zauber anzuwenden? Sie fühlte sich auf jeden Fall dazu getrieben und folgte einfach ihrem Instinkt. Auf dem kleinen Regal in der Ecke der Hütte hatte sie mittlerweile viele alte Bücher aufgestellt, die sie sich immer wieder in einer guten Verkleidung auf dem Markt von Po-Karrh gekauft oder eingetauscht hatte. Denn die Bücher, die sie in den Ruinen von Okep gefunden hatte, waren langweilig und uninteressant gewesen.

Sie kannte mittlerweile viele Sprüche auswendig und hatte während ihrer Studien einige eigene Sprüche und Rituale erschaffen, die sie nachts bei Feuerschein und einer Tasse Hanf-Tee in ihrem eigenen Grimoire vermerkt hatte.

Rasch wählte sie aus dem Regal einige passende Bücher aus und zog ihre eigenen Aufschriebe ebenfalls zu Rate. Ihr durfte hier nichts entgehen und sie musst sehr sorgfältig und konzentriert vorgehen.

Als sie schließlich alle notwendigen Passagen in den Büchern nachgelesen hatte, war sie sicher, dass es klappen würde. Aber ihr war bewusst, dass die Altehrwürdige Mutter nicht damit einverstanden war und sicherlich später mit ihr schimpfen würde – oder Schlimmeres.

Der Zauber würde lange dauern und anstrengend werden. Daher musste sie sich absichern, damit sie nicht gestört werden konnte. Sie umhüllte den unmittelbaren Bereich ihres Grundstücks samt der Tiere darin mit einem undurchdringlichen Nebel, den sie auch gegen Geräusche dämpfte – falls jemand nach ihr rufen und damit ihre Konzentration stören würde.

Dann legte sie die kleine Diadem auf ihr Bettchen und versetzte sie mit einem kleinen Schlafzauber in einen Tiefschlaf. Anschließend konzentrierte sie sich und versetzte sich selbst in einen Trancezustand. Es durfte nichts schiefgehen.

Stunden später kehrte sie in die Realität zurück und hob den Nebelzauber auf. Sie betrachtete das schlafende Kind, das in der Tat anders aussah, als zu Beginn des Zaubers. Doch, ob alles gut gegangen war, würde sie erst wissen, wenn sie sie geweckt hatte.

„Schätzchen?", rief sie leise. „*Diadem, kannst du mich hören?*"

Diadem regte sich und schlug langsam die Augen auf. Sie wirkte etwas orientierungslos und starrte einige Sekunden auf Keshira, als ob sie nicht genau wüsste, wo sie war und wer ihr gegenübersaß.

„*Tante, ich habe sehr schlecht geträumt*", sagte sie dann und Keshira sendete ein Stoßgebet zu allen beschworenen Göttern und Mächten.

Sie hatte es tatsächlich geschafft, das Baby in nur wenigen Stunden in ein siebenjähriges Kind zu verwandeln. Sie hätte das Mädchen auch gerne noch älter gemacht, aber so viel Konzentration hatte sie nicht aufbringen können. Zudem war der Plan recht lückenhaft, das hatte sie zuvor auch nicht bedacht. Denn irgendwann würde Diadem natürlich herausfinden, dass sie im selben Jahr, in dem sie geboren wurde und ihre Eltern verstorben waren, plötzlich sieben Jahre alt geworden war.

Damit das Kind selbst nichts vom Alterungsprozess merkte, ihm aber auch in seiner Entwicklung nichts fehlte, hatte Keshira ihr über Stunden falsche Erinnerungen eingepflanzt. Wie sie hier aufgewachsen war. Wie sie mit den Hasen gespielt und die kleinen Zicklein gestreichelt hatte. Wie sie geholfen hatte, Kräuter zu sammeln, die Sprache und die Schrift der Zauberzeichen des Volkes erlernt hatte und die ersten Zaubersprüche.

Durch die Einflechtung des Zaubers, den sie auch bei Kra-Wann erfolgreich angewandt hatte, konnte sie ihr zusätzliche Intelligenz verleihen. Doch das Kind wirkte dennoch etwas verwirrt. Wer weiß, welche Folgen der Zauber haben würde?

Ein weiteres Problem dabei hatte Keshira ebenfalls nicht bedacht. Die falschen Erinnerungen funktionierten nämlich nur bei ihr, nicht aber bei den Personen, die das Kind nie zuvor gesehen hatten. In Diadems Erinnerungen hatte sie Kra-Wann getroffen und die Altehrwürdige Mutter und viele andere mehr. Doch darauf angesprochen würden alle diese Personen nichts davon wissen ... und was dann?

Um dieses Problem aus der Welt zu schaffen, würde sie wohl alle mit einem Zauber belegen müssen. Doch das war ein wirklich großes und gefährliches Unterfangen. Sie musste es anders angehen. Vermutlich würde sie eingestehen müssen, was sie getan hatte und sich dem wütenden Tadel ihres Volkes für diese Tat stellen.

„Diadem, du hattest hohes Fieber und hast lange geschlafen. Ist dir vielleicht noch übel? Bist du noch schwach? Du solltest im Bett liegen bleiben, bis du dich besser fühlst. Und was die schlechten Träume betrifft, was hast du denn geträumt?"

„Ich kann mich nicht mehr erinnern, der Traum ist schon verflogen. Aber es war ein großer Kampf. Viele böse Magier sind in unseren Wald eingedrungen und haben gegen uns gekämpft."

Diadem zuckte mit den Schultern. *„Mehr weiß ich nicht mehr."*

Keshira zog das Kind an sich heran und hielt es im Arm.

„Du musst dir keine Sorgen machen. Ich habe den Wald gut geschützt. Niemand kann hier eindringen!"

„Ich weiß, du bist die mächtigste Hexe weit und breit, Tante", lächelte Diadem und schmiegte sich enger an sie.

Keshira schluckte trocken. Sie war vermutlich die mächtigste, abtrünnigste und verschlagenste Hexe, die das Land je gesehen hatte. Das könnte schon stimmen.

*

DIE NEKROMANTEN

Vor dem Schwefelsumpf (© Bernd Becker)

DIE NEKROMANTEN SCHMIEDEN NEUE PLÄNE

Es dauerte nicht lange, bis die Nachricht von dem erfolglosen Überfall auf das Dorf der Mondhexen bis zu den Nekromanten durchgedrungen war. Sie hatten es sich an einer bewaldeten Stelle an den Ausläufern des Schwefelsumpfes an einem schmutzigen Teich gemütlich gemacht.

Der Anführer tobte.

„Das darf doch alles nicht wahr sein!", brüllte er. *„Wir haben absichtlich kampferprobte Söldner damit beauftragt, das Kind zu entführen. Was war an dieser Aufgabe denn so schwierig? Und was soll das heißen, dass auch das Dorf verschwunden ist? Haben sie es unsichtbar gemacht?"*

„Du solltest dich beruhigen", sagte der jüngste Nekromant beschwichtigend. *„Vielleicht können wir dann einen neuen Plan besprechen?"*

„Ich will mich überhaupt nicht beruhigen! Die Aufgabe war doch wirklich einfach. Hexen nachts im Schlaf zu überfallen und heimlich, still und leise ein Kind zu stehlen ... diese Berserker haben doch schon ganz andere Gefahren gemeistert!"

„Nun ja, es heißt, dass die Mondhexe, mit der wir es auch schon zu tun bekommen haben, alle getötet hat."

„Wieso kommt uns diese junge, unwichtige Nervensäge denn ständig in die Quere?", brüllte der Anführer nun etwas leiser.

„Hat sie es etwa auf uns abgesehen?"

„Ich vermute, dass sie etwas dagegen hatte, dass ihre Nichte entführt werden sollte", brachte sich der Nekromant mit der Narbe vorsichtig ein.

Der Anführer beantwortete den Einwurf nur mit einem Grunzen.

„Sollen wir uns denn nun auf die Suche nach dem Dorf machen? Oder einfach ein paar andere Hexendörfer überfallen?"

„Du Narr. Wir sind viel zu wenige, um das zu bewerkstelligen. Und auch, wenn es bestimmt Spaß machen würde, könnten wir unsere Zeit sinnvoller nutzen und uns auf das Herz von Tscherp konzentrieren. Wo hat die kleine Hexe es wohl versteckt? Wenn wir zuerst noch andere Dörfer überfallen, vergeuden wir nur Zeit!"

„Aber wir haben nach all den Jahren immer noch keinen Anhaltspunkt für das Versteck finden können. Was können wir denn sonst noch versuchen?", stellte der Nekromant mit der Narbe zur Diskussion.

„Kennen wir denn keinen guten Hellseher, der uns behilflich sein könnte?", fragte der Anführer.

„Nun, es gibt sicher Exemplare auf dem Markt von Po-Karrh, die wir befragen könnten. Sie bieten dort ganz offen ihre Dienste an, wie wir auch."

„Das ist mir bekannt, aber meine Frage war ja, ob wir einen GUTEN kennen? Keinen dieser Trickbetrüger, die ihre Vorhersagen lediglich raten."

„Wenn ich etwas vorschlagen dürfte?", fragte der junge Nekromant vorsichtig.

Der Anführer gab ihm durch das bloße Hochziehen seiner Augenbraue zu verstehen, dass er damit einverstanden war und auf eine Erklärung wartete.

„Also wenn wir einen aus unseren Reihen befragen, dann würden wir doch automatisch das Geheimnis des Verstecks des Herzen von Tscherp mit ihm teilen. Ohne unsere Anfrage kommt er gar nicht erst auf die Idee, danach zu suchen. Ansonsten bekommen wir eine große Konkurrenz von anderen Personen, die das Herz besitzen wollen.

Falls wir es schaffen, einen der weißmagischen Hellseher zu befragen, würden sie auch sehen, was wir damit vorhaben und uns nicht weiterhelfen.

Also brauchen wir die Vorhersage von jemandem, den es nicht betrifft oder dem es einfach völlig egal ist. Und den wir anschließend außerdem sofort töten können, ohne Aufsehen zu erregen."

„Dazu habe ich zwei Anmerkungen", sagte der Anführer gefährlich leise.

„Zum einen können wir jeden nach der Vorhersage töten, dafür brauchen wir niemand Speziellen. Und allein damit hat sich das Problem der Konkurrenz bereits erledigt. Und der andere Punkt wäre der: wenn du niemanden aus unseren Reihen und auch niemanend von der weißmagischen Gilde befragen willst, wo willst du denn dann einen Wahrsager herbekommen?"

„Also ich habe gehört, dass auch die Menschen jenseits der Berge sehr gute Hellseher und Wahrsager besitzen.

Wir könnten einen von ihnen aufsuchen, befragen, töten und wieder hierher zurückkehren.

Unser Tal ist bei den Menschen der restlichen Welt weder sehr bekannt noch besonders beliebt. Niemand wird uns verdächtigen oder suchen. Und von den Menschen könnte niemand etwas mit dem Herzen des Tscherp anfangen. Sogar wenn sie es in Händen hielten, würde es ihnen nichts nützen.

Und ob und gegen wen wir Krieg führen, ist ihnen egal. Sie würden weder jemanden warnen, noch den Krieg verhindern. Die Menschen, die nicht unmittelbar von einem Krieg betroffen sind, freuen sich immer, wenn er woanders stattfindet und sie nicht beeinträchtigt. Dennoch können wir den Wahrsager selbstverständlich anschließend töten. Nur so zur Sicherheit."

Nachdenklich rieb sich der Anführer das Kinn.

„Die Idee ist nicht ganz so dumm, wie das, was du für gewöhnlich von dir gibst. Wir können es uns nicht leisten, gegen mehrere Gegner gleichzeitig zu kämpfen. Hast du einen Plan, wohin du gehen wirst und wen du befragen willst?"

„Ich, wieso ich?", fragte der junge Nekromant erschrocken.

„Na, weil es deine Idee war und sich niemand von uns in der Menschenwelt auskennt. Also geht natürlich derjenige dorthin, von dem die Idee stammt. Und wenn möglich, solltest du dich damit auch beeilen. Wir anderen überlegen uns solange einen Plan B, bis du zurückkehrst. Für den Fall, dass du scheiterst."

„Aber was ist, wenn ich zurückkomme und das Herz des Tscherp dann ganz alleine suche und finde?", fragte der junge Nekromant hinterlistig.

„Das würde ich dir nicht raten. Vor allem aber würde ich es dir nicht zutrauen. Willst du als Einzelkämpfer ein mehrfach abgeschottetes und verstecktes Relikt alleine finden und an dich reißen? Du würdest selbstverständlich versagen!"

Der junge Nekromant konnte darauf nichts erwidern, da er wusste, dass sein Anführer recht hatte. Nekromanten waren weder besonders tapfer noch waren sie Kämpfer. Er hätte ganz alleine überhaupt keine Chance. Also fügte er sich in sein Schicksal.

„Du hast recht. Ich würde das Herz natürlich niemals ohne euch suchen und an mich nehmen. Ich kann auch sofort aufbrechen."

Der Anführer nickte zufrieden. *„So sei es. Beeile dich!"*

Gehorsam packte der Nekromant seine Habseligkeiten zusammen und machte sich auf den Weg zur großen Handelsstraße, die über einen engen Gebirgspass direkt in die Welt der Menschen außerhalb des Tales führte.

Nachdem er außer Sichtweite war, wandte sich der Anführer grinsend an die verbliebenen Nekromanten.

„Sein Plan war lächerlich. Lasst uns überlegen, was wir stattdessen tun sollen. Und falls er mit sinnvollen Informationen zurückkommt, freuen wir uns einfach."

Gehässiges Gelächter machte sich breit. Die verbliebene Gruppe nickte und rückte näher zusammen.

„*Besonders schlagkräftig sind wir ja nicht*", meinte der Anführer skeptisch, als er über die Köpfe der verbliebenen 11 Nekromanten blickte. Er hatte so seine Bedenken, ob sie auf einen praktikablen Plan kommen würden. Nekromanten waren einfach zu spezialisiert auf ihr Fachgebiet und beschäftigten sich weder mit Kriegsführung, Entführungen oder umfangreichen magischen Ritualen.

Abgesehen von ihm selbst, dem dienstältesten Nekromanten Shri-Ging, gab es noch drei weitere, sehr alte Nekromanten, die seit vielen Jahren ihre Dienste auf dem Markt in Po-Karrh anboten. Er kannte sie praktisch von klein auf.

Da war To-Gan, ein sehr kleiner und hässlicher Mann mit einer großen Narbe im Gesicht, die ihm ein Einhorn verpasst hatte. To-Gan war risikofreudig und zielstrebig, aber leider nicht sehr stark. Dann gab es noch Kirrh, ein hagerer Nekromant, der als einziger von ihnen einen langen Bart trug sowie dessen Bruder Orrh, der ihm sehr ähnlich sah, aber etwas kleiner und bartlos war.

Sie waren bereits als junge Nekromanten gemeinsam in den Schwefelsümpfen und auch auf dem Berg Faro unterwegs gewesen. Nekromanten waren keine eigene Gruppe, sondern nur die männlichen Nachkommen jedes schwarzmagischen Volkes konnte diese Profession erlernen. Dazu mussten sie allerdings bei einem mittlerweile verstorbenen berühmten Nekromanten in die Lehre gehen, der in einer Höhle am Berg Faro gelebt hatte.

Dort hatten die vier ältesten Nekromanten auch die acht jüngeren Schüler kennengelernt, die viel später dazugestoßen waren: Morp, Fling, Shor-Gun, Viss-Lang, Lo-Wrang, Pep-Lah, Writt-Ingh und Shal-Wan. Erst als der Lehrer verstorben war, kehrten sie dem Berg den Rücken und zogen durch das Land der Sieben Monde, um ihre Dienste anzubieten. Wenn es keine Einnahmen gab, griffen sie einfach auf Diebstahl zurück – eine gängige Methode in einigen Kreisen.

Dabei hatten sie den jungen Ash-Winn kennengelernt und in ihre Reihen aufgenommen. Er war auf dem Weg zum Berg Faro gewesen, um seine Ausbildung zum Nekromanten zu beginnen. Doch als er erfahren hatte, dass der alte Meister tot war, irrte er ziellos umher und war sehr erfreut, dass ihm die älteren Nekromanten dabei behilflich waren, das Handwerk zu erlernen.

Traurig aber wahr: wenn die ehemaligen Schüler des Meisters nicht selbst ihr Wissen an andere Lernwillige weitergaben, würde es bald keine Nekromanten mehr geben.

Shri-Ging mochte Ash-Winn, zumindest ein wenig, aber er fand die Ideen des Jungen viel zu modern. Daher hatte er ihn gerne gewähren lassen und ihn fortgeschickt. Vielleicht konnte er in der modernen Menschenwelt tatsächlich seine Pläne umsetzen und würde viel neues Wissen mitbringen. Falls nicht – würde er ihn nicht allzu sehr vermissen.

„Ich würde gerne etwas vorschlagen", meldete sich To-Gan zu Wort.

„Ich bin der Meinung, dass diese Mondhexe das Herz des Tscherp auf jeden Fall irgendwo im Wald versteckt hat. Und womöglich, das ist nur eine Vermutung, hat sie auch ihr Volk in den Wald gebracht. So können sie gemeinsam das wertvolle Relikt vor uns verbergen. Entweder müssen wir Mittel und Wege zu finden, den Wald zu durchsuchen – was auch unbemerkt vonstattengehen könnte – oder ihn zu stürmen und zur Not alle zu töten. Dafür sind wir allerdings zu wenige und stehen vor demselben Problem wie bei dem Plan mit der Entführung. Wir werden uns also Hilfe holen müssen!"

„Das wird aber nicht funktionieren", mischte sich Morp ein, noch bevor der Anführer etwas sagen konnte.

„Wir können die Magie nicht durchdringen und wir können uns auch nicht mit den Hexen anlegen, da wir weder Krieger noch mächtige Magier sind. Wir könnten den Wald nur ungehindert passieren, wenn wir Menschen wären oder weißmagische Wesen ..."

„Richtig, und beides trifft nicht auf uns zu!", bekräftigte Pep-Lah. „Aber bestimmt könnten wir einen Zauber finden, der uns in Menschen verwandelt, sodass wir gefahrlos den Wald durchstreifen und das Herz suchen können ..."

„Was ist das denn für eine dumme Idee?", ereiferte sich Fling. „Ich will doch kein Mensch werden und meine Fähigkeiten verlieren. Was passiert, wenn wir das Herz nicht finden? Dann irren wir als Menschen umher und haben nicht einmal die Möglichkeit, während dieser Zeit unser Einkommen zu verdienen."

„Vielleicht ist die Idee aber umsetzbar, wenn nur zwei oder drei von uns sich in Menschen verwandeln und nicht wir alle. So können wir immer noch dafür sorgen, dass die Freiwilligen sich später wieder in Nekromanten verwandeln können."

Der Anführer freute sich. Natürlich würde später niemand diese Freiwilligen zurückverwandeln. Und als normale Menschen hatten sie keinerlei Fähigkeiten, Nutzen aus dem Herzen von Tscherp zu ziehen. Und dazu kam, dass man es ihnen sehr leicht entwenden konnte. So viel Stärke würde die restliche Gruppe durchaus besitzen. Außerdem war ihm nun klar, dass er noch ein paar solcher Ideen benötigte, um an Ende der einzige Nekromant zu sein – und der einzige, der das Herz von Tscherp und somit die Macht in Händen halten würde!

„*Bevor wir uns also ewig im Kreise drehen, sollten wir schnell Pläne in die Tat umsetzen. Pep-Lah, Writt-Ingh und Shal-Wan, ihr seid die Freiwilligen. Ihr seht unauffällig genug aus, um als Menschen durchzugehen. Verkleidet euch als wandernde Handwerker auf der Suche nach Arbeit und wir nehmen auch die magischen Fähigkeiten, damit der Schutzzauber des Walder euch nicht als böse Wesen erkennt und tötet. Ihr werdet euch dort dann ganz unauffällig umsehen und uns informieren, sobald ihr das Herz gefunden habt.*"

Erschrocken, und bereit, dem Anführer zu widersprechen, blickten die drei Genannten ihn an, doch er winkte rasch ab.

„*Ich habe einen solchen Zauber einst vom Eremiten erhalten und für den Notfall (samt Gegenzauber natürlich) aufbewahrt. Sorgt euch nicht. Ihr werdet eure Mission erfüllen und anschließend von mir eure Fähigkeiten zurückerhalten. Nur so geratet ihr nicht in den Implosionszauber, der euch schneller in Asche verwandelt, als ihr Po-Karrh sagen könnt.*"

Shri-Ging griff in den Lederbeutel, den er stets an seinem Gürtel trug. Daraus holte er ein stark zerknittertes Pergament hervor, auf dem die alte Formel stand. Früher hatte es tatsächlich weiß- und schwarzmagische Wesen gegeben, die das Tal verlassen wollten, um unter den Menschen jenseits der Berge zu leben. Dazu hatten sie ihr altes Ich mithilfe des Zaubers abgestreift, um danach möglichst unauffällig ihr neues Leben zu beginnen.

In den letzten hundert Jahren war es hin und wieder vorgekommen, dass jemand auf dem Markt von Po-Karrh nach dem Zauber gefragt hatte. Allerdings hatten sie den Zauber zur Bestrafung ungehorsamer Magier benutzt, um ihnen die Kräfte zu rauben und zu verstoßen.

Der Spruch alleine war allerdings wirkungslos, wenn man nicht eine wichtige Zutat über die betreffende Person streute. Und diese konnte nur sehr schwer beschafft werden – vorausgesetzt, dass diejenigen, die den Zauber kauften, überhaupt wussten, worum es sich dabei handelte. Es war Einhornstaub aus dem abgeschabten Horn des Einhorns.

Dass es schwer zu beschaffen war, davon konnte To-Gan ein Lied singen. Denn ihn hatte ein Einhorn bei dieser Mission schwer gezeichnet.

Vorsichtig dosierte Shri-Ging das Pulver und streute den drei Auserwählten eine winzige Menge auf das Haupt, während er den magischen Spruch dazu rezitierte.

Viel zu sehen war von dem Zauber nicht, denn die Nekromanten hatten keine besondere magische Gestalt, die sich veränderte, allerdings waren sie ihrer Fähigkeiten beraubt.

Shri-Ging zog ein totes Eichhörnchen aus seinem Proviantbeutel und warf es vor die drei neuen Menschen hin. *„Erweckt es zum Leben!"*, befahl er. Schnell murmelten die drei den entsprechenden Spruch – doch nichts geschah.

„Hervorragend! Es hat also funktioniert", freute sich Shri-Ging. *„Dann macht euch auf den Weg in den Wald. Meidet vorsorglich dennoch die Hexen. Und wenn euch jemand fragt, dann seid ihr wandernde Handwerker aus dem Nomadenvolk der Pi-Wahn, die hinter den Schwefelsümpfen leben. Oder erfindet einfach etwas, das interessiert schließlich keinen. Die Hexen werden es kaum überprüfen, denn ihr habt keine magische Aura mehr, sie werden keinen Verdacht schöpfen. Nun geht!"*

„Ob es gut ist, dass sich unsere Gruppe verkleinert?", fragte Morp, als die drei neuen Menschen außer Hörweite waren.

Ich finde schon, dachte Shri-Ging, hütete sich aber davor, das laut auszusprechen. Jetzt musste er nur noch einen Weg finden, die anderen loszuwerden. Zumindest die jüngeren musste er noch auf eine nützliche Mission schicken.

„Wir sind auf einem guten Weg", erklärte er, um die anderen zu beruhigen. *„Wir haben drei fähige Personen auf die Suche geschickt und einen jungen Mann auf eine erfolgversprechende Mission in die Welt der Menschen. Nun können wir parallel dazu noch weitere Maßnahmen ergreifen.*

Lasst uns nochmal überlegen, wie wir an das Kind herankommen können oder wichtige Informationen aus den Dorfbewohnern erpressen. Die Hexe direkt anzugreifen und zu überwältigen, wird uns nicht gelingen."

Die Gruppe wurde still. Niemand wagte es, die Anweisungen des Anführers infrage zu stellen. Ob die beiden Maßnahmen etwas bewirken würden, war mehr als fraglich. Immerhin suchten die drei neuen Menschen in dem Wald die Nadel im Heuhaufen. Und wer weiß, wie lange Ash-Winn unterwegs sein würde?

Eine neue Entführung würde möglicherweise so enden wie die letzte und selbst durchführen konnten sie sie ebenfalls nicht.

Shri-Ging überlegte, wie er die anderen ebenfalls von der Gruppe abtrennen könnte.

„*Wie wäre es, wenn Morp und Fling sich auf den Weg machten, um in den umliegenden Dörfern einige Menschen wieder zum Leben zu erwecken, die wir bei einem Überfall auf die Mondhexen einsetzen könnten?*", fragte er in die Runde.

„*Auf Menschen reagiert der Zauber nicht und die Wiedererwecken gehorchen nur unseren Befehlen. Sie kosten auch kein Geld wie unsere Söldner. Damit könnten wir die Hexen bedrängen und Informationen aus ihnen herauspressen.*"

Morp und Fling überlegten. Die Aufgabe war nicht schwer. Schließlich entsprach es genau dem, was Nekromanten für Gewöhnlich taten. Sie würden allerdings eine Weile benötigen, um ausreichend viele Tote zum Leben zu erwecken. Dann nickten sie.

„*Die Idee ist durchaus machbar. Und wir selbst nehmen dadurch auch keinen Schaden. Also ich bin dafür!*", erklärte Morp. Fling nickte zustimmend.

„Hervorragend!", freute sich Shri-Ging. „*Dann macht euch gleich auf den Weg und lasst es uns wissen, wenn ihr eine Armee zusammengestellt habt.*"

Ohne weitere Diskussionen packten auch Morp und Fling ihre Reiseutensilien und machten sich auf den Weg zum ersten Dorf.

Shri-Ging blicket auf die drei verbliebenen jüngeren Nekromanten.

„*Für euch habe ich eine ähnliche Aufgabe. Shor-Gun, Viss-Lang, Lo-Wrang, ihr macht euch ebenfalls auf den Weg zu den Dörfern der magischen Wesen und seht euch auf ihren Bestattungsplätzen um. Erweckt die Wesen zum Leben und bringt sie mit, damit sie Teil der Armee werden. Weißmagische Wesen können den Schutz des Waldes nämlich ebenfalls recht einfach durchdringen. Es wird ein Schock für die Mondhexen sein, wenn sie gegen Ihresgleichen kämpfen müssen.*

Und wir Verbliebenen werden versuchen, auch einige Mondhexen zu erwecken oder erst zu töten und dann zu erwecken, damit sie gegen ihr eigenes Dorf kämpfen können. Am besten beginnen wir mit den Gefallenen, die bei dem Überfall auf das Dorf ums Leben gekommen sind ..."

„Aber das sind doch nur wenige Hexen gewesen", warf To-Gan ein.

„Ja, aber diese wenigen Hexen waren Familienmitglieder der Hexe, die das Herz von Tscherp versteckt hat. Sie wird es nicht über sich bringen, ihre wiedererweckten Eltern oder ihren Bruder im Kampf zu töten", erklärte Shri-Ging hämisch grinsend.

„Ein perfekter und teuflischer Plan", lachte To-Gan. „Der hätte auch von mir sein können."

„Wir werden allerdings eine große Armee und viele Menschen und weißmagische Wiedergänger brauchen, um schließlich in den Kampf zu ziehen. Und auch dann müssen wir wissen, wo das Herz des Tscherp versteckt ist. Wenn alle tot sind, nützen sie uns nichts mehr."

„Du hast recht, aber das wird sich finden. Was macht es schon, wenn wir ein Jahr für diese Aufgabe brauchen? Oder auch zwei? Hauptsache, wir gehen am Ende als Sieger hervor und können die Macht des Herzen an uns nehmen!", erklärte Shri-Ging.

Und wenn ich „wir" sage, meine ich natürlich mich, dachte er insgeheim.

Seine Pläne waren etwas wackelig und langatmig, aber das Beste, was er sich momentan hatte ausdenken können. Je kleiner die Gruppe um ihn am Ende war, desto einfacher würde er das Herz an sich nehmen können. Was machte es schon, gemessen an seiner Lebensspanne, wenn er ein oder zwei Jahre auf den Sieg warten musste?

Zufrieden mit sich, setzte er sich zu seinen drei verbliebenen Ältesten ans Feuer und beobachtet, wie *Shor-Gun, Viss-Lang, Lo-Wrang* zusammenpackten und die Gruppe verließen.

„Tja, nun haben alle eine Aufgabe – nur wir nicht", sagte To-Gan. *„Wollen wir nicht auch etwas unternehmen, um das Herz zu finden oder die Hexe dazu zu bringen, uns das Versteck zu verraten?"*

„Ja, natürlich. Ich dachte schon, ihr fragt nie", erklärte Shri-Ging.

„Für den Fall, dass die anderen völlig ergebnislos unterwegs sind, habe ich auch eine Idee für uns.

Zunächst suchen wir den unterirdischen Eingang zu den verlassenen Höhlen der Vulkanstarter. Irgendwo dort unten befindet sich eine Abzweigung, die zu den geheimen Bibliotheken der Einsiedler führt, die ebenfalls schon lange nicht mehr dort leben.

Aber in den Papyri müssten sich uralte und geheime Zaubersprüche befinden, mit deren Hilfe wir uns für den bevorstehenden Kampf gut vorbereiten können. Wir kennen uns mit dem Berg immerhin hervorragend aus. Schließlich haben wir lange genug dort bei unserem Meister gelernt."

„Aber den Eingang zu den Vulkanstartern und den Einsiedlern haben wir damals nie gesehen", warf To-Gan ein.

„Wir haben auch nie danach gesucht", erklärte Shri-Ging lapidar und ging nicht näher darauf ein.

„Auch wieder wahr", murmelte To-Gan.

Schließlich war der Berg riesig und die verschiedenen Lebewesen, die im Berg oder tief unter dem Berg wohnten, nutzten die verzweigten Höhlensysteme, die der ehemalige Vulkan besaß. Teilweise hatten sie die Höhlen magisch oder manuell erweitert. Aber sie alle hatten sich vor den anderen abgeschottet, um ihr Revier abzugrenzen. Daher war es nicht weiter verwunderlich, dass sie dort gelebt hatten, ohne jemals die Eingänge zu den Reichen der anderen zu sehen oder zu betreten.

„*Du willst zaubern lernen?*", fragte Kirrh überrascht und wechselte damit abrupt zum nächsten Thema. Er sah kein Problem darin, bei genauer Suche die Eingänge aufzuspüren. Schwieriger würde es sein, genügend Magie zu erlernen, um geborene Hexen und Magier auf ihrem eigenen Gebiet schlagen zu können.

„*Nicht nur ich, wir alle. Denn gemeinsam sind wir viel schlagkräftiger*", nickte Shri-Ging.

„*Aber das wird eine ganze Weile dauern. Und es könnte sein, dass die Bibliotheken leer sind. Vielleicht wurden sie bereits geplündert?*", gab Orrh zu bedenken.

„*Nun, das können wir nicht wissen. Aber untätig darauf zu warten, bis die anderen die Armee zusammengestellt haben, ist keine Lösung. Wir werden viel stärker und mächtiger sein, wenn wir die Magie beherrschen.*"

„*Aber die Hexen und Magier haben die Magie seit Jahrtausenden in ihren Genen. Nekromanten erlernen nur ein Handwerk. Wir sind die schwächsten Glieder in der ganzen Kette dieses Landes ...*"

„*Du vergisst etwas Wichtiges, Orrh*", erklärte Shri-Ging und verdrehte die Augen. Seine Freunde waren aber auch wirklich etwas langsam.

„*Die Magier und Hexen, die wir besiegen müssen, sind weißmagisch. Das bedeutet, dass sie gewisse Moralvorstel-*

lungen und Hemmungen haben. Sie werden dadurch ausgebremst, dass sie sich scheuen, andere Wesen zu verletzen, anzugreifen oder zu töten. Diese Keshira ist eine seltene Ausnahme. Wir sind von völlig anderer Natur. Wenn wir etwas erreichen wollen, gehen wir über Leichen. Speziell wir Nekromanten ..."

Shri-Ging grinste, doch die anderen gingen nicht auf das Wortspiel ein. Sein Grinsen erlosch und er sprach weiter.

"Wenn wir uns magische Kenntnisse aneignen, alte Magie, gegen die diese junge Hexe keinen Gegenzauber kennt, dann sind wir eindeutig im Vorteil. Außerdem werden wir nicht davor zurückscheuen, unser gesamtes Wissen dann auch einzusetzen.

Im Idealfall können wir mit einer Armee zuschlagen, in der auch die verstorbenen Mondhexen und andere Freunde dieser Hexe kämpfen.

Falls der Plan missglückt, kämpfen wir alleine. Denn dann werden wir auch zu viert in der Lage sein, eine magische Apokalypse zu entfesseln, gegen die die Hexen nicht gewappnet sind.

Und das Beste ist: in den alten Papyri finden wir mit Sicherheit auch Zaubersprüche, die man zum Auffinden eines verlorenen Schatzes einsetzen kann ... Damit dürfte es uns zur Not alleine gelingen, das Herz des Tscherp zu finden. Und dann, liebe Freunde, sind wir nicht mehr die Schwächsten des Landes, sondern seine Herrscher!"

Theatralisch warf Shri-Ging die Arme in die Luft, als er am Ende seines kleinen Vortrages angekommen war.

Sprachlos und mit offenen Mündern starrten ihn seine drei Freunde an.

„Das ist genial", sagte Orrh nach einer kurzen Pause. *„Eigentlich kann überhaupt nichts schiefgehen. Wir haben mehrere Aktionen geplant, die gemeinsam ein großes Ganzes ergeben. Und wenn ein Teil davon scheitern sollte, haben wir immer noch verschiedene Optionen, denen wir nachgehen können."*

„Richtig", nickte Shri-Ging und freute sich über die Zustimmung.

„Und was ist mit deinem angekündigten Vorhaben, dass wir einige Mondhexen wieder beleben, damit die kleine Hexe gegen ihre eigene Familie in den Krieg ziehen muss?", wollte To-Gan wissen.

„Nun, diesen Plan werden wir auch noch umsetzen. Dafür machen wir einen kleinen Umweg in das abgebrannte Dorf der Hexen und suchen die Asche der Verstorbenen. Die können wir dann mit uns tragen, bis es so weit ist und wir die Armee zusammengestellt haben. Erst dann machen wir uns an die Wiedererweckung. Ansonsten müssten wir die Wiedergänger ja mit zum Berg Faro nehmen, während wir die Magie studieren. Das ist nur unnötiger Ballast."

„Du hast recht!", stimmte Orrh zu und die beiden anderen nickten.

„Am besten essen wir noch eine Kleinigkeit und machen uns dann auf den Weg zum Berg. Wir werden sicherlich eine Weile brauchen, um unseren Plan in die Tat umzusetzen. Aber was sind schon ein oder zwei Jahre, wenn man am Ende die Herrschaft oder das Land erringen kann?

Oder wie mein Großvater Mat-Tze einst zu sagen pflegte: „Auf etwas Sicheres ist gut warten."

Die anderen murmelten zustimmend. Nekromanten waren im Prinzip unsterblich, wenn sie dafür sorgten, dass sie im Falle ihres Todes von einem Kollegen gleich wieder erweckt werden konnten. Dafür galten allerdings spezielle andere Rituale. Denn sie wollten keine seelenlosen Wiedergänger sein, sondern im Vollbesitz ihrer geistigen Kräfte als Nekromant weiter im Lande umherwandern. Das war auch der Hauptgrund dafür, dass sich die Einzelgänger irgendwann zu einer Gruppe zusammengeschlossen hatten. Man konnte schließlich nie wissen ...

„*Also dann, lasst uns ein paar Eichhörnchen über dem Feuer braten, bevor wir uns auf den Weg machen!*", sagte Shri-Ging und hob sein Eichhörnchen auf, das er vorhin als Test-Objekt für die in Menschen verwandelten Gruppenmitglieder benutzt hatte.

Die anderen taten es ihm nach und plünderten ihre Proviantbeutel. Wenig später hatten sie ein kleines Feuer entfacht, über dem sie die Eichhörnen auf Äste gesteckt rösteten.

Gut gelaunt und satt brach die kleine Gruppe wenig später zum ehemaligen Dorf der Hexen auf, um die Asche der Verstorbenen aufzusuchen. Dank ihres Gespürs für magische Überreste konnten sie von allen verstorbenen Personen kleine Aschehäufchen sicherstellen und ihn ihren Lederbeuteln verwahren.

Anschließend machten sie sich frohen Mutes zum Berg Faro auf, um die unterirdische Bibliothek der Einsiedler zu suchen und die Magie zu erlernen.

DIE ANFÜHRER IM BERG FARO

Einen Tag später standen die vier Nekromanten an den Ausläufern des Berges. Erinnerungen an die Zeit ihrer Ausbildung kamen in ihnen hoch.

In welcher Richtung lagen nun die verlassenen Höhlen der Vulkanstarter? Diese waren nicht mehr magisch gesichert, seit die Vulkanstarter ausgestorben waren und sollten daher leicht zugänglich sein.

„Sollen wir unsere alte Wirkstätte auch noch besuchen?", fragte Orrh, doch seine Kollegen brachten nicht so viel Sentimentalität mit sich und hatten kein Interesse daran. Daher begannen sie sofort mit der Suche nach dem versteckten Eingang in die Unterwelt. Ein schwieriges Unterfangen, da das Gebirgsmassiv ziemlich groß war. Aber niemand hatte behauptet, dass es leicht sein würde – dafür war der Lohn am Ende der Anstrengung umso größer!

Es dauerte allerdings mehrere ereignislose Wochen voller Streitgespräche und Selbstzweifel, bis sie endlich den unscheinbaren Eingang hinter einer langweiligen Hecke voller Schreckbirnen fanden. Und das auch nur, weil To-Gan auf der Suche nach Moosbeeren auch auf den Strauch mit den Birnen zugesteuert war.

Schreckbirnen schmeckten sehr bitter und mussten im Gegensatz zu anderen Obstsorten abgekocht werden, um genießbar zu sein.

To-Gan riss einige der faustgroßen Birnen ab und wollte sie zu den anderen ans Lagerfeuer bringen, als er hinter der Hecke einen dunklen Schatten entdeckte, der sich als Eingang entpuppte.

Sicherlich hatten die Vulkanstarter den Eingang auf der Ostseite des Berges (Richtung Lichtberg) ursprünglich nicht mit der Hecke getarnt, aber da niemand da war, der die Birnen erntete oder den Strauch stutzte, waren sie einfach immer weiter gewuchert und hatten den Eingang auf ganz natürliche Weise verschlossen.

„Wir könnten die Hecke einfach abfackeln, um in den Berg zu gelangen", schlug Orrh vor, doch die anderen waren dagegen.

„Nein, es ist gut, einen solchen Schutz zu haben, wir wollen ja nicht, dass uns jemand folgt und wir können keinen magischen Schutz über den Eingang sprechen. Lasst uns also versuchen, vorsichtig durch die Hecke zu gelangen", bestimmte Shri-Ging.

Murrend kämpfte sich das Team durch den widerspenstigen Busch, bis sie endlich völlig zerkratzt in der Höhle dahinter standen.

Glücklicherweise gab es ein wenig Licht, da die roten Vulkanleuchter hier lebten. Kleine Insekten, die durch Biolumineszenz ein hellrotes Licht ausstrahlten, wie die Glühwürmchen in den Wäldern. Etwas schummrig war es dennoch und die vier Nekromanten fanden es schwer, sich hier zu orientieren.

„Hätten wir das gleich geahnt, hätten wir nicht den kompletten Berg von allen Seiten besteigen müssen", schimpfte Kirrh. *„Aber zum Glück sind wir endlich drin. Und wohin jetzt?"*

Sie sahen sich ratlos um. In dem schummrigen roten Licht konnte man nicht besonders weit sehen, also war schwer abzuschätzen, ob der Gang geradeaus in den Berg hineinführte oder sich verzweigte. Oder im schlimmsten Fall steil abfiel und sie in die Tiefen des alten Vulkans stürzen würden.

„Am besten gehen wir sehr langsam geradeaus, damit wir nirgends hineinstürzen. Sobald jemand eine Abzweigung sieht, gibt er Bescheid. Ansonsten müsste uns der Gang früher oder später irgendwohin führen ..."

In Ermangelung einer besseren Idee folgten sie ShriGings Vorschlag und gingen in winzigen Schritten sehr langsam geradeaus. Es gab jedoch weder Fallgruben noch Abzweigungen. Stattdessen führte der Gang irgendwann in eine sanfte Kurve und dann in eine weitere und noch eine und auf diese Weise gingen sie auf dem spiralförmigen Weg immer tiefer nach unten in den Berg hinein, bis sich ihnen eine große Höhle öffnete.

Sie mussten sehr tief unter dem Berg sein. Auch wenn der Vulkan längst erloschen war, befand sich hier unten noch warmes Magma, das in einem großen rot-orangegelben See vor sich hin blubberte und ein sanftes rötliches Licht verbreitete. Wo die Wärme auf den kalten Stein des Berges traf, bildeten sich Wassertropfen, die an den Wänden nach unten fielen und sich in eigens aufgebauten Reservoirs sammelten. So hatten die Vulkanstarter ihre Wasservorräte gesteuert.

Von ganz oben, von der Bergspitze her, kam ein wenig Licht nach unten, welches durch den porösen Stein drang. Vermutlich kam auf diesem Weg auch Sauerstoff in das Berginnere.

Es gab auch eine ungewöhnliche Vegetation, die sich hier entwickelt hatte. Vermutlich hatten die Vulkanstarter verschiedene Pflanzen außerhalb des Berges gesammelt, um sie hier zu kultivieren. Und in den vielen hundert Jahren, die sie seither hier wuchsen, hatten sie sich optimal an die Klima- und Lichtverhältnisse angepasst.

Es gab eine Art Moosbeeren, die allerdings einen violetten Ton besaßen, sowie braune Schreckbirnen, ein dunkles Getreide mit schwarzen Körnern und ähnliches mehr.

Verschiedene Geräusche und das Rascheln im hohen Gras und in den Sträuchern ließ darauf schließen, dass es hier auch Tiere gab. Unterschiedliche Arten kleinerer Nager, Maulwürfe, Schlangen, Insekten sowie einige Vögel hatten sich an die Umgebung angepasst.

„Es gefällt mir nicht so besonders hier, aber es scheint, dass wir zumindest nicht verhungern oder täglich einmal außerhalb des Berges jagen müssen. Das erspart es uns, viel Zeit damit zu vergeuden, den langen Weg nach oben und wieder nach unten zu gehen", erklärte Shri-Ging.

„Willst du etwa hier unten am Magma-See ein Lager aufschlagen?", fragte To-Gan konsterniert. *„Ich dachte, wir suchen weiter, bis wir den Weg in die Bibliothek der Einsiedler gefunden haben? Zweigt dieser ominöse Weg nicht irgendwo hier ab?"*

„Ja, natürlich suchen wir nach dem Weg. Aber wir brauchen wohl eine Art Basislager, von dem aus wir suchen

können. Falls wir den Weg nicht gleich finden, können wir hierher zurückkehren und später in einer anderen Richtung suchen. Ich möchte nicht in irgendeiner kühlen, dunklen Abzweigung übernachten müssen ..."

„Ja, schon gut, ich habe es jetzt verstanden", unterbracht To-Gan den Anführer. *„Dann lasst uns eine geeignete Stelle suche, an der wir ein Feuer machen und auch schlafen können ..."*

Die Suche nach der Abzweigung, die zu den verlassenen Höhlen der Einsiedler und ihrer Bücherei führte, war mindestens genauso aufwendig, wie die Suche nach dem Eingang zu den Vulkanstartern. Viele Gänge waren schlicht zu eng und sie konnten nicht hindurch. Oder sie endeten in einer Sackgasse.

„Diese Wege sind nur für Tiere oder Zwerge begehbar", schimpfte To-Gan.

„Oder sie sind auf natürliche Weise entstanden, als Lava und Wasser durch den Berg flossen", warf Orrh ein.

„Jetzt lamentiert nicht herum, sondern sucht einfach weiter!", herrschte Shri-Ging die beiden Unzufriedenen an und ging mit gutem Beispiel voran.

Etliche Zeit und viel Geschimpfe später, als sie endlich nach einer sehr langen Suche, in der sie beinahe den halben Berg von innen kennengelernt hatten, über einen halb verschütteten Gang stolperten, waren sie auf der richtigen Fährte.

Erschütternd war allerdings die Tatsache, dass sie nach dem Entfernen des Gerölls einen Aufstieg vor sich hatten, der sie in eine besonders hoch gelegene und spartanisch eingerichtete Höhle brachte. Das Schlimmste daran war, dass die Höhle fast ganz oben im Berg lag und einen etwas bequemeren Ausgang besaß, der ziemlich weit oben am Hang lag. Leider war auch dieser Ausgang wegen der langen Zeit, in der er nun nicht mehr benutzt worden war, halb verschüttet und mit verschiedenen Dornensträuchern zugewachsen.

Nachdem sie sich aus der Höhle nach draußen gekämpft hatten, pfiff ihnen ein eisiger Wind um die Ohren. Sie standen auf einem kleinen Felsvorsprung und wunderten sich, wie die Eremiten wohl an dieser Stelle ein und aus gegangen waren. Vermutlich hatten sie einen Zauber dazu benutzt oder unsichtbare Leitern oder Brücken gehabt, die aber immer noch magisch versteckt waren. Und dazu, auf gut Glücks ins Leere zu treten, um das auszuprobieren, hatte keiner der vier Nekromanten Lust.

Immerhin verbesserte das die Laune ein wenig. Sie hätten keine Chance gehabt, von außen den Berg emporzuklettern, um auf diesen überhängenden und mit Dornengestrüpp verwachsenen Eingang zu stoßen. Also war der Weg, den sie genommen hatten, der einzig mögliche und daher der richtige gewesen.

Interessanterweise war dieser Ausgang auf der Nordwestseite des Berges und eröffnete einen Blick auf die Hügelkette, die das Land der Sieben Monde begrenzte. Dazwischen lag ein Stück des Waldes, aber das gesamte Gebiet war unbewohnt. Die Einsiedler hatten wirklich die absolute Abgeschiedenheit gesucht ...

Da war der Eingang des Nekromanten auf der Nordseite des Berges, ebenerdig und mit einem magischen

Stein verschlossen, ja ein Kinderspiel gewesen gegen diesen Marathon, den sie hinter sich bringen mussten, um endlich die richtige Höhle zu finden. Doch damit waren sie noch nicht am Ziel angelangt. Wo waren die geheimen Papyri der Einsiedler?

Die Höhle war spartanisch eingerichtet, hatte eine Luftzufuhr auf der Seite des Plateaus sowie mehrere einfachere Schlitze im Stein, eine Regenrinne, die das klare Wasser auffing, das vom Gipfel kam und es in die Höhlen weiterleitete. Innerhalb der Höhle befanden sich kleine Kübel mit Kräutern und Miniaturpflanzen. Kaum vorstellbar, wie sie sich davon ernährt hatten. Sie hatten wohl die meiste Zeit gehungert. Oder viele der Nahrungsmittel waren intern aus dem Bereich der Vulkanstarter gewonnen worden.

Mit einem kleinen Spruch ließ Orrh die Pflanzen wieder erblühen und erweckte auch die Kräuter zu neuem Leben. Für eine kleine Mahlzeit würde es vermutlich zusammen mit dem Proviant, den sie in ihren Beuteln bei sich trugen, ausreichen.

In der Höhle gab es mehrere Nischen, in denen altes, schimmliges Heu und Stroh auf ehemalige Nachtlager hinwiesen. Auch hier konnten die Nekromanten, besonders ihrer Nase zuliebe, mit einem Spruch nachhelfen, sodass sich die Betten in den Nischen wieder mit frischem, duftenden Heu und Moos füllten.

„Allzu viel hatten die Einsiedler wirklich nicht", murmelte Shri-Ging. *„Und den Betten nach zu urteilen, gab es nur 10 von ihnen. Außer, sie hatten noch woanders weitere Kammern. Den Eingang zu einer Bibliothek sehe ich aller-*

dings nicht. Verdammt. Bestimmt sind die alten Aufschriebe doch durch einen Zauber geschützt. Dann finden wir sie nie!"

„Ich glaube nicht, dass sie die Papyri umständlich geschützt haben", erklärte Kirrh. *„Wer sollte auch hier schon eindringen wollen oder können? Und die Vulkanstarter hatten nur einen einzigen Weg, den sie nehmen konnten und der schützenswert war. Nein, ich glaube, die Bücher sind nicht separat geschützt gewesen."*

Weiter hinten in der Höhle, wo sie sich noch nicht näher umgeschaut hatten, erweiterte sich die Höhle in eine Art Kochnische. Steinerne Tische und Bänke hatten ganz klar die Aufgabe des Sitzplatzes erfüllt. Ein Bassin in der Ecke, über dem ein Rohr endete, war wohl für die Wasserzufuhr vorbereitet gewesen und eine kleine Feuerstelle mit einer Rauchabzugsfunktion und einem alten rostigen Kessel hatte eindeutig für die Zubereitung von Nahrung gedient.

Regale gab es keine, aber in den Stein gemeißelte Ausbuchtungen beherbergten diverses Holzgeschirr. Und daneben, auf der am weitesten vom Feuer entfernten Seite, waren ebenfalls lange Reihen aus dem Stein gehauen, die einen großen Teil der Höhlenwand ausmachten. Allerdings war auf den ersten Blick kein Geschirr zu sehen.

To-Gan trat näher an die Wand heran und prüfte mit spitzen Fingern vorsichtig, ob sich etwas in diesen Ausbuchtungen befand. Tatsächlich konnte er etwas Starres, Brüchiges ertasten und zog vorsichtig daran. Eine große Ladung Staub fiel auf ihn herab, gefolgt von einer alten

Papyrusrolle. Als sie auf dem Boden auftraf, zerfiel sie zu Staub.

„Mir scheint, wir haben die Bibliothek gefunden. Aber man kann die Papyri kaum anfassen, ohne dass sie zu Staub zerfallen. Das bedeutet, das wir ein Problem haben."

„Sind die Papyri alte Rinden und Blätter der gelben Tundra-Bäume, die hier vor Jahrhunderten noch geblüht haben?", frage Shri-Ging.

„Das wäre gut möglich, aber warum ist das wichtig?", fragte To-Gan zurück.

„Weil wir die alten Bestandteile der Bäume zu neuem Leben erwecken können. Zumindest so weit, dass sie stabil genug sind, damit wir die Schrift auf den Papyri lesen und entziffern können. Und zwar noch bevor wir weitere wichtige Papyrus-Rollen zerstören."

To-Gan, der immer noch an den Ausbuchtungen stand, murmelte einen entsprechenden Zauberspruch und griff dann erneut beherzt in die Steinregale. Dieses Mal zerfiel die Rolle nicht. Stattdessen konnte er sie öffnen und ging damit zu dem steinernen Tisch, damit auch die drei anderen einen Blick darauf werfen konnten.

Shri-Ging grinste. „Freunde, wir sind wieder im Spiel. Jetzt müssen wir uns nur noch etwas wohnlicher einrichten, damit wir es eine Weile hier aushalten. Vermutlich müssen wir noch etwas mehr Proviant von unten holen. Es nützt alles nichts."

Die Begeisterung war nur gering. Aber lieber noch eine große Anstrengung und eine gezielte Vorratshaltung als der tägliche Marsch in die Tiefen des Berges. Seufzend machten sich die vier erneut an den Abstieg, bevor sie später (sehr viel später!) endlich ihr Quartier in den Räumen der Einsiedler beziehen konnten. Es würde von nun an einige Jahre ihr neues Zuhause sein.

ASH-WINNS ERLEBNISSE BEI DEN MENSCHEN

Ash-Winn ärgerte sich selbst über seine Idee. Es war nicht so, dass er sie nicht grundsätzlich gut gefunden hätte. Aber er hatte eigentlich nicht derjenige sein wollen, der sich in die Welt der Menschen aufmachte.

Obwohl er andererseits auch sehr neugierig war. Die Menschen jenseits der Berge lebten völlig anders, als die Menschen in den kleinen Dörfern hier im Land der Sieben Monde. Und im Regelfall kamen sie auch nie auf diese Seite der Berge, da die Handelsstraße, die bis oben zum Pass führte, unwegsam war und die Menschen hier im Tal eigentlich nichts Interessantes vorzufinden erwarteten.

Sie wussten beispielsweise nicht, dass hier sehr viele magische Geschöpfe lebten. Ihnen dürfte höchstens bewusst sein, dass es einige kleine Städte gab, wie Kiro-Vaa oder Chry-Soo, Shi-Gahn und Noh-Vak. Aber das war ungefähr so spannend, als würde man jemandem erzählen, dass er nach einer langen, mühsamen und anstrengenden Reise ein kleines altes und unmodernes Haus sehen könnte.

Warum sollten die Menschen in das Tal kommen? Diejenigen, die sich hier niedergelassen hatten, lebten schon seit Generationen hier und gingen nur sehr selten über den Pass, um dort als Handelsreisende einige Erzeugnisse anzubieten.

Daher hatte er auch seine Kenntnisse über die Außenwelt. Da man ihm nicht ansah, dass er ein Nekromant war, hatte er sich unauffällig im gesamten Land bewegen können und hatte sich auf dem großen Markt in Kiro-Vaa mit einigen Händlern unterhalten.

Der Fischhändler, der aus Noh-Vak stammte, hatte ihm berichtet, dass seine Ur-Ur-Ur-Ur-Großeltern aus dem Land jenseits der Berge stammten. Er war zweimal dorthin gereist, um sich dort umzuschauen und verglichen mit dem beschaulichen Tal war dort alles seltsam und beinahe magisch. Es gab Autos und Eisenbahnen und sehr viel Technik, die es hier im Land nicht gab. Er hatte sogar einige Zeitschriften dort gekauft und mitgebracht, die er Ash-Winn zeigte.

Ash-Winn war sehr beeindruckt von den Menschenstädten. Offenbar hatten sie auch kleine Orte, die denen im Tal hier sehr ähnlich waren. Aber hauptsächlich lebten sie ihn großen Städten und hohen Gebäuden und waren auch ganz anders gekleidet. Sie verfügten über viele spannende Gegenstände, die er noch nie gesehen hatte.

Ein großer Vorteil war, dass die Bevölkerung von dem Land jenseits der Berge stammte und so zumindest dieselbe Sprache und Schrift mitgebracht hatte. Wobei einige Worte dennoch manchmal unverständlich klangen. Denn die weiter Entwicklung war auf beiden Seiten unterschiedlich verlaufen.

So hatte Ash-Winn den größten Teil der Berichte in den Zeitschriften verstehen können und war dabei auf einen Artikel über eine berühmte Hellseherin gestoßen. Diese arbeitete in dem von den Menschen so geliebten „Fernsehen" und hatte auch Auftritte auf Messen und auf Märkten. Sie war sehr beliebt und geschätzt. An sie hatte Ash-Winn gedacht, als er Shri-Ging von seiner Idee erzählt hatte. Aber wie sollte er sie finden? Das Land jenseits der Berge war schließlich sehr groß und besaß auch mehrere Kontinente.

Als er sich von der großen Truppe trennte, machte er daher kurzentschlossen einen Umweg über Kiro-Vaa und suchte den Marktstand des Fischhändlers auf, der dort täglich seine fangfrische Ware anbot.

„Hallo, Tinn-Marrh, kannst du dich noch an mich erinnern?"

„Ach, der junge Ash-Winn, selbstverständlich. Wie geht es dir?"

„Oh, ich kann nicht klagen, vielen Dank, und selbst?"

„Ja, die Arthritis, mein Junge, aber ansonsten ist alles in Ordnung. Möchtest du eine frische Regenbogenforelle kaufen?"

Ash-Winn bemerkte entsetzt, dass diese Regenbogenforelle nicht erst seit heute Morgen tot war, sondern schon etwas länger zu Markte getragen wurde, aber er wies den Händler nicht darauf hin, um ihn nicht zu verärgern. Schließlich benötigte er noch weitere Informationen von ihm. Stattdessen lehnte er höflich ab.

„Tinn-Marrh, ich musste immer an deine interessanten Berichte über das Land jenseits der Berge denken und würde gerne eine Reise dorthin unternehmen. Könntest du mir

wohl deine Zeitschriften ausleihen oder mir geeignete Kleidung für die Reise empfehlen? Ich möchte dort nicht sofort auffallen."

„Das ist aber eine schöne Idee, mein Junge. Das Land wird dir gefallen. Es ist wirklich etwas ganz anderes als hier bei uns. Und in dieser Jahreszeit gibt es überall sehr schöne Jahrmärkte mit Vergnügungsständen und Ähnlichem. Du wirst viel Freude haben.

Die Menschen sind in den großen Städten sehr entspannt und tragen viele unterschiedliche Kleidungsstile. Vermutlich würdest du kaum auffallen …"

Während er das sagte, musterte der Händler den jungen Ash-Winn in seinen geschnürten Dachsfellstiefeln und den engen Leinenhosen sowie dem langen Mantel und den vielen Lederbeuteln, die er am Gürtel trug.

„Andererseits …" erklärte er dann „würdest du möglicherweise dennoch Aufmerksamkeit erregen. Du kannst eine Hose tragen, die sich Jeans nennt. Lange Mäntel sind in Ordnung, aber deine Stiefel sind sehr auffällig. Ich kann dir meine leihen, sie sind aus Ziegenleder, das fällt weniger auf. Und die einzelnen Beutel sind dort auch eher ungewöhnlich. Die Menschen benutzen keine Beutel, sondern Rucksäcke und Reisetaschen.

Gegen eine kleine Gebühr kann ich dir meine Ausrüstung vom letzten Mal leihen. Oder falls du länger wegbleiben möchtest, kann ich sie dir auch verkaufen. Vermutlich passe ich sowieso nicht mehr in die Hose und das Hemd und ob ich die Tasche nochmal brauchen werde, glaube ich eher nicht."

Nach einer kurzen Feilscherei waren sie sich handelseinig und Ash-Winn verstaute seine eigene Kleidung in dem großen Rucksack, während er sich in die blaue Jeanshose zwängte, die der Fischhändler ihm gegeben hatte. Danach besorgte er sich noch ausreichend Proviant, bevor er sich über die große Handelsstraße auf dem Weg zum Gebirgspass machte.

Über den eisigen und einsamen Gebirgspass kam er nur mit einigen Mühen. Außerdem hatte er noch keine rechte Vorstellung davon, wie er die Wahrsager der Menschen finden sollte. Doch wie der Fischhändler versprochen hatte, fanden in den Dörfern und Städten hinter den Bergen derzeit Märkte statt. Und auf Märkten konnte man allerhand in Erfahrung bringen.

Er würde sich einfach durchfragen und vielleicht konnte er einen Menschen finden, der ihm den Weg zu einem berühmten Hellseher wies. Möglichst zu dieser Frau, die er in der Zeitschrift gesehen hatte. Aber auch eine andere gute Hellseherin würde ausreichen, sofern sie seine ersten Testfragen gut beantworten konnte.

Während des Abstiegs über den unwegsamen Trampelpfad auf der anderen Seite der Berge fiel ihm ein, dass er hier der einzige Nekromant war. Ein erhebendes Gefühl. Hier musste er niemandem etwas beweisen oder sich mit anderen messen. Er konnte Tote zum Leben erwecken und NUR er. Sobald er zurückkehren würde, und sie das Herz des Tscherp hätten, wäre die Situation wieder eine ganz andere.

Denn dann wäre er nur einer von vielen. Und irgendwie konnte man in seinem Land niemandem trauen. Wer würde die Kräfte des Tscherp in sich aufnehmen, wenn sie das Relikt gefunden hatten? Vermutlich der Anführer. Er war dann allmächtig und würde ihn oder auch die anderen nicht mehr brauchen. Höchstens als Befehlsempfänger. Was würde dann mit ihnen geschehen?

Seine Laune sank extrem bei den unbefriedigenden Gedanken an die Zukunft. Aber noch hatte er nicht einmal einen Wahrsager gefunden und noch war er nicht zurück und noch hatten sie auch das Herz des Tscherp nicht in Händen.

Ob die Menschen auch mit derartigen Problemen zu kämpfen hatten? Unehrlichkeit, Größenwahn, Machtgier und anderen negativen Emotionen? Er würde es wohl demnächst herausfinden.

An einem besonders schönen Aussichtspunkt machte er eine letzte Rast und ließ den Blick über diese neue Welt schweifen, die er noch nie zuvor gesehen hatte. Die Luft war frisch und er konnte sehr weit sehen. Nahe am Berg, auf den grünen Hängen grasten große Tiere, vermutlich Kühe oder Pferde, einige konnte er auf diese Entfernung nicht sicher zuordnen, da er zu weit weg war.

Dann kamen vereinzelten Hütten oder große Schuppen und Gebäude. Wie der Fischhändler ihm beim ersten Gespräch schon berichtet hatte, waren das meist Almhütten oder Hotels mit Wellnessangeboten. Die Menschen machten hier Urlaub, etwas, das es im Land der Sieben Monde nicht gab. Aber er war froh, dass er sich so gut informiert hatte. Er würde sonst sofort auffallen, wenn ihm einfache Worte kein Begriff waren.

Danach kamen erste kleine Ansiedlungen und in der Ferne lagen wohl die großen Städte. Er konnte zwar keine einzelnen Häuser ausmachen, aber er erkannte die große bebaute Fläche und ihre enorme Ausdehnung. Wenn er wirklich bis in die Großstädte wandern musste, hatte er eine besonders lange Strecke vor sich. Es würde ihn zwar interessieren, wie die Menschen dort lebten, aber ein schneller Erfolg wäre ihm doch lieber. Denn er war in einem fremden Land und er fühlte sich nicht besonders sicher. In seinem eigenen Land kannte er sich aus und musste nicht mit schlimmen Überraschungen rechnen.

Je weiter er ins Tal herabstieg, desto nervöser wurde er. Hier begegneten ihm auch die ersten Menschen, die mit Wanderstöcken und Rucksäcken auf den schmalen Wegen unterwegs waren und häufig bewundernde „Ahs" und „Ohs" von sich gaben, wenn sie in die Landschaft blickten.

Sie grüßten ihn freundlich, lächelten ihn an und gingen weiter. Eine Gruppe lud ihn sogar dazu ein, mit ihnen eine „Brotzeit" einzunehmen. Er war sich nicht sicher, was das war, aber er versprach sich erste Auskünfte im kleinen Kreis und so ging er das Wagnis ein.

Das Brot schmeckte ihm nicht so gut wie das in seinem eigenen Land. Es war belegt mit Käse, Wurst und Ei und Tomaten, die er in ähnlicher Form auch im Land der Sieben Monde schon gegessen hatte.

Man bot ihm Wasser, Orangensaft und etwas namens „Cola" an, auch Kaffee hatten die vier Wanderer (zwei junge Ehepaare, wie sich herausstellte) in einer Thermoskanne in ihrem Rucksack.

Dankbar versuchte er von allem, was ihm angeboten wurde und war überrascht von dem Geschmackserlebnis. Er bedankte sich mehrfach und legte sich rasch eine Geschichte zurecht, um seine Herkunft zu erklären. Diese hatte er sich in groben Zügen zwar schon ausgedacht, aber überlegte, ob er sie irgendwie noch verfeinern sollte. Denn seine neuen Freunde erkundigten sich nach vielen Dingen (Wo arbeitest du? Bist du verheiratet? Hast Du Kinder? Was denkst du über Donald Trump?) auf die er keine richtige Antwort wusste.

Schließlich erklärte er ihnen: *„Ich habe leider keine gewöhnliche Schule besucht, sondern mich früh auf Wanderschaft gegeben und seit Jahren in den Bergen gelebt. Ich wollte mich auf einen spirituellen Weg* (das Wort hatte er in einer der Zeitschriften in einem Artikel über „Aussteiger" gefunden) *begeben.*

Hinter dem Gebirge hier – er deutete hinter sich – *gibt es kleine Dörfer, in denen alles ganz ländlich ist. Es sind brave Bauern, die keine Technik und kein Auto besitzen. Sie haben weder ein Fernsehgerät noch ein Radio und daher bin ich irgendwie völlig fremd in dieser Welt und muss mich an vieles erst gewöhnen. Frau und Kinder oder einen Job habe ich nicht und ich weiß nicht einmal, wer Donald Trump ist.*

Ich habe mich entschieden, auf diese Seite der Berge zu kommen und falls möglich eine berühmte Wahrsagerin oder einen Hellseher zu finden, der mir etwas über meine Zukunft verraten und mir den richtigen Weg weisen kann. Ihr kennt nicht zufällig jemanden, den ihr mir empfehlen könnt?"

„Oh, du bist ein Aussteiger? Auf einem spirituellen Pfad? Das finde ich ja totaaaal spannend!", begeisterte sich die zierliche schwarzhaarige Frau, die ein buntes Kopftuch (eine Bandana, aber den Ausdruck kannte er nicht) auf dem Kopf und seltsame Stammeszeichen oder Ritualbilder (Tätowierungen) am Handgelenk trug.

„Oh, dann wirst du aber Probleme haben, hier einen geeigneten Job zu finden", sagte ihr Ehemann, ein etwas stabil gebauter, ebenfalls mit Stammeszeichen am Hals dekorierter sympathischer Kerl, ganz pragmatisch.

„Ohne Ausbildung, ohne Referenzen, da kannst du sicher nur Gelegenheitsjobs bekommen. Wenn du dich allerdings in der Landwirtschaft auskennst, könntest du hier im Dorf sicherlich in den Hotels oder auf den Almhütten helfen. Die haben hier sogar Alpakas und Wasserbüffel – vielleicht nicht gerade deine Kragenweite, aber Tiere hüten oder füttern ist ja immer irgendwie dasselbe, oder?"

„Ähm, ja", murmelte der Nekromant verlegen. Er hatte keine Ahnung, was Alpakas oder Wasserbüffel waren. Auf was hatte er sich da nur eingelassen?

„Vielen Dank, das ist eine gute Idee", erklärte er, ohne seine Wissensdefizite preiszugeben. „Ich muss mich wohl ohnehin erst einmal hier um einen Job bemühen, denn ohne Geld habe ich keine Chance, eine Wahrsagerin zu bezahlen – sofern ich eine finden kann."

„Nun, eine Wahrsagerin findest du hier an jeder Ecke, du kannst auch einfach bei einer Hotline anrufen. Aber ich nehme an, dass du kein Handy besitzt, oder? Da drüben gibt es sicher auch kein Telefonnetz?"

Dem Nekromanten brach langsam der Schweiß aus. Er hatte keine Ahnung, wovon die Schwarzhaarige da sprach. Vermutlich ging es um eine Fernkommunikation, aber das war nur im Zusammenhang geraten.

„Nein, leider nicht. Ich bin völlig technikfrei und ahnungslos. Wie ein Neugeborenes", erklärte er verlegen lächelnd.

„Na, das ist schlecht", erklärte der blonde junge Mann mit dem längeren Haar, der zu der schüchternen Rothaarigen mit den Sommersprossen gehörte, die bisher noch nicht viel zur Unterhaltung beigetragen hatte. Er kramte in seinem Rucksack und förderte ein Smartphone zutage.

„Ohne diese Dinger bist du hier aufgeschmissen, Kollege", sagte er und tippte wie wild auf dem Smartphone herum, um ihm dann das Gerät unter die Nase zu halten.

„Siehst du, hier sind sogar Stellenanzeigen des Hotels dort vorne drin. Die haben eine angeschlossene Käserei und brauchen Stallknechte für die Kühe. Vielleicht wäre das etwas für dich? Viel Geld wird es nicht geben, aber du kannst immerhin gut dort wohnen. Andere würden dich um die Landschaft beneiden. Nur im Winter ist es etwas ungemütlich, wenn der Schnee liegt."

Als Joachim, der Mann mit den blonden Haaren, das fassungslose Gesicht seines Brotzeit-Gastes sah, lachte er.

„Alter, ich habe total vergessen, dass du so ein Ding noch nie gesehen hast. Schau mal, ich erkläre dir ein paar Sachen ..."

Er rückte näher an Ash-Winn heran und zeigte ihm, wie einem kleinen Kind, was das Gerät alles konnte. Ash-Winn war völlig sprachlos. Das kleine Ding namens Smartphone musste reinste Magie sein! Es konnte auf Fragen antworten, fand alle wichtigen Informationen und Neuigkeiten von der ganzen Welt. Und es gab Listen mit Namen, Wohnorten und Telefonnummern von ganz vielen Wahrsagern.

An das Gerät, genau wie an die Ausdrucksweise dieser Leute, musste er sich wohl noch gewöhnen. Aber so ein Smartphone wollte er unbedingt auch haben! Traurig fiel ihm jedoch gleich wieder ein, dass ihm das auf der anderen Seite der Berge rein gar nichts nützen würde.

„Ja, so ein Smartphone ist eine feine Sache", bestätigte der Schwarzhaarige (Manfred) nickend. „Ohne Job wirst du allerdings keinen Vertrag bekommen und irgendwie musst du ja auch die Gebühren bezahlen. Ich finde deinen Lebensstil total interessant, aber ich glaube, du wirst dich ganz schön anstrengen müssen, um hier Fuß zu fassen."

„Nun, ich will hier nicht für immer bleiben, ich wollte mir eigentlich nur das Land anschauen und einen Hellseher befragen ..."

„Ich kenne eine gute Schamanin, die auch Reisen in die Anderswelt unternimmt und Menschen heilen kann. Sie hat hier zwei Dörfer weiter Seminarräume, in denen sie mehrmals im Jahr Kurse anbietet. Aber sie stammt aus Frankfurt und diese Strecke wäre ganz schön weit für dich.

Ich kann mal versuchen, sie anzurufen, vielleicht kannst du auch telefonisch etwas erfahren ..."

Die Rothaarige tippte auf ihrem Smartphone herum und hielt es sich dann ans Ohr. Eine Stimme begann aus dem Gerät heraus zu sprechen, doch Ash-Winn konnte nicht verstehen, was sie sagte.

„Da war leider nur der Anrufbeantworter dran. Sie ist tatsächlich gerade hier in den Seminarräumen und hat auch einen Stand auf einem Mittelaltermarkt in Goldbach."

Ash-Winn hatte keine Ahnung, was ein Seminarraum oder ein Anrufbeantworter war und auch Mittelaltermarkt war ihm kein Begriff. Er versuchte, die Situation zu überspielen.

„Es tut mir leid, ich habe ganz viele Wörter einfach nicht verstanden", lächelte er.

„Oh, klar", grinste Sindy, die Rothaarige, zurück. *„Ich habe ganz vergessen, dass du fernab der Zivilisation gelebt hast."*

Sie setze sich rasch in den Schneidersitz, was mit den Wanderschuhen etwas unbequem war und sah ihn an.

„Also die Wahrsager und Schamanen findest du wirklich überall. Sie beraten im Fernsehen, im Internet, am Handy oder auch auf Märkten. Der historische Mittelaltermarkt ist ein guter Anlaufpunkt, da es damals viele Wahrsager und Handleser gegeben hat, die in kleinen Zelten ihren Kunden aus der Hand gelesen oder aus der Kristallkugel die Zukunft vorhergesagt haben.

Und viele geben auch Kurse. Manche zeigen darin, wie du Kontakt zu deinem Schutzengel findest oder wie du in die Anderswelt reisen kannst oder sogar mit Toten sprechen kannst. Das vermitteln sie in den Seminaren, die sie oft in abgeschiedenen Seminarräumen halten. Hier können die Menschen sich besser konzentrieren als in den Großstädten."

Ash-Winn war beeindruckt. Das hörte sich doch sehr interessant an. Es gab also auch bei den Menschen magische Wesen. Nur bezeichneten sie sich offenbar nicht als Magier.

„Du hast vergessen, zu erwähnen, dass es darunter auch viele Scharlatane gibt!", mischte sich die Schwarzhaarige (Lydia) ein.

„Richtig", nickte Sindy. „Viele haben bemerkt, dass man damit gutes Geld verdienen kann und versuchen daher, mit Tricks den Leuten das Geld aus der Tasche zu ziehen. Du kannst also nicht jedem Wahrsager trauen."

„Aber deine Schamanin ist vertrauenswürdig?", fragte Ash-Winn vorsichtig.

„Ja, sie hat mir sehr viele Dinge vorhergesagt, die auch eingetroffen sind. Nur auf einen plötzlichen Geldgewinn warte ich bisher vergeblich. Dabei spiele ich regelmäßig Lotto."

Ein Blick in Ash-Winns verständnisloses Gesicht zeigte Sindy sofort, dass er auch keine Ahnung hatte, was Lotto war.

„*Alter, du wirst es echt schwer haben hier*", sagte Manfred mitfühlend und schlug ihm freundschaftlich auf die Schulter.

„*Ja, das befürchte ich auch. Ohne euch werde ich völlig aufgeschmissen sein.*"

Ash-Winn sah aus wie ein Häufchen Elend. Seine Idee schien so gut gewesen zu sein, aber nun fragte er sich ernsthaft, was er sich dabei gedacht hatte.

Die beiden Ehepaare wechselten rasch einen Blick untereinander.

„*Also du hast Glück im Unglück*", erklärte Lydia dann. „*Wir wollen nämlich morgen auf den Mittelaltermarkt und könnten dich dahin mitnehmen. Allerdings ist das auch nur ein kleiner Teil deines Problems. Denn du brauchst trotzdem einen Job und eine Unterkunft. Und das alles erst mal ohne Geld. Denn einen Vorschuss werden sie dir vermutlich auch nicht geben.*"

Nachdenklich knabberte Lydia an ihrer Unterlippe.

„*Dann sollte ich mich auf den Weg zu diesem Hotel machen und dort für eine Arbeit vorsprechen*", erklärte Ash-Winn.

„*Vielleicht kann ich sie von der besonderen Schwere meiner Situation überzeugen und sie gewähren mir einen Vorschuss?*"

„*Alter*", lachte Manfred. „*Deine Ausdrucksweise ist echt schräg. Spricht man so in den Bauerndörfern hinter den Bergen? Das klingt irgendwie mittelalterlich.*"

Ash-Winn wusste nicht, was er darauf antworten sollte. Die Sprache hatte sich im Land der Sieben Monde nicht wirklich spektakulär weiterentwickelt. Gut möglich, dass er genauso sprach, wie die Menschen es im Mittelalter hier getan hatten.

„Und ihnen wird deine Situation auch völlig egal sein, ohne Kohle geht da gar nichts."

„Kohle? Ihr bezahlt mit Kohle?"

Jetzt lachten alle.

„Nein, „Kohle" ist nur ein umgangssprachliches Wort für „Geld". Wir zahlen mit Münzen und Gelscheinen. Wie lange warst du denn auf der anderen Seite des Berges? Hast du noch nie im Leben Geld gesehen?"

Ash-Winn war erleichtert. Natürlich hatte er das. Auf dem Markt in Po-Karrh konnte man mit Goldstücken bezahlen, manche nahmen auch Edelsteine, da sich diese für viele magische Rituale eigneten oder auch zu Ritualschmuck verarbeitet wurden.

Er hatte einen ganzen Beutel davon bei sich, irgendwo tief im Rucksack. Ob er auch mit einem Edelstein bezahlen konnte? Aber falls nicht, war er sicherlich blamiert. Oder falls doch – würden sie ihn dann überfallen? Immerhin waren sie zu viert und er war alleine. Er wurde nervös.

Aus seiner Manteltasche zog er daher ein Goldstück und einen kleinen Diamanten, den er für kleine Rituale immer schnell zur Hand haben wollte.

„*Mein letzter Lohn und mein einziger Besitz* (hier log er absichtlich) *sind dieses Goldstück und ein kleiner Diamant, der von Kunsthandwerkern zu Schmuck verarbeitet werden kann.*" Das mit den Ritualen und dass man seinen Diamanten für besonders schwierige Wiedererweckungen benötigte, ließ er wohlweislich weg.

Das Goldstück und der Diamant funkelten in seiner offenen, schmutzigen Handfläche in der Sonne und die vier neuen Freunde starrten mit offenen Mündern darauf.

„*Das ist ja der Hammer!*", rief Joachim und griff sich den Diamanten. „*Der sieht lupenrein aus und muss ein kleines Vermögen wert sein! Das Goldstück müsste ein Juwelier schätzen, vielleicht ist es auch alt und deshalb wertvoll. Vielleicht könntest du beides verkaufen, dann hättest du erst einmal viel Geld.*"

„*Genug, um die Schamanin zu bezahlen?*", fragte Ash-Winn.

„*Alter, das würde reichen, um ein Haus zu bezahlen!*", rief Joachim.

Vorsichtig legte er ihm den Diamanten wieder zurück in die Handfläche und Ash-Winn schloss sie schnell wieder und steckte den Stein und das Geld zurück in die Manteltasche. Zum Glück hatte er nicht seinen Beutel herausgeholt. Wenn Menschen so verrückt nach diesen Steinen waren und sie so hoch schätzten, wäre er ein reicher Mann. Er freute sich.

„*Wo kann ich den Diamanten und das Goldstück verkaufen?*", fragte Ash-Winn.

„Nun, hier in der ländlichen Gegend ist das eher schwierig. Meist brauchst du dafür spezielle Geschäfte, die auf den Ankauf von antiken Münzen oder altem Schmuck spezialisiert sind. Allerdings gibt es hier im Dorf einen Juwelier, der vielleicht Interesse haben könnte. Er verdient sein Geld hauptsächlich im Winter, wenn die reichen Millionäre zum Skifahren herkommen und ihre Gattinnen sich dort teuren Schmuck kaufen. Ein Versuch wäre es wert", überlegte Joachim.

„Leute, wisst ihr was, lasst uns ihn doch einfach begleiten. Wir haben sowieso schon zu viel Zeit verloren, um noch die Almhütte zu erreichen. Dann sparen wir uns den Ausflug einfach für übermorgen. Wir begleiten unseren Ash-Winn zum Juwelier, damit sie den Armen nicht übers Ohr hauen und quartieren ihn dann im Hotel „Almglück" ein. Und morgen nehmen wir ihn mit zum Mittelaltermarkt und liefern ihn bei der Wahrsagerin ab. Dann haben wir doch sicher Karma-Punkte gesammelt, oder?", schlug Sindy vor.

„Ja, klar, warum nicht. Die Hütte läuft uns nicht weg, wir sind ja noch ein paar Tage hier. Und wenn Ash-Winn dann wieder zurück geht in das Land hinter den Bergen, kann er uns ja ein Stück weit beim Aufstieg begleiten."

Ash-Winn nickte. Seine Mission schien nun doch recht schnell voranzuschreiten. Er konnte es noch gar nicht richtig fassen. Ein wenig traurig war er allerdings schon bei dem Gedanken, dass er womöglich in wenigen Tagen bereits wieder zurück war, ohne das Land hier genauer erkundet zu haben.

Er half den anderen beim Zusammenpacken der Reste der „Brotzeit" und ging mit ihnen ins Tal hinunter zu dem überraschten Juwelier, der sicherlich normalerweise mit anderer, vornehmer Kundschaft zu tun hatte. Er ließ es sich jedoch nicht anmerken. Nur die für einen Moment hochgezogene Augenbraue zeigte sein Missfallen an. Das änderte sich schlagartig, als Ash-Winn das Goldstück und den Diamanten auf den Tisch legte.

„Junger Mann, wo haben sie denn dieses Prachtstück her?" Der Juwelier überlegte, ob es wohl aus einem Raub stammen konnte, doch er hatte diesbezüglich nichts in den Nachrichten gesehen.

„Ich war lange Jahre auf Wanderschaft, auf spiritueller Suche sozusagen, und habe in den Dörfern hinter dem Berg auf den Märkten und bei den Bauern ausgeholfen. Als ich jetzt zurückgekommen bin, habe ich diese beiden Gegenstände als Lohn erhalten. Dort drüben sind die Steine nichts wirklich Besonderes, da sie lange Zeit in Massen im Bergwerk abgebaut wurden. Sie werden auch nicht als Zahlungsmittel verwendet, sondern nur für die Schmuckherstellung eingesetzt. Und mein Arbeitgeber dachte sich, ich könnte so einen Stein sicher gut gebrauchen, wenn ich eine Frau ehelichen würde ..."

„Ich verstehe", nickte der Juwelier. Früher hatte es hier tatsächlich Diamantenminen gegeben und ob die Geschichte des seltsamen Tagelöhners stimmte, konnte er nicht beurteilen. Vielleicht hatte er diesen Stein tatsächlich in einem der alten Schächte gefunden und dort drüben schleifen lassen? Denn Rohdiamanten sahen wesentlich unspektakulärer aus als dieses Prachtstück.

Dem Juwelier war wohl bewusst, dass er daraus einen schönen Anhänger gestalten könnte, den ihm die Reichen und Schönen in ein paar Monaten für einen enormen Preis aus den Händen reißen würden. Doch er war sich sicher, dass das diesem unbedarften jungen Mann nicht klar sein dürfte.

„*Sind Sie an einer Schätzung interessiert oder an einem Verkauf?*", erkundigte er sich vorsichtig.

„*Nun, ich will eine Weile hierbleiben und habe keine örtliche Währung, daher bin ich gezwungen, mich von dem Stein zu trennen. Könnten Sie daran Gefallen finden?*"

Und ob ich das könnte, dachte der Juwelier. Doch er bemühte sich, einen skeptischen Gesichtsausdruck zu bewahren.

„*Nun ja, für gewöhnlich kaufe ich keine Diamanten aus unbekannter Quelle und ohne Herkunftsnachweis. Aber ich sehe, dass Sie sich in einer besonderen Situation befinden. Natürlich habe ich auch das Risiko, den Stein hinterher wieder zu verkaufen ... Aber ich könnte ihnen, sagen wir, 15.000 Euro dafür anbieten, wenn der Preis Ihnen entgegenkäme?*"

Der Juwelier war sich sicher dass er damit ein Diadem erstellen konnte, das locker das Dreifache einbringen würde. Gespannt wartete er die Reaktion seines Kunden ab.

Ash-Winn sah sich hilfesuchend nach Manfred und Joachim um. Doch es war Lydia, die ihm zur Seite sprang.

„*Nun, mein Cousin hier* (sie zeigte auf Ash-Winn, der sie überrascht anstarrte) *ist leider nicht so gut bei Ver-*

handlungen. Aber da mein Schwiegervater mit Edelsteinen handelt (tat er nicht, er war Tätowierer wie ihr Mann), *bin ich der Ansicht, dass dieses schöne Stück ein wenig mehr einbringen müsste. Natürlich bin ich kein Profi wie Sie* (sie lächelte den Juwelier zuckersüß an) ..."

Der Juwelier lächelte etwas angespannt zurück.

„Nun ja, für gewöhnlich kaufe ich ja keine Steine von privat, aber vielleicht könnte ich wirklich noch ein klein wenig höher gehen. Aber mehr als 20.000 Euro kann ich beim besten Willen nicht bieten, dann kommen wir nicht ins Geschäft."

Sylvia wollte sich gerade wieder einmischen, doch dieses Mal war Ash-Winn schneller. Offenbar versuchte der Juwelier, ihm zu wenig zu bezahlen. Doch die Summe hörte sich ausreichend an. Vor allem, da er noch mehr Seine besaß, die er zu Geld machen konnte. Und sie würde ausreichen, um eine Hellseherin zu konsultieren. Er hatte auf dem „Smartphone" die Liste mit den Preisen gesehen, als seine neuen Freunde ihm dies vorhin vorgeführt hatten.

„Ich danke Ihnen für Ihr freundliches Angebot, das ich sehr gerne annehme. Bitte nehmen Sie den Stein und geben Sie mir die 20.000 Euro."

Erleichtert nickte der Juwelier und trug den Stein sofort nach hinten in seine Schleiferei, bevor es sich der seltsame Kunde anders überlegen konnte.

Dann holte er die gewünschte Summe aus seinem Privattresor und zählte sie im Ladengeschäft sauber und langsam vor Ash-Winn ab.

Ash-Winn verneigte sich und stopfte die Scheine in seinen Rucksack – unter den entsetzten Blicken seiner Freunde und des Juweliers. Aber er konnte ja nicht seinen Lederbeutel voller Diamanten herauskramen. Nur hatte er offenbar etwas falsch gemacht.

„*Alter, hast du keinen Geldbeutel dabei?*", fragte Manfred.

„*Er hat ja sicher bisher nie einen gebraucht*", unterstützte ihn Sindy.

„*Ja, da hast du auch wieder recht.*"

„*Wenn ich Ihnen vielleicht aushelfen dürfte?*", fragte der Juwelier peinlich berührt und reichte seinem Kunden einen großen rechteckigen Lederbeutel mit Reißverschluss, in dem er normalerweise seine Tageseinnahmen zur Bank brachte oder auch Schmuckschatullen transportieren konnte.

Dankbar nahm Ash-Winn den royalblauen Beutel entgegen und räumte das Geld aus dem Rucksack in den überdimensionalen Beutel und steckte den prall gefüllten Lederbeutel anschließend wieder dorthin zurück.

Als sie den Juwelier verlassen hatten, beglückwünschten sie ihn zu seinem guten Geschäft und überschütteten ihn mit Tipps, um sein Geld und sich selbst zu schützen.

„*Am besten begleiten wir ihn noch zum Hotel „Almglück" und mieten ihm ein Zimmer. Dort kann er sich dann auch gleich für den ausgeschriebenen Job bewerben. Anschließend müssen wir allerdings los, wir haben doch die Alpaka-Wanderung gebucht und später noch einen Tisch in der Pizzeria reserviert.*"

„Du hast recht, Lydia, wir sollten deinen „Cousin" noch ein wenig unterstützen, bevor wir uns um unseren eigenen Kram kümmern. Aber du hast etwas Wichtiges vergessen. Er braucht auf jeden Fall ein Handy, am besten Prepaid, und eine kleinere Geldbörse. Wenn er mit dem dicken Beutel ankommt, wenn er was bezahlen muss, dann wird er doch sofort überfallen und ausgeraubt. Wartet kurz ..."

Joachim verschwand in dem Geschäft neben dem Juwelier, das Handys verkaufte. Kurz darauf kam er mit einem komfortablen Smartphone zurück. Dann zog er die Gruppe quer über Straße in einen Souvenirshop, in dem er ein standesgemäßes Portemonnaie für seinen neuen Freund erwarb.

„So, nun gehen wir zum Hotel, das liegt einen Block weiter. Dort bezahle ich zunächst dein Zimmer für zwei Tage und du gibst mir anschließend das Geld aus deinem Beutel zurück. Ist das in Ordnung?"

Ash-Winn nickte. Er konnte nicht glauben, dass diese vier Menschen ihn so unterstützten. Vielleicht planten sie eine Falle? Man konnte nie wissen.

Doch im Hotel gab es keine Probleme. Sie gaben Ash-Winn wieder als Wanderarbeiter und Cousin von Lydia aus, für den sie das Hotel für drei Tage bezahlten und auch gleich nach dem Job fragten. Die Stelle war noch zu haben und er könnte sich gerne nachmittags beim zuständigen Mitarbeiter vorstellen. Das passte ganz gut, denn die Freunde hatten ja bereits ein eigenes Programm und mussten Ash-Winn sich selbst überlassen.

Dennoch begleiteten sie ihn noch auf sein Zimmer, halfen ihm, das Smartphone einzurichten und erklärten ihm auch wie er es zu laden hatte. Außerdem wickelten sie die Rückzahlung für den Geldbeutel, das Smartphone und das Hotel ab.

Ash-Winn zeigte seine Dankbarkeit, indem er jedem der Vier noch einhundert Euro in die Hand drückte. Er hatte noch kein Gefühl für den Wert dieser Währung, doch gemessen an der Freude der Gruppe war das Trinkgeld akzeptabel.

Mittags war er auf sich allein gestellt, doch er fühlte sich sicher, da er die Nummer seiner neuen Freunde im Smartphone gespeichert hatte und dort jederzeit anrufen konnte.

Der Bauer, bei dem er sich zur Arbeit melden sollte, war einigermaßen zufrieden mit Ash-Winns Leistung. Er hatte ein Händchen für die Tiere, konnte beim Ausmisten zupacken und redete nicht viel bei der Arbeit. An einigen Dingen musste man wohl noch feilen, denn das Melken beherrschte er leider überhaupt nicht. Manuell klappte es zwar, doch die Tiere mussten sorgfältig an Melkmaschinen angeschlossen werden, die Ash-Winn noch nie gesehen hatte.

Da heute Freitag war – was für Ash-Winn keinerlei Bedeutung besaß, aber hier wohl sehr wichtig war – wurde vereinbart, dass er am Montagmorgen um 4 Uhr seine Arbeit antreten sollte. Bis dahin hatte er Zeit, sich hier einzuleben. Ash-Winn kam diese Regelung sehr gelegen. Denn so konnte er sich noch mit einigen Dingen vertraut machen und hatte morgen problemlos Zeit, den Mittelaltermarkt zu besuchen, um die Wahrsagerin zu finden.

Er war noch nicht sicher, ob er wirklich länger hierbleiben würde. Sollte er die gewünschte Information erhalten (also falls sich die Schamanin als zuverlässig erwies, was ja noch nicht klar war), könnte er umgehend zurückreisen, ohne seine Stelle überhaupt anzutreten. Falls nicht, musste er eine andere Wahrsagerin finden und war auf die Stelle und das Hotelzimmer angewiesen. In dem Fall musste er allerdings in einfachere Räume für Bedienstete umziehen.

Aber er fühlte sich gut. Er war auf alle Eventualitäten vorbereitet und hatte ein gutes Gefühl dabei. Und jetzt nahm er sich erst einmal die Zeit, sich näher mit dem Smartphone zu beschäftigen. Vielleicht konnte er sogar herausfinden, wer dieser Donald Trump war, nach dem seine Freunde ihn zu Beginn ihrer Bekanntschaft gefragt hatten ...

*

Am nächsten Morgen fühlte er sich gut gewappnet. Er hatte fast die ganze Nacht damit zugebracht, sich über diverse Themen zu informieren. Er hatte auch über die Zeit des Mittelalters nachgelesen und wie die Menschen diese Zeit verbracht hatten. In der Tat ähnelte die Beschreibung den Zuständen, wie sie in den Dörfern im Land der Sieben Monde waren.

Aber es gab keine Ritter, keine Könige und auch keine Schlösser und Burgen. Zudem fragte er sich, was an einer Zeit, die voll von Hungersnöten, Pest und Kriegen war, so begehrenswert war, dass sich die Menschen sogar mit Reenactment oder Mittelaltermärkten (zwei neue Wörter, die er gelernt hatte) gerne in diese Zeit hineinversetzten.

Zumindest war er ungefähr vorbereitet auf das, was er zu erwarten hatte. Und er konnte auch anhand verschiedener Anhaltspunkte den Wert der hiesigen Währung besser einschätzen. Das war besonders hilfreich, falls er etwas kaufen musste – und das würde er auf jeden Fall müssen.

Besonders ausführlich hatte er auch über Wahrsager und Scharlatane nachgelesen. Aber hier würde er anhand der Testfragen schnell sehen, welche Person fähig war und welche nicht. Allein die Beschreibung seiner Herkunft und seiner Vergangenheit sollte eigentlich einen echten Wahrsager ziemlich schockieren, oder nicht?

Das opulente Frühstück im Hotel begeisterte ihn regelrecht. Zwar schmeckte ihm nicht alles und die Zubereitung von Müsli musste er erst bei anderen Gästen beobachten, aber insgesamt war die Auswahl sehr viel besser als das, was er im Land der Sieben Monde zu essen hatte.

Pünktlich, wie besprochen, wartete er startbereit vor dem Hotel „Almglück" auf seine Freunde, die mit einem Auto vorfuhren. Er hatte sich über Autos informiert, aber es war ein seltsames Gefühl, in einem Auto zu sitzen. Trotzdem genoss er die Fahrt in die nächste Kleinstadt oder auch Dorf, wo bereits großer Trubel herrschte. Es war beinahe so ein dichtes Gedränge wie auf dem Sklavenmarkt von Po-Karrh. Nur roch es etwas besser.

Sie parkten auf einem ausgewiesenen Parkplatz und gingen die restliche Strecke zum Mittelaltermarkt zu

Fuß. Ash-Winn fühlte sich wohl in dem bunten Treiben, da es tatsächlich fast wie Zuhause war. Dennoch hielt er stets die Augen offen, um nur ja nicht den Stand oder das Zelt der empfohlenen Wahrsagerin zu verpassen. Die Sorge war allerdings völlig unbegründet, denn das kleine rote Zelt war nicht zu übersehen.

Sie kamen gerade in Sichtweite des Zeltes als ein Kunde herauskam und sich verabschiedete. Lächelnd blickte die freundliche blonde Frau ihm hinterher und drehte sich dann um. Dabei trafen sich ihre Blicke und sie erstarrte. Das Lächeln gefror ihr im Gesicht und erlosch schließlich. *Ein gutes Zeichen,* dachte Ash-Winn. *Es scheint, sie hat meine wahre Natur erkannt. Sie ist wohl keine Betrügerin.*

„Susi, hallo Susi!", rief Sindy winkend und drängte sich durch die Menge schnell auf die Wahrsagerin zu. Ash-Winn und die anderen folgten ihr, so schnell sie konnten.

Die Wahrsagerin blickte prüfend von einem zum anderen, als fragte sie sich, was ihre Freundin Sindy mit einem Nekromanten zu schaffen hatte. Doch sie erwiderte die freundliche Begrüßung und gab auch den anderen jeweils höflich die Hand.

„Susi, wir haben einen total interessanten Freund mitgebracht, der sehr lange in einem Kuhdorf jenseits der Berge als Taglöhner gelebt hat. Jetzt ist er zurück und fühlt sich hier total verloren. Kannst du ihm vielleicht seine wahre Berufung vorhersagen, damit er den richtigen Pfad wiederfindet?", erklärte Sindy langatmig.

"Natürlich kann ich das. Aber ihr müsst leider draußen warten", erklärte sie und ihr Lächeln wirkte etwas bemüht. Dann winkte sie Ash-Winn heran.

"Bitte komm mit in mein Zelt, dann können wir uns ungestört unterhalten", forderte sie ihn auf und ließ die schweren Zeltvorhänge hinter Ash-Winn zufallen.

Zuerst bot sie ihm einen Sitzplatz an einem kleinen Tisch an, auf dem eine große Glaskugel aufgebaut war. Sie glänzte im Schein der schummrigen LED-Beleuchtung.

Ash-Winn nahm auf dem gepolsterten Stuhl gegenüber der Wahrsagerin Platz, die sich nun keine Gefühlsregungen mehr anmerken ließ.

"Wie lauten deine Fragen?", wollte sie dann wissen und schaute Ash-Winn direkt in die Augen.

"Nun, ich würde zunächst gerne wissen, ob du mein bisheriges Leben sehen kannst und die, ähm, Leute, die ich zurückgelassen habe. Dann weißt du nämlich auch, auf welcher Mission ich bin und was ich von dir wissen muss. Es geht weniger um meinen „richtigen Pfad" im Leben als darum, dass ich etwas anderes, sehr wichtiges finden muss", erklärte er.

Susi nickte. Dann streckte sie ihre Hände über den Tisch aus und bat ihn, ihr seine Hände ebenfalls zu reichen, da sie dann eine bessere Verbindung zu ihm bekommen würde. Er folgte der Aufforderung und streckte seine mittlerweile reinlich gewaschenen und mit der hoteleigenen Handcreme eingecremten und duftenden Hände über den Tisch. Sie griff zu und schloss dann die

Augen, um die Bilder ihrer Visionen auf sich einströmen zu lassen.

Ash-Winn wartete geduldig ab, bis sie die Augen wieder öffnete. Er fand die Position etwas unbequem, aber wenn es der Sache diente, wollte er sich nicht beschweren.

„Du bist ein Nekromant", stellte Susi fest, als sie die Augen aufschlug und seine Hände los ließ. Er nickte, sagte aber nichts dazu. Nur eine korrekte Antwort genügte ihm noch nicht.

„Dein Boss hat dich hergeschickt, um herauszufinden, wo ein altes und wertvolles Relikt versteckt ist. Es hat etwas mit einem Herz zu tun oder auch einem Stein, hier waren die Informationen etwas verschwommen. Dieser Mann, der dich geschickt hat, sitzt in einem alten Vulkan fest mit drei anderen bösen Männern und studiert alte Bücher auf der Suche nach Zaubersprüchen und Ritualen. Und wenn er die Sprüche beherrscht und das Relikt findet, wird er das gesamte Land zerstören und alle töten, die ihm seine Macht streitig machen könnten."

Ash-Winn riss die Augen auf. Er hatte als Erster die Gruppe verlassen, wo waren die anderen? Warum konnte sie nur Shri-Ging und drei andere sehen? Das mussten wohl Orrh, Kirrh und To-Gan sein. Aha, Shri-Ging wollte also die alleine Macht besitzen und alle anderen töten. Wundervoll.

Aktuell verspürte Ash-Winn keine Lust dazu, das Herz des Tscherp zu suchen, nur um anschließend getötet zu werden. Und selbst die Macht an sich zu reißen, war irgendwie auch nichts für ihn. Macht war so anstrengend.

Er würde seine Widersacher unter Kontrolle halten und ständig auf der Hut sein müssen, dass ihm jemand das Herz abnehmen könnte. Dazu kam, dass er auch die Guten abwehren musste, die versuchen würden, ihm das Herz abzunehmen, um seine Macht zu brechen. Also nein, das war viel zu anstrengend, wirklich.

„*Und du kannst mir sagen, wo dieses Ding versteckt ist?*", fragte er, um der Wahrsagerin nicht seine eigenen Gedanken offenbaren zu müssen.

„*Natürlich, es ist im Wald unter einem Baum vergraben. Der Wald ist allerdings so gut geschützt, dass du ihn nicht betreten könntest, ohne den Tod zu finden.*"

„*Ich bin beeindruckt von deinen Aussagen, allerdings ist der Hinweis auf einen Baum im Wald nicht wirklich sehr konkret*", lächelte Ash-Winn.

Susi lächelte zurück.

„*Es ist ein großer alter und ausgehöhlter Baum, in den du sogar hineinstehen kannst. Aber um zu dem Relikt zu gelangen, musst du die entsprechenden Zaubersprüche kennen und die kann ich leider nicht sehen. Die kennt nur die junge Hexe, die dieses Ding beschützt. Und sie ist gut, wirklich gut. Allerdings lebt sie nicht mehr sehr lange und ihre Nachfolgerin wird das mächtigste magische Wesen im ganzen Tal sein.*"

Susi lehnte sich zurück.

„*Eigentlich geht es mich nichts an, aber warum willst du unbedingt dieses mächtige Relikt einem so bösen Mann wie deinem Boss bringen und dafür am Ende sterben? Du* hast so ein großes Potenzial, das du nicht einfach vergeuden solltest."

„Welches Potenzial? Kann man auch auf dieser Seite der Berge Geld damit verdienen, Menschen wieder von den Toten auferstehen zu lassen?"

„Tja, eigentlich ja, sogar sehr viel Geld. Aber es ist unheimlich und die Toten haben ihre Ruhe verdient. Ihre Seelen sollten sich in der Anderswelt aufhalten dürfen und sich weiter entwickeln. Und nicht als Zombies auf Erden wandeln."

„Nun, ich bin es nicht anders gewohnt. Viele haben auch noch Fragen an die Toten ..."

„Das ist bei uns genauso. Aber wir müssen die Toten dazu nicht aus den Gräbern holen. Wir befragen ihre Seele im Jenseits. Das nennen wir Transkommunikation oder auch Channeling, kommt ganz darauf an ... Aber, egal, du bist tief im Inneren kein Nekromant. Du hast zwar diese Fähigkeiten, aber ich sehe, dass du eine Beziehung zu Tieren und Pflanzen hast. Du könntest sie pflegen, könntest Gärtner oder Bauer sein. Anstatt sie nach dem Tod wiederzuerwecken, könntest du sie gar nicht erst sterben lassen. Oder bei verdorrten Pflanzen ein wenig nachhelfen, ok", Susi lächelte verlegen.

„Es ist ja nicht alles immer schwarz oder weiß, es ist manchmal auch grau", fügte sie hinzu.

„Du meinst also, ich soll nicht zurückkehren und meinem Boss helfen, das Herz von Tscherp zu finden?"

„Ach, so heißt dieses Ding?", fragte Susi zurück. Sie schloss die Augen und konzentrierte sich.

„Heilige Scheiße, das versteinerte Herz eines der bösesten Lebewesen, die ich je in meiner Vision hatte. Es wird dem ganzen Land dort drüben Zerstörung und Verderben bringen, wenn es in die Hände deiner Nekromantenfreunde fällt. Und du selbst willst auch sterben???"

„Nun, welche Auswahl habe ich denn? Soll ich etwa hierbleiben? Was ist, wenn sie mich suchen?"

Susi lachte.

„Sie werden dich nicht suchen. Sie sind froh, dass sie dich los sind. Und auch die anderen, die sie losgeschickt haben, werden wohl nicht lebend zurückkehren.

Mein Rat ist: Bleib hier, suche dir einen Job, ich spüre, dass es da etwas gibt, etwas mit Kühen? Und du kannst mir helfen bei meinen Seminaren, wenn du magst. Ich verkaufe auch Kräuter und stelle Räuchermischungen her. Du könntest mein Partner sein. Vielleicht finden wir auch einen Weg, dich in die Totenbeschwörung mit einzubeziehen, ohne dass du dafür jemanden aus dem Grab holen musst."

Ash-Winn überlegte. Wenn die Frau recht hatte – und diese Dinge konnte sie nicht wissen, wenn sie nicht wirklich gut war – dann würde es in seiner Heimat bald nur noch den Tod für ihn geben. Und für viele andere. Und Shri-Ging würde sich zum alleinigen Herrscher erklären. Diese Aussichten waren wirklich dunkel und wenig verlockend.

„Ich sehe, dass du noch schwankst. Aber du hast Zeit. Du hast deinem Boss nicht versprochen, dass es schnell gehen würde. Und er wird dich nicht vermissen. Bleibe eine

Weile hier, arbeite, verdiene Geld und finde eine Frau. Du könntest hier sehr glücklich sein."

„Ich weiß nicht, ich hatte noch nie eine Frau, denn niemand will mit einem Nekromanten zusammen sein." Ash-Winn zuckte traurig mit den Schultern.

„Hier weiß niemand, dass du ein Nekromant bist. Und du hast einen guten Kern. Und auch ein gutes Aussehen, falls dir das noch niemand gesagt hat."

Ash-Winn wurde rot.

„Findest du?"

„Oh ja."

Nun wurde Susi rot. Beide mussten lachen.

„Ich denke, ich folge deinem Rat und werde sowohl meine Stelle in der Käserei antreten als auch bei dir mithelfen und das Kräuterhandwerk erlernen."

„Ich unterstütze diese Entscheidung. Hast du ein Handy? Lass uns die Nummern austauschen, damit wir uns nochmal absprechen können."

Ash-Winn war stolz, dass er die Frage positiv beantworten konnte. Natürlich hatte er ein Handy, wer hatte denn heutzutage keines mehr? Schnell zückte er sein Smartphone und gab Susis Nummer ein und sie die seine. Dann überließ er sie seiner Arbeit und kehrte zu seinen Freunden zurück, die vor dem Zelt sehnsüchtig auf ihn gewartet hatten.

„Und?", bestürmte ihn Sindy. *„Was hat sie gesagt?"*

„Nun, sie hat gesehen, dass meine Zukunft auf dieser Seite der Berge liegt. Ich werde anscheinend hier sehr glücklich werden und sogar eine Frau finden."

„Alter, das ist klasse. Lass uns darauf erst mal einen trinken. Dort drüben ist eine alte Schankwirtschaft, in der Met ausgeschenkt wird. Das wird dir gefallen."

Bestens gelaunt feierte die kleine Gruppe die guten Neuigkeiten und die interessante Begegnung und sie versprachen sich gegenseitig, miteinander in Kontakt zu bleiben.

Als Ash-Winn später wieder alleine in seinem Hotelzimmer saß, gingen ihm sehr viele Gedanken und Gefühle durch Kopf und Herz. Zum ersten Mal in seinem Leben hatte er Freunde gefunden. Freunde, die ihm einfach geholfen hatten, ohne Gegenleistung und ohne ihn zu überfallen. Freunde, die keine Ahnung hatten, wer er war und die ihn nicht für sein bisheriges Leben verurteilten.

Na gut, das hätten sie vielleicht, wenn sie gewusst hätten, wer er wirklich war. Aber von nun an würde er keine Menschen mehr aus den Gräbern erwecken, sondern sich um die Kühe und die Kräuter kümmern. Und was das Wichtigste war: er würde nicht sterben.

Wer sich jetzt schon fragt, wie es mit Ash-Winn weitergegangen ist:

Er fügte sich gut in das neue Leben ein und entdeckte viele spannende Dinge, die er nicht mehr aufgeben wollte. Und bereits nach zwei Wochen hatte er überhaupt kein Bedürfnis mehr, in den Wald zurückzukehren, um

Shri-Ging das Versteck des Herzen von Tscherp zu zeigen und anschließend den Tod zu finden.

Stattdessen verliebte er sich in Susi, die ihre Wohnung in Frankfurt aufgab, um mit ihm in dem kleinen Dorf Alpenkräuter zu züchten und Seminare anzubieten. Die Leute kauften gerne diese alten Kräuter, die als ausgestorben gegolten hatten, bis Susi sie aus einer „Nachzucht" wieder anbieten konnte. Dass es sich dabei eher um eine Wiederbelebung uralten Samens handelte, würden die Kunden nie erfahren.

DIE NEKROMANTEN AUF DER WALZ
Pep-Lah, Writt-Ingh, Shal-Wan

Die drei menschgewordenen Nekromanten wanderten lustlos und leicht verunsichert als angebliche reisende Handwerker des Nomadenvolkes Pi-Wahn in Richtung des Waldes und versuchten dort, Hinweise auf den Verbleib des Herzen von Tscherp ausfindig zu machen.

Glücklicherweise trafen sie nicht auf viele andere Menschen aus den umliegenden Dörfern. Und wenn, dann nickten diese ihnen lediglich grüßend zu. Aber niemand stellte Fragen oder wollte wissen, wer sie waren und was sie vorhatten. So konnten sie sich auch nicht in Lügen verstricken und es gelang ihnen, ihre Tarnung aufrecht zu erhalten.

„Wir haben wohl eindeutig die schwerste Aufgabe, oder etwa nicht? Wir können zwar in aller Ruhe den Wald absuchen, ohne dass irgendwelche magischen Abwehrmechanismen uns töten oder einfrieren oder in Insekten ver-

wandeln. Aber wir werden Jahre brauchen, um eine Spur zu finden!"

„Du hast recht, Pep-Lah, aber wir können zumindest versuchen, logisch vorzugehen. Sicherlich ist das Herz irgendwo tief im Wald und nicht am Rand versteckt. Es müsste eine unzugängliche Stelle sein, die von niemandem rein zufällig entdeckt werden kann. Und es wäre eine unauffällige Stelle, aber doch so markant, dass die Hexe sie jederzeit wiederfindet. Also ein Stein oder Baum oder Strauch, der sich von anderen unterscheidet, wäre ein guter Hinweis."

„*Das stimmt*", griff Shal-Wan den Gedankengang von Writt-Ingh auf.

„Und der Platz ist vermutlich nahe genug an ihrer Hütte, damit sie ihn besser kontrollieren kann. Lasst uns den Wald in Planquadrate einteilen, damit wir jedes einzelne davon abgehen und nach solchen Punkten Ausschau halten können."

Zunächst klang der Plan gut und praktikabel, wenn auch etwas langwierig. Sie teilten den Wald anhand einer alten Karte in Planquadrate ein und schauten sich dort genauer um. Auf diese Weise fanden sie mehrere krumm gewachsene Bäume, auffällige Steine und seltsame Spuren im Moos. Doch keines dieser Dinge führte sie zum Herzen von Tscherp. Es war nichts darin oder darunter versteckt oder vergraben und alle Hinweise führten ins Leere.

Die ersten Tage waren sie noch mäßig motiviert und redeten sich gegenseitig Mut zu, während sie um ein winziges Lagerfeuer saßen, und sich mit einem dünnen Süppchen aus Moos und Wurzeln wärmten.

Doch die Laune wurde spürbar schlechter und sie zankten sich immer häufiger, je länger sie erfolglos durch den Wald stapften. Außerdem stellte sich heraus, dass die Karte nicht allzu genau war. Oder der Wald hatte sich seit der Erstellung der Karte verändert. Auf jeden Fall sahen einige Stellen anders aus als eingezeichnet und brachten das gesamte Konzept durcheinander.

Missmutig stapften sie die Planquadrate ab und stocherten mit langen Ästen im Unterholz oder drehten verdächtig wirkende Steine um. Doch alle Bemühungen waren nur von Misserfolgen gekrönt.

„*Die Idee war blanker Unsinn!*", schimpfte Writt-Ingh, als er sich mit seinem Umhang in einem Beerenstrauch verhedderte, als er sich einem verdächtigen schief gewachsenen Baum nähern wollte. Als er die Risse sah, die der Strauch im Umhang verursacht hatte, fluchte er so übel, dass die Worte leider hier nicht wiedergegeben werden können.

„Jeder Baum und jeder Strauch sieht hier auf seine eigene Art und Weise auffällig aus. Immerhin hat der Wald nicht umsonst einen schlechten und magischen Ruf. Wir brauchen Jahre, bis wir das alles abgesucht haben. Und falls das Herz des Tscherp auch noch durch einen perfiden Zauber geschützt oder unsichtbar ist, haben wir überhaupt keine Chance, es jemals zu finden. Sollten wir nicht die Suche einfach abbrechen und uns auf den Weg zum Berg machen, um uns mit den anderen zu treffen? Vielleicht waren

die inzwischen erfolgreicher und wir müssen gar nicht mehr suchen?"

"Auf keinen Fall!", ereiferte sich Shal-Wan. *"Ich werde doch nicht zugeben, dass ich erfolglos war und zu Kreuze kriechen. Außerdem hätten wir es schlimmer erwischen können. Oder wärt ihr lieber zu den Menschen gegangen oder hättet die Armee der Toten rekrutiert? Ich finde, dass wir einen zwar schwierigen, aber vergleichsweise ungefährlichen Auftrag ergattern konnten. Daher bin ich dafür, dass wir uns noch eine Weile Mühe geben. Vielleicht haben wir auch Glück und finden etwas anderes, mit dem wir dann stolz zu unseren Freunden zurückkehren können? Man kann ja nie wissen."*

"Ich finde auch, dass es zwar keinen Spaß macht, aber ich bin dafür, dass wir uns noch ein wenig weiter hier umsehen, bevor wir klein beigeben", erklärte Pep-Lah. Ausgerechnet Pep-Lah, der zu Beginn der Mission selbst noch unzufrieden mit seinem Los war und die Aufgabe als die schwerste von allen eingeschätzt hatte. Aber so konnte man seine Meinung ändern.

Und da Writt-Ingh somit überstimmt war, musste er mürrisch nachgeben und sich der Mehrheit fügen. Doch für den Rest des Tages hüllte er sich in Schweigen und seinen beschädigten Umhang. Dafür sprach sein finsteres Gesicht Bände. Und die Stimmung wurde auch in den folgenden Tagen nicht besser.

"Seht mal, dort", rief Pep-Lah nachdem sie bereits wochenlang gesucht hatten. Dabei waren sie genaugenommen an dieser Stelle zu weit vom Zentrum des Waldes entfernt, was die Chancen darauf minderte, dass sich hier

das gesuchte Versteck befinden konnte. Seine beiden Freunde folgten dem ausgestreckten Finger und sie sahen einen riesengroßen auffälligen Stein. *„Den sollten wir uns näher anschauen! Vielleicht gibt es auf der Rückseite einen Hinweis?"*

Sie näherten sich gemeinsam und voller Spannung dem Stein. Konnte es wirklich so einfach sein? Von Weitem hatte man nicht sehen können, ob sich rund um den Stein eine Versteckmöglichkeit anbot, doch als sie den Stein umrundeten, konnten sie erkennen, dass der Stein am Boden einen großes Loch besaß, das wohl in eine darunter oder darin liegende Höhle führte! Ein ideales Versteck!

Allerdings war dies ungünstigerweise die Höhle des roten Teufelswurmes Kra-Wann, der sich nicht schlecht wunderte, als plötzlich drei Menschen in seine Höhle eindrangen, wo er damit beschäftigt war, das Schlüpfen seiner 12 Jungen zu überwachen. Obwohl – diese Wesen rochen gar nicht nach Mensch, überlegte Kra-Wann ... Seltsam.

Vielleicht hatten sie ihn nicht absichtlich gestört, aber er hinterfragte derartige Aktionen ungern. Auch, um seine Jungen nicht länger als nötig beim Schlüpfen zu stören. Also räusperte er sich kurz und heftig und stieß dann eine mittelgroße Schwefel-Feuer-Rauchwolke aus, in der die drei Eindringlinge rückstandslos verbrannten, noch bevor sie erschrocken schreien konnten. Ein sehr unrühmliches und vorzeitiges Ende der Mission.

Kra-Wann fand das Auftauchen der merkwürdigen Wanderer hier im Wald so bizarr, dass er beschloss, Keshira zu warnen. Menschen, die wie böse Zauberer rochen und keine Ahnung davon hatten, dass man nicht ungefragt die Höhle eines Teufelswurmes betrat – das war schon mehr als ungewöhnlich.

Entweder waren sie nicht mit viel Intelligenz gesegnet oder sie führten etwas Böses im Schilde. Aber sollten sie dann nicht durch den Zauber abgeschreckt sein – oder getötet? Diese Angelegenheit musst er unbedingt mit Keshira besprechen, das duldete keinen Aufschub.

Sobald seine Gattin mit Kaninchen im Maul rechtzeitig zum Abendessen auftauchte, machte er sich schnurstracks auf den Weg, um seine Freundin von dem Vorfall in Kenntnis zu setzen.

„Was hast du denn hier angestellt?", fragte seine Gefährtin, als sie die verbrannte Erde und die dunklen Spuren bemerkte, gepaart mit dem typischen Schwefelgeruch.

„Ach, nichts weiter, ich musste nur ein paar Eindringlinge von unseren Jungen fernhalten. Tut mir leid, meine Liebe, ich muss umgehend zu Keshira und sie warnen, hier ist etwas Seltsames im Gange. Bitte lass mir einfach ein Kaninchen übrig für später!"

Noch bevor sie antworten konnte, schlängelte sich Kra-Wann eilig in Richtung Keshira davon.

Er kam völlig außer Atem dort an und erzählte Keshira keuchend und mit wenigen Worten von der seltsamen Begegnung.

Keshira war bestürzt. Es war klar, dass es sich bei den Eindringlingen nicht um einfache Menschen handeln konnte. Menschen waren nämlich nicht mutig genug, um in den verwunschenen Wald zu gehen. Und hätte es sich um Bösewichte gehandelt, hätten die magischen Schutzmechanismen angeschlagen. Wer also waren diese Wesen?

Sicherheitshalber informierte sie ihrerseits umgehend die Altehrwürdige Mutter, während Kra-Wann sich schleunigst wieder auf den Weg nach Hause machte. Wer konnte schon wissen, ob noch weitere Eindringlinge ihn und seine Familie bedrohen wollten? Und ob ihm seine Gattin ein Kaninchen übriglassen würde?

Die Altehrwürdige Mutter runzelte ebenfalls die Stirn, als sie Keshiras Bericht lauschte. Das war wirklich seltsam. Doch sie benötigte erst mehr Fakten, bevor sie in dieser Angelegenheit einen Rat erteilen oder selbst tätig werden konnte.

Rasch bereitete sie sich auf einen magischen Trance-Zustand vor und erkannte in einer Vision, dass die Bösen begannen, sich für den Krieg zu rüsten. Einen großen, schlimmen Krieg mit perfiden Mitteln! Noch war es zwar nicht soweit, doch sie planten etwas ... Und die erkannte auch die Rädelsführer – die Nekromanten!

Aber es würde noch eine Weile dauern, bis zur großen Schlacht. Viele Maßnahmen konnte sie allerdings nicht treffen – außer, die Dörfer regelmäßig durch Zauber zu schützen und die magischen Wesen weiter zu trainieren. Einen Gegenangriff konnten sie nicht planen, denn sie waren seit Jahrtausenden lediglich Verteidiger, keine Angreifer.

Die Altehrwürdige Mutter seufzte. Diese pazifistische Einstellung war zwar friedlich, positiv und harmonisch, würde nun aber die magische Bevölkerung auch einen hohen Preis kosten. Einen sehr hohen.

NACHTS AUF DEM DORFFRIEDHOF:
Morp und Fling

„Eigentlich finde ich es gar nicht so schlecht, dass wir auf den Dorffriedhöfen nach Toten stöbern können", erklärte Morp fröhlich.

„Ich verstehe deine gute Laune nicht", antwortete Fling. *„Das ist doch ganz normaler Alltag und überhaupt nicht spannend!"*

„Ja, das Erwecken der Toten nicht, aber wir könnten doch bei dieser Gelegenheit auch mal daran denken, einige Grabbeigaben mitgehen zu lassen. Die könnten wir dann auf dem Markt in Po-Karrh bestimmt gut verkaufen!"

„Daran hab ich noch gar nicht gedacht", überlegte Morp. *„Du könntest recht haben! Lass uns in Phi-Tau oder Noh-Vak beginnen. Die liegen direkt am Einhorn-See und in der Nähe des Alchemisten-Waldes. Dort finden sich häufig wertvolle Grabbeigaben, die sie bei den Alchemisten gegen Fische oder Getreide eingetauscht haben. Manchmal sogar Einhornpulver oder Einhorn-Mähnenhaare, verarbeitet in glücksbringenden Amuletten."*

„*Das ist eine hervorragende Idee!*", freute sich Fling. Wesentlich beschwingter wanderten die beiden Bösewichte in Richtung des Einhorn-Waldes, wo sie sich verstecken konnten, bis die Nacht einbrach.

Erst im Schutze der Dunkelheit schlichen sie sich auf den kleinen Friedhof von Phi-Tau und stahlen zunächst die Schaufeln der Totengräber, die stets am Eingang des Friedhofs lagerten. Dort konnten die Dorfbewohner sich nach Belieben eine Schaufel leihen, wenn sie auf einem Grab eines Angehörigen eine neue Pflanze setzen wollten oder wenn die Erde etwas absackte und sie mithilfe der Schaufel ein wenig auffüllen wollten.

Bewaffnet mit den Schaufeln schlichen Fling und Morp über den Friedhof, um sich das erfolgversprechendste Grab auszuwählen. Für die Erweckung war es am einfachsten, die jüngst verstorbenen Dorfbewohner zu nehmen. Aber die teuersten Grabbeigaben waren bei den Reichsten zu finden – auch wenn die Beerdigung schon länger zurücklag.

„*So lange haben wir noch nie gebraucht, um ein Grab auszuwählen*", flüsterte Fling nach einer Weile genervt. In diesem Dorf war es sehr schwer, die Reichen von den weniger Betuchten zu unterscheiden, denn die Grabsteine sahen sich alle ähnlich. Weder Prunk noch Protz oder goldene Lettern auf den Steinen ließen Rückschlüsse auf die finanzielle Lage des Verstorbenen zu.

„*Hier liegt ein ehemaliger Bürgermeister, der dürfte doch zumindest ein wenig Geld gehabt haben, oder?*", zischte Morp nach einer Weile und winkte Fling zu sich heran.

Was dieser in der Dunkelheit allerdings nicht sehen konnte. Doch er kam aufgrund des Hinweises näher und gemeinsam begannen sie, den vorletzten Bürgermeister des Dorfes auszugraben.

Der Sarg war bereits zersetzt und durch die Holzreste hindurch konnte man Teile des weißen Skelettes erkennen. Im schwachen Mondlicht blitzte etwas. Vielleicht eine Uhr, eine Medaille oder ein goldener Ring?

„Na, wer sagt's denn!", freute sich Morp. *„Ein goldenes Amulett um den Hals des Bürgermeister. Das ist doch ein guter Anfang!"*

Rasch zog er den bleichen Schädel aus dem Grab und befreite somit die Kette und das Amulett von den Überresten des Verstorbenen. Vorsichtig öffnete er den Verschluss, während Fling zwischen den Knochen im Grab stöberte.

„Mist, da sind nur Fotos seiner Frau und Kinder im Amulett. Aber das Amulett selbst hat immerhin einen gewissen Wert."

„Da hab ich wohl etwas Besseres gefunden!", jubelte Fling und hob einen kleinen weißen Gegenstand hoch, den er seinem Mit-Gräber dicht unter die Nase halten musste, damit er ihn erkannte.

„Oh, ein Schreibstift, der mit echtem Einhorn-Horn umhüllt ist. Grandios! Was wir damit wohl anstellen können?"

„Nun, zunächst einmal dürft ihr alles zurücklegen und das Grab wieder zuschaufeln, ihr elenden Leichenfledderer!", ertönte eine wütende Stimme hinter ihnen.

Sie waren so unvorsichtig und laut geworden, dass der Müller und seine Gesellen, deren Mühle nahe am Friedhof lag, etwas gehört hatten und mit Fackeln und Mistgabeln bewaffnet auf den Friedhof gekommen waren, um nach dem Rechten zu sehen.

Die beiden Nekromanten waren zu schwächlich, um zu kämpfen, aber sie waren erprobt darin, die Flucht zu ergreifen, wenn die Dinge brenzlig wurden. Im Bruchteil einer Sekunde ließen sie die Schaufeln fallen und rannten behände mit ihrer Beute über den Friedhof und durch die Weizenfelder bis in den Einhornwald.

Die überraschten und nicht auf eine Verfolgungsjagd eingestellten Müllergesellen konnten die beiden nicht einholen und beschlossen daher, dem ehemaligen Bürgermeister seine verdiente Ruhe und ein wiederhergestelltes Grab zukommen zu lassen. Sie suchten den achtlos beiseite geworfenen Schädel, legten ihn an seinen angestammten Platz und schütteten das Grab sorgfältig wieder zu.

Völlig außer Atem erreichten die beiden Nekromanten kurze Zeit später den Einhorn-Wald.

„Das war knapp", keuchte Fling, der immer noch den Einhornstift in der geballten Hand hielt. Nun lockerte er den Griff und bewunderte den schönen Stift erstmals von allen Seiten.

„Wir könnten ihn zwar als Stift verkaufen, aber mehr Nutzen bringt es wohl, wenn wir Einhornstaub daraus machen würden, der Preis dafür wäre sicherlich höher und der magische Nutzen für den Käufer ebenfalls", erklärte er seinem Kollegen.

Bevor Morp darauf antworten konnte, hörten sie ein wütendes Schnauben hinter sich. Ganz langsam drehten sie sich um und blickten in die großen Augen eines Einhorns, das mit gesenktem Kopf und angelegten Ohren die beiden Diebe im Visier hatte.

Beiden mussten sofort an To-Gans Kampf mit dem wütenden Einhorn denken und an die hässliche Narbe, die er davongetragen hatte.

„*Los, renn weg!*", brüllte Fling. „*Das Tier kanns uns nicht beiden gleichzeitig folgen!*"

Natürlich hoffte er, dass das Einhorn Morp erwischen würde und nicht ihn. Doch seine Hoffnung war unbegründet. Denn die Einhörner im Wald waren als Herde unterwegs und sie hatten die Diebe bereits gerochen. Fling kam nur wenige Schritte weit, als er sich einem weiteren Einhorn gegenübersah.

Die Tiere konnten es offenbar in der Tat nicht leiden, wenn ihre Körperteile als Grabbeigaben verwendet oder von dort gestohlen und weiterverarbeitet wurden. Doch es blieb keine Zeit, um die Problematik mit den Tieren auszudiskutieren und zu einem friedlichen Konsens zu kommen.

Um es noch kürzer zu machen: die beiden Nekromanten überlebten die Begegnung mit den Einhörnern nicht und da ihre Kollegen nie nach ihnen suchten, konnten sie auch nicht mehr zum Leben erweckt werden.

Von allen Nekromanten, die auszogen, um das Herz des Tscherp zu finden, war diese Mission diejenige, die am schnellsten zu Ende gegangen war.

DIE REKRUTIERER DER ARMEE:
Shor-Gun, Viss-Lan, Lo-Wrang

Auch die drei anderen Nekromanten, die die Armee der Toten zusammenstellen sollten, sahen sich einigen Problemen gegenüber. Wo sollten sie beginnen? Sollten sie alle magischen Dörfer nacheinander aufsuchen und sich zu den Begräbnisstätten durchkämpfen, ohne entdeckt zu werden?

Und dann? Sollten sie die wiedererweckten Toten auf ihrer Reise hinter sich her wandern lassen? Das ging schon deshalb nicht, weil das viel zu auffällig war.

Sie debattierten eine ganze Weile hin und her, denn sie sahen sich mehreren Problemen gegenüber. Magische Wesen waren äußerst langlebig und die Gräber daher entsprechend teilweise so alt, dass sich darin kaum noch Spuren der Körper finden ließen.

Die Erweckung von solchen Toten war extrem kompliziert, aufwendig und unsicher. Am besten waren die frisch Verstorbenen wieder aufzuerwecken. Aber um solche zu bekommen, müssten sie diese Personen wohl erst selbst töten und da sie keine Kämpfer waren, stellte das das nächste Problem dar.

Sie hatten ja bereits beschlossen, keine anderen mit einzubeziehen, die ihnen später die Macht streitig machen konnten. Also konnten sie keine Kämpfer damit beauftragen, für frische Todesfälle zu sorgen.

Es blieb ihnen nichts anderes übrig, als sich heimlich an die Dörfer heranzuschleichen und aus den unbewachten Grabstätten Haarsträhnen, einen Zahn oder wenigstens ein Fingerknöchelchen mitzunehmen. Dadurch konnten sie die Essenz der Toten sammeln und später alle gleichzeitig erwecken. Dann müssten sie das umfangreiche und kräftezehrende Ritual auch nur ein einziges Mal durchführen.

*

Da die Altehrwürdige Mutter aufgrund des treuen Teufelswurmes vorgewarnt war, konnte sie mentalen Kontakt zu den anderen Dörfern aufnehmen und sie warnen. Etwas lag im Argen. Die Bösen planten seltsame Dinge. Sie bat alle, die Augen offenzuhalten und auf herumirrende Fremde zu achten, die sich dem Dorf näherten.

Gesagt, getan, die Dörfer schützten sich durch zusätzliche Rituale, die sie gemeinsam mit den jeweiligen Abgeordneten der anderen Dörfer zusammenstellten. Allerdings schützten sie nicht ihre Begräbnisstätten, die stets außerhalb der Dörfer lagen, um den Toten die letzte Ruhe zu ermöglichen ...

*

Es dauerte ziemlich lange, genaugenommen Jahre, bis die drei Nekromanten ihre Mission unauffällig durchgeführt hatten. Sie hatten alle Friedhöfe der Menschen und magischen Wesen sowie der bösen Trolle und unterirdischen Bösewichte durchsucht und ausgeraubt.

Einige Male wären sie fast gefangen genommen und getötet worden, doch das wäre nicht das Schlimmste gewesen. Immerhin hätten sie sich gegenseitig stets wieder auferwecken können. Aber schmerzhaft war es allemal und wären sie gleichzeitig gefasst und getötet worden, wäre niemand dagewesen, der sie wieder erweckt.

So wie es aussah, waren sie und die vier im Berg Faro also mit ihrer Mission erfolgreich. Das war doch gar nicht so schlecht, oder? Doch einfach war die Arbeit nicht gewesen.

Shor-Gun und seine zwei Gefährten waren extrem vorsichtig vorgegangen und hatten in mühsamer und langwieriger Arbeit alle 11 magischen Dörfer besucht. Dabei hatten sie sich einen praktikablen Plan zurecht gelegt, in welcher Reihenfolge sie diese Dörfer aufsuchen würden.

Leider hatten sie ein Problem damit gehabt, die vielen Toten sofort zu erwecken. Schließlich konnten sie schlecht mit einer ganzen Prozession von Toten im Schlepptau durch das Land ziehen. Also mussten sie sich etwas anderes überlegen.

Als Nekromanten hatten sie die Chance, die magische Essenz der Toten für eine Erweckung zu verwenden. Die Rituale dafür waren allerdings viel anstrengender und aufwändiger und nicht immer erfolgreich. Es war beinahe ein Kinderspiel, einen frisch Verstorbenen wieder zu erwecken. Aber Personen, die bereits zu lange tot waren und von denen man nur winzige Haut- oder Knochenpartikelchen im Grab finden konnte, waren eine große Herausforderung, die häufig nicht zu meistern war.

Also mussten sie in mühsamer Kleinarbeit, im Schutze der Dunkelheit, alle Bestattungsfelder absuchen und umgraben. Dabei ging es ihnen darum, die magische Essenz der Toten zu finden, die sich entweder in einer Haarsträhne, einem Knochen oder einem Herzen befand. Sie konzentrierten sich auf Haarsträhnen, die sie in ihren Lederbeuteln sammelten, um sie platz- und kräftesparend transportieren zu können. Und vor allem unauffällig.

Da jedes Volk seine Toten auf andere Weise bestattete, war es ziemlich umständlich und langwierig. Und weil sie sehr gründlich vorgingen, mussten sie zwischenzeitlich sogar noch Nachschub in Po-Karrh besorgen.

Weil alles sehr unauffällig vonstattengehen musste, brauchten sie eine sehr, sehr lange Zeit, nämlich vier Jahre, um alle erreichbaren Gräber ausfindig zu machen und nach und nach zu plündern und dann wiederherzustellen, um keine Aufmerksamkeit zu erregen.

Sie hätten den magischen Völkern bei einem wütenden Angriff keine Zauberkräfte entgegenzusetzen gehabt. Daher mussten sie sich verhalten wie gewöhnliche Diebe und anstatt die zerstörten Felder einfach so zu hinterlassen, mussten sie sie auch noch in den Urzustand versetzen.

Der einzige Vorteil dabei war, dass die für ihre üblicherweise eher schwächliche Gestalt bekannten Nekromanten ziemlich stark und durchtrainiert wurden und viele Muskeln bekamen.

Schließlich, als sie genügend Haare gesammelt hatten, machten sie sich am Ende der vier Jahre auf den Weg zum Berg Faro in die alte Bibliothek, um sich mit den vier ältesten Nekromanten zu treffen und die große Schlacht vorzubereiten.

DIE GROSSE SCHLACHT

Der Vollmond vor der großen Schlacht (© FotoFee Flora)

Während die Bösewichte ihre dunklen Pläne verfolgten, ging bei den magischen Völkern alles seinen gewohnten Gang. Oder zumindest beinahe. Denn sie bemühten sich darum, viel von dem allgemeinen Wissen der jeweils anderen Magiern und Hexen zu erlernen – soweit dies möglich war.

Keshira fühlte, dass die Gefahr immer näher kam. Daher führte sie die umstrittene Maßnahme fort und ließ ihre Nichte Diadem während der nächsten 3 Jahre immer wieder in kleinen Schritten altern. Sodass sie nach 3 Jahren bereits 16 Jahre alt war.

Die Dorfbewohner fanden diese Maßnahme überhaupt nicht in Ordnung und auch die Altehrwürdige Mutter hatte sich nicht begeistert gezeigt – bis sie eines Tages aufgrund einer neuen Vision plötzlich ihre Meinung änderte.

Persönlich fand sie es immer noch falsch, dem Kind die wichtigen Lernschritte der Jugend zu verwehren. Doch Keshira tat alles in ihrer Macht Stehende, um Diadem ihr eigenes Wissen sowie das der Grimoires beizubringen. Dadurch war sie viel weiter, als sie es auf normalem Wege hätte sein können.

Tagsüber trainierten sie Kräuterkunde, Rituale, Zaubertränke und die Kampfkunst. Sie zeigte ihr die unterirdischen Wege unter dem Wald, besonders den nach Okep, und flog mit ihr in Eulengestalt häufig über den Wald, damit Diadem jeden Zentimeter des Waldes kennenlernte, als wäre es ihr Zimmer in der Hütte.

Sie konnte ihr allerdings nicht alle Informationen vorenthalten und musste ihr eines Tage nach dem Abendessen in der Hütte die Wahrheit sagen. Diadem war schockiert, dass sie eigentlich erst drei Jahre alt war und dennoch die Gestalt einer 16-Jährigen und das Wissen einer erwachsenen Hexe besaß.

Nach einer tränenreichen Unterhaltung akzeptierte sie jedoch die Entscheidung ihrer Tante. Denn Keshira hatte ihr eindrücklich erklärt, dass ein Krieg der magischen Wesen bevorstand und sie diesen nur gemeinsam gewinnen könnten, wenn sie aktiv und mit aller Macht eingriffen. Eine Dreijährige wäre dazu nicht in der Lage gewesen ...

Für Diadem war es teilweise kompliziert, mit dem Alltag klarzukommen, sobald sie einen Besuch im Dorf machten. Sie hatte die Erinnerung von 16 Lebensjahren gespeichert, die ihr Keshira eingetrichtert hatte. Doch kaum etwas davon war wahr. Und dazu besaß sie noch ihre eigenen Erinnerungen, die sie bei den Besuchen oder Ausflügen erworben hatte.

Oft war es nicht leicht, diese auseinanderzuhalten. Doch die Dorfbewohner waren von der Altehrwürdigen Mutter instruiert, sich bei eventuellen Fehlern nichts anmerken zu lassen. Sollte Diadem von Ereignissen erzählen, die nie stattgefunden hatten, würden die Mondhexen einfach nicken und ihr nicht bei jeder Kleinigkeit erzählen, dass sie sich irrte.

*

Bereits nach zwei Jahren, als Diadem ihren Alterungsprozess noch nicht abgeschlossen hatte, ereignete sich eine Tragödie.

Die Altehrwürdige Mutter bestellte die 11 anderen Altehrwürdigen Mütter in das Hexendorf und ließ dann Keshira zu dieser ungewöhnlichen Versammlung dazu rufen.

Keshira ahnte, dass etwas Schlimmes bevorstand, als sie die Altehrwürdige Mutter schwach auf ihrem Lager in der kleinen Hütte liegen sah. Um sie herum die elf anderen Frauen mit besorgten Gesichtern. Und dabei war die alte Dame und ihre engste Vertraute doch noch Tage zuvor gesund und munter gewesen.

„*Was ist geschehen?*" wollte sie wissen und blickte allen Anwesenden reihum in die Gesichter. Doch die Frauen blieben stumm. Schließlich räusperte sich die Altehrwürdige Mutter und begann zu sprechen.

„*Ich habe bei dem Eremiten den Zauberspruch zur Rettung des Dorfes, den ich damals angewandt habe, teuer bezahlen müssen. Mit 10 Jahren meiner Lebenszeit. Daher ist meine Energie nun erschöpft und ich werde bald sterben. Wie es der Brauch ist, werden alle meine Kräfte auf die nächste Altehrwürdige Mutter übergehen – auf Dich!*"

Schockiert benötigte Keshira eine Minute, um sich zu fangen, und die neue Information zu verarbeiten. Ihre Gesichtsfarbe wurde ausgesprochen bleich und sie fühlte sich schwach und hilflos. Sie wollte die Altehrwürdige Mutter retten – obwohl es gegen diese Art der magischen Vereinbarung kein Gegenmittel gab. Und sie wollte sich wehren, wollte keine Altehrwürdige Mutter sein, sondern weiter in ihrer Waldhütte leben und ihre Nichte erziehen, um sie stark genug zu machen für das, was ihnen allen bevorstand ...

„Ich will aber keine Altehrwürdige Mutter sein. Ich bin eine Außenseiterin, eine Kriegerin ..."

Die Altehrwürdige Mutter unterbrach sie mit einer überraschend starken und klaren Stimme.

„Schweig still, törichtes Kind! Die Zeiten haben sich bereits geändert. Das Land wird sich ebenfalls verändern. Die Bösen planen einen Angriff auf den Wald, um endlich das Herz des Tscherp an sich nehmen zu können. Und du wirst aufgrund deines Wissens und der Kräfte, die du nun erhalten wirst, in der Lage sein, das gesamte gute Volk zu retten. Wie kannst du die Rettung aller weißmagischen Geschöpfe nur ablehnen?"

Keshira senkte den Kopf. Das stimmte natürlich. Wenn sie die einzige wäre, die den Bösen Einhalt gebieten konnte, dann musste sie das tun. Sie konnte das Schicksal der Altehrwürdigen Mutter nicht verändern. Also fügte sie sich in ihr eigenes Schicksal und akzeptierte die neue Bürde und Ehre, die auf sie jetzt zukam.

Dabei fühlte sie sich in die Zeit zurückversetzt, als sie mit ihrem Bruder die damalige Altehrwürdige Mutter, die nun vor ihr lag, auf den Lichtberg geleiten sollte, wo sie ihr Amt antreten musste. Nun war alles anders. Es gab keinen Wohnsitz auf dem Lichtberg mehr und alle Ratsmitglieder waren in das Dorf der Mondhexen geeilt, um die Übertragung der Kräfte vorzunehmen.

Sie nickte gehorsam und die alten weisen Frauen begannen umgehend damit, das Ritual auszuführen. Keshira ließ es über sich ergehen und spürte, wie alles magische Wissen und alle Kräfte der Altehrwürdigen Mutter auf sie übertragen wurden, welche diese seit Generationen von der jeweiligen Amtsvorgängerin erhalten hatte. Zusammen mit dem Wissen, welches Keshira sich aus ihren Büchern angeeignet hatte, war sie die stärkste Altehrwürdige Mutter, die es in dem Land je gegeben hatte.

Nach dem Abschluss des Rituals schien die Altehrwürdige Mutter noch schwächer zu sein als zuvor. Keshira fühlte sich zwar emotional unwohl, aber körperlich und geistig so stark wie nie.

Heimlich fragte sie sich, was sich nun in ihrem Leben alles ändern würde. Wer würde einst ihre Nachfolge übernehmen? Sie hatte keine Ahnung von diesen Dingen und würde Hilfe benötigen. Am besten würde sie zu einem geeigneteren Zeitpunkt eine der anderen Altehrwürdigen Mütter befragen Aber nicht jetzt, nicht vor den Augen und Ohren der sterbenden Altehrwürdigen Mutter, die im Laufe der Zeit wie eine Ersatzmutter für sie geworden war.

Die alten Frauen senkten den Blick und die Altehrwürde Mutter blickte ihr direkt in die Augen. Wie so oft hatte sie ihre Gedanken gelesen. Eine angeborene Fähigkeit, die sie auch nach einer Kraftübertragung nicht verlieren konnte.

„Du wirst die letzte Altehrwürdige Mutter sein, Keshira. Und deine Nachfolgerin, die dein Wissen und deine Künste übernimmt, kann niemand anderer als Diadem sein. Sie

wird noch stärker sein als du! Aber es wird dann kein Rat mehr existieren und auch keine Titel. Alles ändert sich. Aber du musst keine Angst davor haben. Die Veränderungen sind notwendig und bringen neue Chancen für das Land, vergiss das nie.

Und nun lass mich bitte alleine, damit ich meinen Geist fokussieren kann auf die Anderswelt. Ich glaube nicht, dass mir noch viel Zeit bleibt und ich möchte vorbereitet sein, wenn es so weit ist. Möge das Licht des Mondes stets mit dir sein, mein Kind."

Keshira fügte sich dem Wunsch der Altehrwürdigen Mutter und blieb gefasst, als sie sich nach einer letzten Umarmung von ihr trennte und rasch zur Tür ging. Doch sie weinte bitterlich, kaum, dass sie die Hütte verlassen hatte. Schon wieder war sie auf sich gestellt. Nun hatte sie nicht nur einen Wald zu beschützen, sondern auch noch ihre Nichte und ein ganzes Volk, ja sogar das ganze Land. Wie sollte sie diesen Aufgaben nur gerecht werden?

Und warum würde es keinen Rat mehr geben? Und keine Titel? Was würde Diadem mit ihrem Wissen dann anfangen können, wenn alle Strukturen aufgelöst waren? Wie würde die Welt aussehen nach dem großen Kampf?

Ihre Gedanken kreisten um all diese Fragen, als sie sich rasch in ihre Eulengestalt verwandelte und zu ihrer Waldhütte zurückflog. Antworten auf diese Fragen würde sie keine mehr erhalten. Sie würde die Entwicklung abwarten müssen ... Nun musste sie ihre Nichte umso besser vorbereiten!

*

Als Keshira vor der Hütte im Wald landete und sich in ihre Menschengestalt zurück verwandelte, kam ihr Diadem aus dem Schuppen entgegen, wo sie gerade frisch gesammelte Kräuter eingelagert hatte.

„Du kommst gerade rechtzeitig, ich habe frische ..." Diadem unterbrach den Satz, als sie in das verweinte Gesicht ihrer Tante blickte. Sie hatte Keshira noch nie weinen gesehen. Etwas undenkbar Schreckliches musste geschehen sein!

„Tante, was ist passiert?", fragte sie und umarmte Keshira fest. Keshira erwiderte die Umarmung und fing wieder an zu weinen.

„Es tut mir leid, Diadem, dass du mich so aufgelöst siehst, aber es ist etwas geschehen, worüber wir reden müssen."

Keshira löste sich aus Diadems Umarmung und zog sie an der Hand hinter sich her in Richtung Hütte. Dort setzte sie einen Topf mit Wasser auf, um einen starken, kräftigenden Tee zuzubereiten. Sie verrichtete die gesamte Arbeit schweigend und Diadem setzte sich an den kleinen Holztisch und beobachtete sie aufmerksam und ohne sie zu unterbrechen.

Obwohl sie es kaum erwarten konnte, endlich zu erfahren, warum Keshira so die Fassung verloren hatte. Sie kannte ihre Tante nämlich nur als starke Frau, die für alles eine Lösung wusste. Sie weinen zu sehen war nicht nur ungewohnt, sondern regelrecht beängstigend.

Als Keshira sich endlich ebenfalls an den Tisch setzte und je eine Tasse heißen Kräutertee vor sich und ihre Nichte stellte, seufzte sie.

„Die Altehrwürdige Mutter ist heute verstorben", begann sie das Gespräch ganz direkt und unverblümt.

Diadem ließ vor Schreck fast die Tasse fallen, die sie soeben hatte zum Mund führen wollen. Ihre Augen weiteten sich und füllten sich Sekunden später mit Tränen.

„Wie ist das passiert? Sie war doch nicht einmal krank?", fragte sie mit einer vor Entsetzen viel zu lauten Stimme.

„Sie hat 10 Lebensjahre gegen einen Zauber eingetauscht, daher ist ihr Ende nun ganz plötzlich und unvorbereitet gekommen. Aber sie hatte keine Schmerzen, sie war einfach nur schwach und sehr gefasst. Ich war nicht bis zum Ende dabei, da sie in Ruhe gelassen werden wollte, um sich auf die Anderswelt vorzubereiten. Und diesen Wunsch habe ich ihr selbstverständlich erfüllt. Nicht auszudenken, dass sie ohne Meditation und Vorbereitung die letzte Schwelle überschreitet!"

Diadem nickte wortlos. Die Hexen wussten, dass der Tod nicht endgültig war. Sie würden über die große Schwelle schreiten und ihre Ahnen auf der anderen Seite wiedersehen. Das war kein Anlass für Trauer und Tränen. Nur für die Hinterbliebenen war es schrecklich, denn sie würden die Dahinscheidenden schmerzlich vermissen.

„Sie wird Mama und Papa dort treffen. Und Oma und Opa", flüsterte Diadem leise.

Nun war es Keshira, die nur wortlos nicken konnte. Sie hatte einen Kloß im Hals. Sie war so tapfer gewesen, hatte die Trauer um ihre Familie so gut verdrängt, um sich um Diadem zu kümmern und das Volk zu schützen, dass jetzt alles auf einmal über sie hereinbrach. Schmerz, Wut, Trauer, Hilflosigkeit ...

„Und wer ist die nächste Altehrwürdige Mutter?", fragte Diadem, die mit den Gepflogenheiten der Mondhexen vertraut war.

„Sie sitzt vor dir", antwortete Keshira kurz und knapp. Und jetzt ließ Diadem ihre Tasse tatsächlich fallen.

„Tut mir leid", sagte sie schnell und griff rasch nach einem Lappen, der in Reichweite auf dem Tisch lag. Während sie den Teefleck trocknete, fragte sie weiter.

„Aber wie soll das nun funktionieren? Müssen wir ins Dorf ziehen? Wie geht es weiter?", wollte sie wissen.

Keshira seufzte.

„Ich werde dir verraten, was ihre letzten Worte waren", sagte sie und griff Diadems Hände. Die linke Hand hielt noch immer den Lappen, der nun nass vom verschütteten Tee war.

„Du weißt, dass du das mächtigste Wesen bist, das seit langer Zeit in diese Welt geboren wurde. Du bist ein Abkömmling aus zwei magischen Völkern. Und du wurdest von mir ausgebildet. Ich habe dich viele finstere Sprüche und Zauber gelehrt, die dir zusätzlich große Macht verleihen. Aufgrund deines guten Wesens wirst du diese Macht nie missbrauchen, sondern nur zum Schutz derer einsetzen, die deine Hilfe verdient haben."

Diadem nickte und wartete gespannt, worauf ihre Tante hinauswollte.

„Im Moment habe ich noch ein größeres Wissen als du, da die Kräfte der Altehrwürdigen Mutter auf mich übergegangen sind. Sie hat mich leider nicht an ihren Visionen für unsere Zukunft teilhaben lassen. Daher weiß ich nicht, was geschehen wird. Und ich weiß auch nicht, wann es geschehen wird.

Aber sie weissagte mir, dass nach meinem Tod DU die nächste und die letzte Altehrwürdige Mutter wirst. Allerdings nicht mehr unter diesem Namen, denn all unsere Strukturen werden zerfallen, das gesamte Land verändert sich. Und du wirst dann tatsächlich das mächtigste Wesen sein, das je hier geboren wurde!"

Diadem wurde kalkweiß im Gesicht und begann zu zittern. Ihre Augen weiteten sich und ihr Kinnlade klappte nach unten.

„Ich weiß, das ist etwas viel auf einmal", sagte Keshira, die genau sah, dass ihre Nichte völlig überfordert war von dieser Situation.

„Wir wissen nicht genau, wann es so weit ist, aber es wird ein großer Kampf stattfinden. Ich habe es dir bereits berichtet. Die bösen Magier wollen unbedingt das Herz des Tscherp, um die ultimative Macht an sich zu reißen. Und das müssen wir verhindern. Für alle guten Völker, die hier leben und für unsere Nachfahren.

Daher werden wir jetzt noch mehr lernen müssen und ich werde versuchen, noch mehr über die dunklen Künste der bösen Magier in Erfahrung zu bringen, damit wir ihre eigenen Zaubersprüche und Rituale gegen sie einsetzen können. Außerdem müssen wir ganz genau besprechen, was du tun musst, wenn ich sterbe. Schließlich kannst du nur meine Rolle übernehmen, wenn ich in die Anderswelt gehe ..."

Keshira versuchte zu Lächeln, aber es wurde zu einer wenig aufmunternden Grimasse.

Ein Menschenkind wäre bei einer solchen Rede sicherlich zusammengebrochen. Doch ein magisch geschultes Kind aus dem Land der Sieben Monde hatte ein völlig anderes Verständnis von dem Schutz des Landes, des Volkes und dem Übergang in die Anderswelt, in der das Leben weitergehen würde.

Daher akzeptierte Diadem (auch wenn sie bis ins Mark erschüttert war und schließlich ihren Tränen freien Lauf ließ) was ihre Tante erzählte und konzentrierte sich genau darauf, was sie im Falle ihres Todes zu tun hatte.

Das Gespräch zog sich lange hin, doch es war wichtig. Schließlich beschlossen die beiden Hexen, sich nach einer Abendmahlzeit noch vor die Hütte zu setzen und in die Sterne zu schauen. Mit ihrem Erbanteil der Sterndeuterin konnte Diadem bereits viele Informationen aus den Sternen lesen, die Keshira immer wieder überraschten. Ihre Nichte war auf dem richtigen Weg und sie war stolz auf sie.

Von da an mussten sie täglich noch mehr lernen und üben. Und wenn Keshira in ihrer Eigenschaft als Altehrwürdige Mutter im Dorf zu tun hatte, übte Diadem alleine aus den vorhandenen Büchern ihrer Tante.

Bald hatte sie alle Sprüche mit einer grimmigen Verbissenheit verinnerlicht. Die Bösen würden auf keinen Fall das Volk der Mondhexen auslöschen oder versklaven und niemals würde sie es zulassen, dass ihnen das Herz des Tscherp in die Hände fiel!

*

Keshira fand es ziemlich schwierig, ihren Pflichten als Altehrwürdige Mutter nachzukommen und gleichzeitig die Ausbildung ihrer Nichte voranzutreiben. Doch sie schlug sich tapfer und tat, was sie konnte. Diadem war sehr fleißig und lernte eifrig alles, was er zu wissen gab.

Nach einem Jahr beschloss Keshira daher, das Tempo anzuziehen.

„Diadem, ich werde mich auf den Weg zum Markt in Po-Karrh machen. Dort kann ich noch weitere magische Bücher der dunklen Künste kaufen und wir können uns damit noch viel besser vorbereiten. Schließlich müssen wir jede Sekunde ausnützen!"

„Soll ich dich begleiten, Tante?", fragte Diadem hilfsbereit.

„Nein, ich kann alleine unauffälliger reisen. Und jemand sollte hier bleiben, um den Wald und das Volk zu beschützen, falls ein Angriff stattfindet. Du kennst so viele Tricks und Sprüche, dass du erfolgreich die Stellung halten könntest, bis ich zurückkomme!"

Diadem nickte stolz. Ja, sie war schon recht gut und hatte von ihrer Tante einige wirklich böse Zauber gelernt, mit denen sie die Bösen in einem Wimpernschlag zu Staub zerfallen lassen konnte.

„Altehrwürdige Mutter, komm schnell, wir haben verdächtige Aktivitäten entdeckt!", rief ein ehemaliger Nachbar, der sich soeben keuchend in Eulengestalt vom Himmel vor Keshiras Füße fallen ließ.

„Diadem, es tut mir leid, ich muss den Ausflug wohl verschieben, ich werde gebraucht."

„Dann lass mich dorthin gehen, Tante. Ich bin gut gewappnet und werde kein Aufsehen erregen, wenn ich alleine reise. Ich kann meine Gestalt wandeln und werde schnell zurück sein. Es kann nichts schiefgehen."

Keshira zögerte. Einerseits wusste sie, dass Diadem sich hervorragend zur Wehr setzen konnte, andererseits ließ sie das Kind ungern aus den Augen. Aber sie musste auch daran denken, in den Lektionen schnell voranzuschreiten, da sie nie wussten, was auf sie zukam.

Und verdächtige, böse Magie in der Nähe des Waldes war kein gutes Zeichen. Zumindest wäre Diadem vor einem unmittelbaren Angriff gut geschützt, wenn sie sich im Falle eines Falles weit entfernt auf dem Markt von Po-Karrh befände.

„Nun gut, du kannst gehen. Sei besonders wachsam und komm schnell zurück!"

Sie umarmte Diadem rasch und folgte dann dem Überbringer der Neuigkeiten rasch in Eulengestalt ins Dorf.

Dort hatten sich magische Wesen aus allen Himmelsrichtungen versammelt, die ihr entsetzt berichteten, dass die bösen Magier nach irgendetwas suchen würden, denn sie hätten viele Gräber auf den Bestattungsfeldern durchsucht. Leichen, Kleidung und Schmuck hatten sie jedoch nicht entwendet. Und sie hatten alles wieder zugeschüttet. Ob sie dort das magische Herz des Tscherp suchten?

Während Keshira sich im Dorf mit den angereisten Vertretern der anderen Völker beriet, machte sich Diadem voller Freude auf den Weg nach Po-Karrh. Sie war aufgeregt, weil das ihre erste eigene Mission war. Und sie war zuversichtlich, dass sie hervorragende Bücher mit zurückbringen würde.

In ihrer Eulengestalt flog sie so weit sie konnte und verwandelte sich dann unauffällig in ein Bauernmädchen eines der Völker im Umkreis. Sie zauberte ein geflochtenes Körbchen herbei und machte sich rasch auf die Suche nach einigen Pilzen. So konnte sie unauffällig über den Markt schlendern und vorgeben, Pilze verkaufen zu wollen und im Gegenzug ein Buch zu suchen.

Als sie auf dem Boden kniete, um einige Pilze zu pflücken, näherte sich ein unsichtbarer Seelenverkäufer, der sie von Weitem beobachtet hatte. Wie wundervoll! Dieses magische Kind würde auf dem Sklavenmarkt von Po-Karrh einen guten Preis einbringen.

Doch er musste schnell sein, weil er nicht wusste, mit welcher Magie sie ihn angreifen konnte. Daher sprach er einen Versteinerungszauber und rannte dann schnell auf Diadem zu, um sie zu verschnüren und auf seinen Wagen zu laden.

Fröhlich pfeifend und in sichtbarer Gestalt reiste er anschließend mit seinem Rennochsengespann nach Po-Karrh.

Zufällig hatte ein Waldwisperer, eine Art kleiner Elf, der auf dem Baum gesessen und Pilze verspeist hatte, die Entführung beobachtet. Er gehörte zu den Guten und hatte Diadem erkannt. Ihm schwante Fürchterliches. So schnell er konnte, flog er zu Keshiras Hütte, wo er allerdings niemanden antraf. Bis auf den roten Teufelswurm.

Japsend und völlig außer Atem plumpste er mehr oder weniger unsanft vor Kra-Wann auf den Boden. Dieser hatte soeben selbst nach Keshira sehen wollen und war verwundert, die Hütte und die Tiere ohne Schutz und Bewachung vorzufinden.

Als der Waldwisperer neben ihm zu Boden krachte, hustete er überrascht eine kleine Schwefelwolke, die den kleinen Waldwisperer jedoch zum Glück verfehlte.

Es dauerte einige Minuten, bis das kleine Wesen wieder zu Atem kam und Kra-Wann erzählen konnte, was er gesehen hatte. Für den roten Teufelswurm waren Keshira und Diadem seine Familie. Er war außer sich vor Wut und Angst, als er von der Geschichte hörte. Gemeinsam machten sie sich, so schnell sie konnten, auf den Weg ins Dorf.

Der Waldwisperer war zu erschöpft, um zu fliegen, sodass er sich auf Kra-Wanns Rücken setzte, der die Last kaum bemerkte. Er hielt sich an Kra-Wanns Mähne fest, als dieser im Eiltempo durch den Wald schlängelte. Dennoch dauerte es geraume Zeit, bis er endlich das Dorf erreichte und mitten in Keshiras Besprechung platzte.

Hier musste der Waldwisperer vor den Anwesenden erneut erzählen, was er gesehen hatte. Keshira war völlig außer sich. Warum hatte sie Diadem nur erlaubt, alleine zu reisen? Und ausgerechnet ein Seelenverkäufer, der jederzeit Diadems Seele aus dem Körper saugen und weiterverkaufen konnte.

Alle Anwesenden waren bereit, sofort mit Keshira zusammen aufzubrechen, um Diadem zu retten. Doch Keshira war dagegen.

„*Die Entführung könnte ein Ablenkungsmanöver sein und während wir alle uns auf den Weg nach Po-Karrh machen, überfallen sie das schutzlose Dorf – oder auch alle Dörfer gleichzeitig. Das können wir nicht riskieren*", erklärte sie.

Dann wandte sie sich an den Überraschungsgast.

„*Waldwisperer, kannst du Kampftrolle und Pilzreiter für mich rufen, die mich begleiten würden?*"

„*Selbstverständlich, Altehrwürdige Mutter, ich kümmere mich sofort darum!*"

Keshira konnte sich wohl nie an ihren neuen Titel gewöhnen. Der kleine Waldwisperer machte sich ungeachtet seiner Erschöpfung in Windeseile auf den Weg, um die unterirdisch lebenden Kampftrolle und Pilzreiter zusammenzutrommeln. Sie kannten geeignete Abkürzungen, um sich unterirdisch und ungesehen auf den Weg nach Po-Karrh zu machen.

Eine Stunde später war alles für den Aufbruch vorbereitet und die bis an die Zähne bewaffneten Trolle und

Pilzreiter warteten nur auf Keshiras Zeichen. Sie selbst folgte ihnen in Eulengestalt, aber ebenfalls unterirdisch.

Es war ungewohnt, in den engen Tunneln unter der Erde zu fliegen. Doch hier konnten sie völlig unauffällig und unbemerkt auf den Markt gelangen. Bestimmt war der Seelenverkäufer schon dort, bis sie ankamen, aber eine schnellere Möglichkeit kannte Keshira nicht.

In der Nähe von Po-Karrh kamen sie schließlich hinter einem großen Gebüsch aus dem geheimen Zugang und formierten sich dort zum Kampf. Zuvor sprach Keshira noch einen mächtigen Schutzzauber, der Flüche und Waffen von den tapferen Kämpfern abhalten würde.

Je näher sie dem Sklavenmarkt kamen, der abseits des gewöhnlichen Marktes im Geheimen existierte, desto schneller und wütender wurde Keshira. Sie platzte auf den Markt und rannte hektisch zwischen den Ständen herum. Dabei rief sie Diadems Namen. Die bösen Magier waren verdutzt über diesen Auftritt.

Schließlich war es per geheimer Vereinbarung abgesprochen, kriegerische Aktivitäten und magische Angriffe auf dem Markt zu unterlassen. Hier handelte es sich um eine neutrale Zone, in der sich jeder mit magischen Utensilien eindecken konnte, auch wenn sie sich in wenigen Metern Entfernung vom Markt dann anschließend gegenseitig massakrierten.

Doch Keshira scherte sich nicht um Konventionen. Die Bösen hatten das Dorf angegriffen, Kopfgeldjäger hatte ihre Familie getötet und nun hatte ein Seelenverkäufer auch noch das letzte Familienmitglied und die zukünftig mächtigste gute Hexe – naja, „gut" war relativ – des gesamten Landes entführt.

Die Kampftrolle und Pilzreiter strömten ebenfalls auf den Markt und halfen bei der Suche. Wer sich ihnen in den Weg stellte, wurde mit dem Schwert verletzt oder vertrieben.

„*He, was glaubt ihr eigentlich, wer ihr seid?!*", fragte ein Gift-Gigant. „*Ihr könnt doch nicht den halben Markt zerstören. Benehmt euch, sonst lasse ich euch töten.*"

Keshira würdigte den Marktwächter nur eines kurzen Blickes, lange genug, um ihn implodieren zu lassen und seine Gedärme über 15 Marktstände zu verteilen. Das war wie ein geheimes Zeichen zum Angriff. Die bösen Magier griffen zu ihren Waffen und richteten Zauberstäbe und Ritualdolche in Keshiras Richtung.

Mit einem Feuerzauber brachte sie sich selbst in kaltem Mondfeuer zum Lodern und schrie: „*Ich suche den Seelenverkäufer, der meine Nichte entführt hat. Gebt sie mir sofort zurück, ansonsten stirbt jeder, der sich auf dem Markt befindet!*"

Hämisches Gelächter war die Antwort. Gefolgt von einer mächtigen Explosion, die Keshira auslöste, um den Markt in Schutt und Asche zu legen. Sie war nicht zu irgendwelchen Spielchen und Verhandlungen aufgelegt.

Wer sich noch bewegen konnte, rannte weg. Und die guten Magier, die sich hier befunden hatten, waren von dem Zauber ebenfalls verschont geblieben. Sie gaben sich zu erkennen und halfen bei der Suche. Alles, was jetzt noch auf dem Markt war, war entweder zu Staub zerfallen oder gehörte zu den Guten oder zumindest den neutralen magischen Wesen und war noch am Leben.

Schließlich fand ein Kummer-Brecher Diadem, noch immer in ihrer versteinerten Form, auf einem verschütteten Podest, auf welches ein Teil eines Markststand-Daches gefallen war. Rasch befreite er sie von dem Gerümpel und schleppte das versteinerte Kind zu Keshira.

Diese löste rasch den Zauber und schloss erleichtert ihre Nichte in die Arme. Diadem schaute sich erstaunt auf dem Markt um.

„Was ist hier denn passiert?", fragte sie.

„ICH. Ich bin passiert", schmunzelte Keshira, die nicht wusste, ob sie lachen oder weinen sollte. *„Ich habe mir solche Sorgen um dich gemacht!"*

„Nun hast du allerdings auch die Bücher vernichtet, die wir eigentlich besorgen wollten", sagte Diadem enttäuscht.

„Ihr sucht Bücher?", fragte der Kummer-Brecher. *„Ich habe vorhin noch welche gekauft, ein Antiken-Zauberer hat sie in einem großen Regal dort drüben hinter der Hausecke verkauft. Vielleicht sind noch welche da?"*

„Danke!", nickte Keshira dem Grau-Magier zu (Kummer-Brecher waren weder gut noch böse) und rannte schnell zu der Ecke, auf die der Beherrscher der grauen Magie, der zu keinem bekannten Volk gehörte, mit seinem Gichtfinger gezeigt hatte.

Auch dort lag nach der Explosion viel Gerümpel. Doch darunter befanden sich noch einige brauchbare Exemplare finsterer Magie, die Keshira selbst noch nicht kannte! Erfreut wühlte sie in den Holzresten und zwischen den Steinen und ignorierte den scharfen Schmerz, der ihr plötzlich in die Wade fuhr. Vermutlich hatte sie sich an einem vorstehenden Nagel geritzt. Sie achtete nicht weiter darauf, sondern sammelte alles ein, was ihr irgendwie brauchbar erschien.

Dann bedankte sie sich bei den tapferen Trollen und Pilzreitern und verabschiedete sich von ihnen. Sie selbst und Keshira flogen in Eulengestalt zurück zur Hütte im Wald. Die Bücher trug sie, als Reiskorn verwandelt, im Schnabel, ganz nach dem Brauch der Mondhexen, die stets ihr Gepäck auf diese Weise verkleinerten und transportierten.

*

Keshira fühlte sich nicht gut, als sie bei der Hütte eintrafen. Die Aufregung war wohl zu viel für sie gewesen. Sie braute zunächst einen Trank, um Diadem vor den Resten des Seelenverkäufer-Zaubers zu reinigen und bereitete dann eine kleine Mahlzeit für sie zu. Auch Kra-Wann, der vor der Hütte gewartet hatte, durfte mitspeisen. Obwohl er Hasen- und Ziegenfleisch normalerweise ungekocht verspeiste. Aber er wollte nicht unhöflich sein.

„Diadem, ich fühle mich überhaupt nicht gut. Ich weiß nicht, ob ich einem Zauber ausgesetzt war, den ich nicht bemerkt habe. Ich glaube, ich muss früh zu Bett gehen. Und mein Bein schmerzt. Ich habe mich wohl an etwas verletzt, als ich die Bücher aus den Resten des Marktstandes gezogen habe."

„*Zeig mal her*", sagte Diadem und warf einen Blick auf die Wade ihrer Tante.

„*Oh, nein! Das ist kein Verletzung vom Holz oder den Steinen, das ist eine grüne Wunde! Dich hat ein Wutritzer erwischt. Vermutlich hat er in dem Geröll überlebt oder sich dort versteckt. Tante, du hast die Tollwut!*"

Keshira fuhr der Schreck in alle Glieder. Die Tollwut, die ein Wutritzer übertrug, wirkte schnell und konnte nur binnen einer Stunde nach der Infektion noch behandelt werden. Sie hatte zwar die passenden Kräuter da, doch diese würden nun nichts mehr nützen.

Sie schaute Diadem in die Augen und bemerkte, dass ihre Nichte weinte. Sie wusste es. Sie wusste, dass hier nichts mehr getan werden konnte.

„*Diadem, wir müssen sofort die Kraftübertragung vornehmen, uns bleibt keine Zeit mehr. Ich rufe die anderen per Astralprojektion.*"

Auch wenn sie schwach war, schaffte sie es doch, sich zu den anderen ehrwürdigen Müttern zu projizieren, um diese sofort herbeizurufen. Sie hatten diesen Moment schon seit langer Zeit gefürchtet, doch sie wussten, was zu tun war. Ab jetzt würde sich das Leben aller Bewohner des Landes der Sieben Monde für immer verändern.

Diadem braute mehrere Tränke, um Keshira die Schmerzen zu nehmen, die die Tollwut verursachte, und um die Symptome so wie nur irgendwie möglich, einzudämmen.

Keshira würde sich sonst völlig grün färben und Schaum vor dem Mund bekommen. Dann würde sie übel schimpfen und fluchen und andere Lebewesen unkontrolliert angreifen. Mithilfe der Tränke blieb ihr zumindest das erspart. Sie wurde nur leicht grünlich, blieb aber friedlich. Sie legte sich in ihr Bett und wartete auf die Ankunft der elf Altehrwürdigen Mütter.

Als sie ankamen, waren sie sehr gefasst, aber traurig. Diadem führte sie in Keshiras Kammer und dort versammelten sie sich rund um ihr Bett.

„Das wird die letzte Kraftübertragung sein, die die Altehrwürdigen Mütter vornehmen. Danach wird es weder uns noch eine weitere Altehrwürdige Mutter mehr geben."

„Vielleicht ist es auch nur ein Irrtum ...", warf Diadem ein.

„Nein, Liebes", erklärte die Altehrwürdige Mutter der Dimensionsreisenden. „Unser Schicksal steht fest. Die letzte Übertragung findet an dich statt. Und wir werden bei der letzten großen Schlacht ebenfalls unseren letzten Weg antreten und die Schwelle zur Anderswelt überqueren."

Diadem schluckte trocken.

„Deshalb werden wir dir nicht nur dabei helfen, die in Keshira gebündelten Kräfte zu übertragen, sondern du wirst auch unsere Kräfte – und zwar alle! – erhalten. Danach stehen uns nur unsere angeborenen Fähigkeiten weiterhin zur Verfügung. Du aber hast die komplette Macht aller Generationen einer unendlichen Reihe von Vorfahren und verfügst über alles Wissen und alle Künste der guten Magie. Zusammen mit dem, was deine Tante dir beigebracht hat, bist du das einzige magische Wesen, unser einziger Hoffnungsträger, der die bösen Magier in der kommenden Endschlacht besiegen kann."

„Ich glaube, ihr erwartet zu viel von mir ...", versuchte Diadem ihren Widerspruch anzubringen.

„Nein, das tun wir bestimmt nicht. Dies ist dein Schicksal, genau wie das unsere. Wir haben Visionen erhalten, wir kennen die Zukunft. Alles wird sich verändern. Es wird neu und ungewohnt, aber das Leben darf nie stillstehen."

„Ich fürchte mich vor einer Zukunft ohne meine Tante, ohne Familie und im ständigen Kampf gegen das Böse", erklärte Diadem geknickt.

„Nimm unsere Hände", bat die Altehrwürdige Mutter der Alchemisten. Diadem tat wie ihr geheißen wurde und ergriff die Hand, weitere Hände folgten.

Als sie alle Hände vereint hatten, wurde Diadem von einem gleißenden Licht geblendet. Sie konnte wie durch einen weißen Nebel sehen – Dimensionen, Planeten, viele winkende Gestalten und Formen. Die Ahnen, ihre Vorfahren, die auf der anderen Seite warteten und ihr zu verstehen gaben, dass sie hinter ihr stehen würden.

Und das Bild änderte sich. Sie sah auch eine Zukunft. Ein blühendes Land. Viele Menschen siedelten hier, die Wälder gingen zurück. Die magischen Wesen, vereint als ein Volk, lebte in den Wäldern und sie, im Landesteil ihrer eigenen Ahnen, wohnte auf dem Lichtberg, knapp oberhalb der Stadt der Sterndeuter.

Alles war anders, aber es war friedlich. Das gefiel ihr. Dann verschwand die Vision leider viel zu schnell. Gerne hätte sie noch mehr davon gesehen.

„Siehst du?", fragte die Altehrwürdige Mutter der Astralwanderer. *„Es ist nicht so schlimm, wie du denkst. Du musst dich nicht fürchten. Und nun, lass uns schnell beginnen."*

Kra-Wann durfte ausnahmsweise aus sicherer Entfernung dabei sein und hatte anschließend Gelegenheit, sich von Keshira zu verabschieden.

„Wirst du auf meine Diadem achten?", bat Keshira.

„Als wäre sie eines meiner eigenen Kinder", versprach Kra-Wann.

„Diadem?"

„Ja, Tante?"

„Du erinnerst dich an alle Anweisungen, die ich dir gegeben habe?"

„Ja, Tante"

„Und du wirst sie auch alle genau befolgen?"

„Selbstverständlich, Tante."

„Diadem, noch etwas: wir sind die Guten, aber manchmal können auch wir nur siegen, wenn wir uns benehmen wie die Bösen. Versprich mir, dass du keine Gnade walten lässt?"

„Natürlich Tante." Diadem musste schmunzeln, auch wenn es in dieser Situation überhaupt nicht angebracht war.

„Wir sehen uns wieder, Diadem. In der Anderswelt wird kaum Zeit vergangen sein, bis du in vielen Jahren wieder bei mir bist."

„Ja, Tante."

Diadem brach in Tränen aus und umarmte Keshira ein letztes Mal, bevor sie mit Kra-Wann den Raum verließ, damit die Tante sich gebühren auf den Übergang vorbereiten konnte. Kra-Wann begleitete sie hinaus.

Als ihre Tante den Übergang vollzogen hatte und die anderen Altehrwürdigen Mütter die Hütte verlassen hatten, begann Diadem mit Kra-Wanns Hilfe, die letzten Anweisungen der Tante umzusetzen.

Niemand sonst durfte dabei sein, um das Geheimnis des Herzen des Tscherp nicht zu offenbaren. Diadem bestattete Keshira in dem Sarkophag des Mondraumes unter dem Hohlen Baum.

Sie legte ihr das Otterfell mit dem Herz des Tscherp in die Hände und versiegelte den Sarkophag mit einer Vielzahl von Sprüchen, die dafür sorgten, dass niemand ihn jemals öffnen konnte. Keshira würde auch über ihren Tod hinaus das wichtige Amulett bis in alle Ewigkeit bewachen.

*

Nach den Ereignissen auf dem Markt von Po-Karrh war die gesamte magische Welt hellhörig geworden. Es hatte sich sehr schnell herumgesprochen, dass Keshira den Markt samt Kunden in Schutt und Asche gelegt hatte.

Ein Ereignis, das die Bösen nicht auf sich sitzen lassen konnten. Es war nun endgültig an der Zeit, diese gute Hexe auszulöschen. Die intelligenten und die feigen bösen Magier hielten sich von diesen Rachegelüsten fern. Sie versteckten sich in den Sümpfen von Zirrth oder zogen sich in unterirdische Wohnungen zurück.

Die Nekromanten auf dem Berg Faro freuten sich jedoch über den Tumult. Das war ja ganz fantastisch. So könnte man nämlich für den bevorstehenden Angriff ganz wunderbar auch die verstorbenen bösen Magier noch der Armee der Toten eingliedern.

Zusammen mit der erfolgreichen Ausbeute der drei Nekromanten Shor-Gun, Viss-Lan, Lo-Wrang, die nach einiger Zeit zu den vier Veteranen im Berg Faro gefunden hatten, hätten sie dann eine ausreichend große Armee, um es mit allen weißmagischen Völkern aufnehmen zu können!

Daher mussten sie auch einen kleinen Umweg in Kauf nehmen, um in Po-Karrh noch Reste der Toten zu finden, um deren Essenz zu extrahieren. Doch dann war es endlich soweit: Mit einer Armee von mehreren tausend magischen Lebenden und Toten zogen die Nekromanten zur letzten Schlacht in den Wald von Nigala.

*

Eine solch große Armee voller seelenloser Toten blieb im Land nicht unbemerkt. Die erschrockenen Menschen verbarrikadierten sich in ihren Häusern und beteten zu den Göttern. Doch auf die Menschen hatten es die Bösewichte nicht abgesehen. Zielsicher wanderten sie auf den Wald zu, in dem das Volk der Mondhexen lebte.

Die Kundschafter des Waldes berichteten Diadem von der nahenden Armee und sie rief sofort mit einem Sternenzauber die Völker zur letzten Schlacht zusammen. Sie erschienen in Windeseile aus all ihren Wohnungen, kehrten von fremden Planeten oder der Astralebene und aus anderen Dimensionen zurück, um sich im Wald der Schlacht zu stellen.

Doch sie bemerkten schnell, dass sie zahlenmäßig den seelenlosen Toten weit unterlegen waren. Noch schlimmer war allerdings der Anblick der Toten – wiedererweckte Essenz der Vorfahren. Freunde, Brüder, Geschwister, Großeltern. Ein Schock für die Guten. Sie konnten doch nicht die eigenen Freunde und Verwandten bekämpfen?!

*

Der Leser möge es mir verzeihen, wenn ich nicht alle Details der brutalen Schlacht schildern möchte. Doch Kriege sind fürchterlich und die letzten Atemzüge der Sterbenden sind weder ein netter Anblick noch etwas, worüber man gerne berichtet. So möge sich der geneigte Leser einfach vorstellen, dass eine Horde willenloser Toter bereit war, die versammelte Mannschaft der letzten guten Magier niederzumetzeln.

*

Diadem war schockiert, von dem, was da auf sie zukam. Sie sah, wie ihr Volk zögerte, gegen die eigenen Vorfahren zu Felde zu ziehen. Doch jedes Zögern kostete einigen von ihnen das Leben. Daher versuchte sie, sich auf alles zu besinnen, was Keshira ihr beigebracht hatte. Und auch auf die neuen Kräfte und Fähigkeiten, die sie von den Altehrwürdigen Müttern erworben und sich selbst aus den Büchern von Po-Karrh angeeignet hatte.

Schließlich sprach sie einige der mächtigsten und bösesten Zauber aus, die je in diesem Land einer guten Hexe über die Lippen gekommen waren.

Versprich mir, dass du keine Gnade walten lässt – hörte sie ihre Tante in ihren Gedanken sagen. Ja, das hatte sie ihr auf dem Sterbelager versprochen und das Versprechen würde sie auch nicht brechen.

Wie von Sinnen stürzte sich Diadem in die Schlacht und teilte magische und reelle Hiebe aus. Hier und da lichteten sich die Reihen, als die Bösen implodierten und die seelenlosen Toten zu Staub zerfielen.

Die Bösen hatten sich, das musste Diadem zugeben, leider gut vorbereitet. Sicherlich hatten sie sich mit dem positiven Zauber und der Magie der guten Wesen beschäftigt, denn sie konnten viele magische Sprüche der Mondhexen mit einem Gegenspruch parieren.

Sie konnten beispielsweise eine Versteinerung aufheben oder sich vor fallenden Sternschnuppen schützen, die die Sterndeuter auf sie schütteten. Sie kannten sogar einen Gegenspruch, um die sich plötzlich öffnenden Dimensionsportale zu neutralisieren, die die Dimensionswanderer einsetzten, um die Bösen aus dieser Welt zu saugen.

Doch sie waren nicht auf alles vorbereitet und wie es schien, konnten sie sich nicht gegen Astralprojektionen und Astralangriffe wehren. Auch gegen spontane Löcher im Boden, die die Unterirdischen öffneten und über den

Bösen schlossen, waren sie nicht gewappnet. Viele wurden auf diese Weise lebendig begraben.

Andere ließ Diadem mithilfe der finsteren Sprüche des Pechzauberers explodieren oder sie kehrte damit deren Innerstes nach außen. Ein unschöner Anblick, der die Guten und die Bösen gleichermaßen schockierte.

So wütete die Schlacht einen Tag und eine Nacht und kostete auf beiden Seiten etliche Leben. Dank Diadems Einsatz überwogen allerdings die Toten in den Reihen der Angreifer. Als schließlich Ruhe einkehrte, waren noch viele gute magische Wesen am Leben. Und nur wenige böse Magier hatten sich heimlich wegschleichen und dadurch retten können.

Diese Diadem war doch schlicht und ergreifend wahnsinnig! sagten sie sich, als sie sich selbst aus der Schusslinie brachten.

„*Wenn ich das gewusst hätte, wäre ich in den Schwefelsümpfen geblieben und hätte importierten Alkohol aus der Menschenwelt hinter den Bergen getrunken!*", schimpfte ein Giftspucker. „*Dann hätte ich wenigstens gewusst, wovon es mir so schlecht geht.*"

Sein Gefährte, ein aufrecht gehender Pfeilgift-Nacktmull, nickte. Er war über und über mit Narben bedeckt, wo ihn die Funken der fallenden Sternschnuppen verbrannt hatten.

„*Ich werde mich erst mal im Heilschlamm des Schlangentümpels suhlen und auskurieren. Und dann will ich nie wieder in einen Kampf ziehen!*", bekräftigte er.

*

Das Herz von Tscherp rückte für die Nekromanten in unerreichbare Ferne. Shri-Ging und To-Gan zogen sich mitten in der Schlacht feige und schnell vom Schlachtfeld zurück.

„Ich hätte nicht gedacht, dass die friedlichen Wesen uns derart in die Mangel nehmen", seufzte Shri-Ging, als er sich humpelnd hinter eine große Dunkeltanne rettete.

To-Gan folgte ihm, seine linke Körperseite war voller Blut. Etwas hatte ihn schwer am Arm verletzt. Er würde sich schnell etwas suchen müssen, um die Wunde zu verbinden. Rasch kratzte er ein wenig Heilmoos von der Dunkeltanne und drücke es in die Wunde, dann zog er den Umhang enger um den Arm, um das Moos an Ort und Stelle zu halten.

„Sollten wir nicht zurück, um Kirrh und Orrh zu retten?", fragte er.

„Das halte ich für keine gute Idee, To-Gan. Denn die beiden sind in ein Wanderloch der Unterirdischen gefallen. Ich wüsste nicht einmal, wo wir sie suchen sollten. Und selbst wenn wir sie fänden, wären sie mittlerweile tot."

„Nun ja", warf To-Gan ein, *„das mit dem Tod wäre unser geringstes Problem, oder hast du vergessen, dass wir die Toten wieder zum Leben erwecken können?"*

Shri-Ging grinste. *„Nein, natürlich nicht. Aber ich finde die Idee verlockender, dass es nur noch zwei Nekromanten auf dieser Welt gibt, die sich nach der nächsten Schlacht die Herrschaft über das Land teilen könnten."*

„Welche nächste Schlacht? Ich habe ganz bestimmt keine Lust mehr auf ein solches Desaster!", zischte To-Gan.

„Nun, ich würde vorschlagen, dass wir auf den Berg Faro zurückkehren. Dort sind wir in Sicherheit und kennen uns aus. Außerdem können wir unsere magischen Fähigkeiten weiter ausbauen. In der nächsten Schlacht werden wir so mächtig sein, dass wir aus der Ferne alle vernichten können, ganz ohne selbst Schaden zu nehmen.

Und solange wir zu zweit sind, können wir uns im schlimmsten Fall auch stets gegenseitig wieder zum Leben erwecken. Es kann uns also nicht viel passieren. Ich finde, wir hätten es schlimmer treffen können, oder?", erklärte Shri-Ging beinahe gut gelaunt.

„Nun ja, da kann ich dir nicht widersprechen. Ich wäre auf jeden Fall froh, erst mal meine Wunden verarzten zu können und mich eine Weile auszuruhen. Deinen Plan können wir ja immer noch verfeinern, wenn wir wieder bei Kräften sind!", stimmte To-Gan zu.

Die Idee hatte etwas für sich. Immerhin waren sie noch am Leben und hatten einen sicheren Platz, an den sie zurückkehren konnten. Vielleicht war es nicht die luxuriöseste Unterkunft, aber eine sichere. Und sie hatten schließlich während ihres Aufenthalts einige Verbesserungen vorgenommen. Für nunmehr zur zwei Personen bot der Berg ausreichend Platz und Nahrung auf unbestimmte Zeit. Und darüber hinaus auch die Möglichkeit, sich tatsächlich magisch noch weiter fortzubilden und sich auf diese Weise auf einen möglichen Zweitschlag gut vorzubereiten.

Vorsichtig suchten sich die beiden Nekromanten einen Weg zum Berg, ohne dabei mit den Guten zu kollidieren oder sich mit den verletzten Bösen zu unterhalten, die ebenfalls auf dem Rückzug waren.

Davon trafen sie nur wenige und diese waren zum Glück nicht an einer Unterhaltung interessiert. Sie wollten nur möglichst schnell weg von diesem Ort des Grauens. Und so erreichten die beiden Gefährten nach geraumer Zeit und vielen Pausen endlich den Eingang zum Berg, in die gewohnte Umgebung.

*

Als es still geworden war auf dem Schlachtfeld, rief Diadem die Überlebenden zusammen und bot ihnen an, bei ihr im Wald zu bleiben, um sich von hier aus gegen die Bösen künftig gemeinsam zu verteidigen. Als ein Volk.

Die Idee war für viele ungewohnt, sie wollten lieber nach Hause, denn nicht alle Wesen waren dafür geschaffen, in einem Wald zu leben. Dennoch war es eine Überlegung wert, sich als eine große Gruppe vor einem zweiten Angriff zu wappnen und nicht als kleine Gruppe unterzugehen.

Sie besprachen sich eine geraume Zeit, bis sie sich schließlich auf einen anderen Kompromiss einigten. Sie würden vorübergehend gemeinsam auf dem Lichtberg in den magisch versiegelten Räumen der nicht mehr existierenden Gruppe der Altehrwürdigen Mütter zu leben, um Kräfte zu sammeln und gemeinsam zu trauern. Es gab viele Dinge, die sie verarbeiten mussten.

Und sobald sich auch die Bösewichte aus der Region zurückgezogen hatten, konnten sie gemeinsam auf das Schlachtfeld gehen und die Toten aus den eigenen Reihen bergen und würdevoll bestatten. Viel Arbeit und viele positive Rituale standen ihnen bevor. Doch Diadem wusste, dass sich das Schicksal auf lange Sicht zum Guten wenden würde.

Die magische Gemeinschaft würde zusammenwachsen, sich gegenseitig wichtige Dinge lehren – auch wenn ein Unterirdischer nicht plötzlich eine Astralwanderung oder eine Dimensionsreise würde durchführen können. Aber, wer weiß, vielleicht würde sich das in einigen Generationen ergeben? Wenn sich Paare aus verschiedenen Völkern in Liebe verbanden, wie ihre Eltern es einst getan hatten?

Diadem war zunächst unschlüssig, ob der Kompromiss mit der Wohnung auf dem Lichtberg auch für sie eine ideale Lösung war. Dies war naheliegend, keine Frage, und sie befürwortete die Idee aus Sicherheitsgründen, aber ihre eigentliche Heimat war der Wald.

Wie sollte sie sich denn von diesem Wald trennen, in dem ihre Tante begraben lag und in dem es das Herz des Tscherp zu beschützen galt? So viele Erinnerungen hingen daran. Sie kannte jeden Baum und jedes Blatt. Und ihr guter Freund Kra-Wann lebte dort. Auch die Erd- und Wassergeister, die Quellgeister und alle Tiere, die sie liebgewonnen hatte, waren dort Zuhause ...

Doch nun hatte es Vorrang, die verbliebenen guten Wesen zu schützen und so fiel letztlich die Entscheidung: Sie zogen gemeinsam auf den Lichtberg, wo sie bald bei den Menschen in den Ruf kamen „die Götter vom Berg" zu sein. Das hinderte Diadem natürlich nicht daran, sich regelmäßig im Wald aufzuhalten und zu prüfen, ob hier alles in Ordnung war.

*

Auch vor den Menschen war die Schlacht und der Lärm, den sie verursacht hatte, nicht verborgen geblieben.

Die Menschen wussten sehr wohl, dass sich in diesem Land auch Bösewichte und gute Wesen oder magische und seltsame Wesen herumtrieben. Es war beinahe so, wie in jeder anderen Gesellschaft, in der es Banden oder Streitereien zwischen unterschiedlichen Gruppen gab. Doch hatten die Menschen und die magischen Wesen nur wenig Berührungspunkte und ließen sich gegenseitig in Ruhe.

Die Menschen in den Dörfern waren aufgewühlt von den Lichtblitzen, Schwefelwolken und anderen unheimlichen Dingen, die sich im und über dem Wald abspielten. Sie wussten nicht, was sie davon halten sollten oder wohin sie flüchten konnten. Dass es sich dabei um Magie handelte und einen Kampf zwischen magischen Wesen war ihnen natürlich klar. Doch weitere Informationen besaßen sie nicht.

Diadem beschloss, die Menschen künftig in das gemeinsame Leben einzubeziehen. Nicht, um sie ebenfalls zu einem Teil der Gemeinschaft zu machen, sondern, um sich ihnen vorzustellen und zu versichern, dass sie nichts zu befürchten hatten. So konnte künftig auch eine positive Annährung zwischen den Menschen und den guten magischen Wesen stattfinden. Vielleicht zum Austausch von Waren, wie es bislang auch auf dem Markt teilweise der Fall gewesen war ...

Ob es auch hier künftig eine Mischung der Völker geben würde? Diadem konnte es sich nicht recht vorstellen, doch man durfte nichts ausschließen. Und hätte sie die Geschichte des Nekromanten Ash-Winn und seiner großen Liebe Susi gekannt, hätte sie diese Möglichkeit gar nicht erst infrage gestellt ...

So zog Diadem in Gestalt der Eule los und besuchte die Bürgermeister der Dörfer, um ihnen davon zu berichten, dass die guten Wesen den Menschen wohlgesonnen waren und sie nichts zu befürchten hatten. Man würde eventuell eine Handelsbeziehung ins Auge fassen, würde aber ansonsten die Menschen nicht behelligen. Sie sollten sich allerdings vorsehen, da die Bösen nach ihrer Niederlage möglicherweise gehässig und wütend waren.

Um ihren guten Willen zu zeigen, versiegelte sie anschließend vor ihrer Weiterreise mit einem positiven Zauber (einem „Gebet", wie sie den Menschen in ihren Begriffen erklärte) das Dorf, um es zu schützen.

Hier wendete sie keinen allzu komplizierten Spruch an, denn sie ging nicht davon aus, dass die Nekromanten plötzlich ein Fischerdorf überfallen und fangfrische Fische stehlen würden. Doch der Zauber würde die Bösen bei einer Annäherung wie eine Art Elektroschock treffen und das sollte genügen, um sie zur Umkehr zu bewegen. Denn sie konnten ja nicht wissen, ob noch schlimmere Zauber über das Dorf gelegt waren.

Auf diese Weise schützte sie auch die verlassenen Städte der magischen Völker, damit bis zu deren eventueller Rückkehr niemand auf den Gedanken kam, die Wohnstätten zu plündern. Diesen Schutz legte Diadem etwas kräftiger an. Mit ihrem Lieblings-Implosionsspruch, der die Bösen nicht zur Umkehr bewegen, sondern direkt in die Anderswelt bringen würde.

*

Nach ihrem Besuch in den Dörfern reagierten die Bürgermeister eigentlich alle fast genau auf dieselbe Weise. Sie beriefen sofort eine Versammlung ein und berichteten von der Begegnung mit der „Göttin vom Berg", die das Dorf mit einem starken Gebet geschützt und den Bürgern ihr Wohlwollen versichert hatte.

Die Nachricht würde überall positiv aufgenommen und für die Menschen waren die magischen Wesen, die nun auf dem Berg wohnten, von so vielen Geheimnissen umgeben, die sie selbst durch Erzählungen und Legenden ausbauten, dass die Wesen alle zu „Göttern" wurden. Man betete sie zwar nicht an, aber man verehrte sie. Für ihre Güte, ihre Freundlichkeit und ihre zunehmende Hilfsbereitschaft bei den zaghaften Annäherungsversuchen, die meist auf den Märkten stattfand.

Hin und wieder wagte auch ein verzweifelter Mensch den Aufstieg auf den Berg, um die Götter direkt um Hilfe zu bitten. Beispielsweise bei einer schweren Krankheit konnten die Heilzauberer behilflich sein. Oder bei einer lang anhaltenden Dürre und zu befürchtender Hungersnot konnten sich die Menschen an die Wetterdenker wenden.

Und die Alchemisten konnten dabei helfen, schnell wirksame Dünger für die Felder herzustellen. Das war zwar nicht ihre eigentliche Berufung, aber stellte sie vor neue, interessante Herausforderungen und machte Spaß. Zum Dank erhielten sie von den Bauern dann auch Getreide, Obst und Gemüse. Mithilfe der Zeitreisenden konnten sogar längst vergessene heimische Obst- und Gemüsesorten erneut angebaut und weitergezüchtet werden.

Diadem freute sich sehr über die neue gute Zusammenarbeit zum gemeinsamen Wohlstand. Das Land veränderte sich, weitere Straßen wurden ausgebaut, die Dörfer baulich verbessert. Es fand auch ein Wissensaustausch zwischen den Menschen und den magischen Wesen statt.

Erste zaghafte Liebschaften entwickelten sich zwischen den Menschen und den magischen Wesen. Vor allem denjenigen, die den Menschen am ähnlichsten waren wie die Sterndeuter, Wetterdenker, Heilzauberer oder Alchemisten. Und zwar vor allem deshalb, weil sie nicht wie die Unsichtbaren oder die Astralwanderer, eine andere Gestalt und eine völlig andere Körperbeschaffenheit besaßen.

Auch die Unterirdischen waren bis auf ihren ungewöhnlichen Lebensraum den Menschen sehr ähnlich. Das war bei der Annäherung hilfreich, da die Menschen sich zu denjenigen am ehesten hingezogen fühlten, die nicht plötzlich unsichtbar wurden oder mitten im Gespräch die Dimension wechselten ...

*

Erst nach und nach, als einige Zeit der Trauer und der Neuorientierung verstrichen war, zogen die magischen Völker wieder zurück in die alten Städte, die sie zu neuem Glanz erblühen ließen. Auch hier hatte es, wie bei den Menschen, interessante Verbindungen und Liebesbeziehungen gegeben. Vor allem aber hatte sich das große Wissen der magischen Völker sehr gut gemischt, sodass alle davon profitieren konnten.

Nun würden bald die ersten Kinder geboren werden, die die Fähigkeiten aus zwei Völkern besaßen. Magische Kinder, mächtige Kinder, die mit ihren guten Wurzeln und ihrer Liebe zu dieser neuen Welt dafür sorgen würden, dass das Land sich harmonisch und in Frieden weiterentwickelte.

Diadem liebte inzwischen den Platz auf dem Lichtberg mehr als die Hütte ihrer Tante im Wald. Denn hier war sie im Land ihrer Ahnen mütterlicherseits und hatte einen großartigen Ausblick über den Wald und gleichzeitig auf die Sterne. So konnte sie beiden magischen Anteilen in ihrer Persönlichkeit gerecht werden.

Doch trennen konnte sie sich auch von dem Wald nicht. Dort sah sie täglich nach dem Rechten, besuchte ihre Freunde, gedachte ihrer geliebten Tante und blieb dennoch als „Göttin auf dem Berg" dort oben wohnen. Sie war ihr Leben lang ein magisches Kind der zwei Welten.

Und nach ihr traten ihre Tochter und ihr Sohn in ihre Fußstapfen. Wer hätte es gedacht, dass sie, die starke Kämpferin, eine liebevolle Frau und Mutter sein würde? Und ihr Mann? Nun, ihr Gefährte war überraschenderweise nicht aus dem Volk der Mondeulen und auch nicht aus dem Volk der Sterndeuter. Er stammte aus dem Volk der Heilzauberer und bildete damit einen interessanten Gegenpol zur Kämpferin, die sich stets Verletzungen bei verschiedenen waghalsigen Aktionen zuzog. Aber das ist eine andere Geschichte, die ein anderes Mal erzählt werden soll ...

*

Die Bösen hatten sich in ihre unterschiedlichen Verstecke verkrochen und planten in absehbarer Zeit nicht, einen neuen Krieg gegen die Guten zu führen. Was dabei herauskommen konnte, hatten sie ja jetzt eindrucksvoll erlebt und überlebt.

Sie kümmerten sich stattdessen darum, ihre Unterkünfte wieder aufzubauen, die der Verstorbenen zu plündern und den Sklavenmarkt wieder herzurichten. So ging das Leben für die meisten Bösewichte innerhalb kürzester Zeit wieder ihren gewohnten Gang.

Nur die zwei Nekromanten im Berg wollten nicht aufgeben. Sie planten langfristig. Denn irgendwann, da waren sie sich sicher, würde ihre Zeit kommen. Dann wären sie stärker, weiser und würden bei der nächsten Schlacht den Sieg davontragen – und natürlich das Herz des Tscherp! So war zumindest der Plan. Ob sie ihn umsetzen können? Nun, auch das wäre eine andere Geschichte, die wohl irgendwann einmal erzählt werden wird ...

Daniela Mattes, geb. 1970, Diplom-Verwaltungswirtin (FH) hat ihre schriftstellerische Laufbahn 2005 mit einem Kinderbuch begonnen.

Seither ist sie jedoch in jedem Genre vertreten und hat in verschiedenen Verlagen Kinderbücher, Fantasybücher, historische Romane, esoterische Bücher und Wahrsagekarten veröffentlicht.

Mit zwei Autorenkolleginnen hat sie lange Zeit die Kolumne „Federlesen" geschrieben, die zunächst in der Tageszeitung, dann als Printausgabe veröffentlicht wurde. Für den Ancient Mail Verlag hat sie bereits einige Bücher ins Deutsche übersetzt.

Mehr Informationen zu ihrer Person sind auf ihrer Webseite ersichtlich:

www.daniela-mattes.de